Sonja Bethke-Jehle

Tango in der Dunkelheit

Wie eine Sehende einem Blinden das Tanzen beibringt

Roman

Fernando, danke für die Einblicke, die Du mir gewährt hast.

Euch, den Leserinnen und Lesern meiner Bücher, immer wieder meine Dankbarkeit!

Sonja Bethke-Jehle wurde am 07.11.1984 im Odenwald geboren und lebt heute an der Bergstraße. Das Lesen und Schreiben ist bereits seit ihrer Kindheit eine große Leidenschaft von ihr.
Mit dem ersten Teil der Umdrehungen-Trilogie veröffentlicht sie 2015 erstmals ein Buch. Ein großer Traum erfüllt sich. Die beiden Nachfolgebände, diverse Kurzgeschichten, die erfolgreiche Gesamtausgabe sowie der eigenständige Roman *Kontaktaufnahme* folgen.
Nach *Tango in der Dunkelheit* sind weitere Romane und eine Anthologie geplant.
Zusätzliche Informationen zu der Autorin finden Sie im Internet unter
www.sonja-bethke-jehle.de

Sonja Bethke-Jehle

Tango in der Dunkelheit

Wie eine Sehende einem Blinden das Tanzen beibringt

Roman

Bibliografische Information der Deutschen Nationalbibliothek:
Die Deutsche Nationalbibliothek verzeichnet diese Publikation in der Deutschen Nationalbibliografie;
detaillierte bibliografische Daten sind im Internet über http://dnb.dnb.de abrufbar.

Buchcoverdesign: Sarah Buhr / www.covermanufaktur.de unter Verwendung von Bildmaterial von
conrado / Shutterstock
Lektorat: Juno Dean
Korrektorat: Anett Hoffmann, Tanja Körber und Markus Jehle

Herstellung und Verlag: BoD – Books on Demand, Norderstedt

ISBN: 9783749451029

Vorwort

Auch wenn ich keine herausragend gute Tänzerin bin, tanze ich sehr gerne, zunächst als Jugendliche, später nach einer langen Unterbrechung auch mit meinem Mann. Die Kombination aus körperlicher Bewegung, Musik und der Tatsache, dass man gemeinsam etwas erarbeitet und erlernt, fasziniert mich dabei vermutlich am meisten.

Nachdem ich die Umdrehungen-Trilogie beendet hatte, bestärkten mich viele Menschen darin, auch weiterhin über Behinderungen zu schreiben. So kam ich auf die Idee, mich dem Thema Blindheit zu widmen, doch wollte ich nicht einfach nur ein Buch über eine blinde Person schreiben, ich wollte eine Geschichte aus der Perspektive einer blinden Person schreiben. Das ist das Besondere an diesem Buch. Ihr werdet hier Beschreibungen finden, wie die Stimme einer Person klingt, wie die Umgebung riecht, welche Geräusche auszumachen sind, nicht jedoch, wie der Raum oder die agierenden Charaktere aussehen. Das Aussehen seiner Mitmenschen muss sich mein Protagonist erst erfragen. Das war nicht immer leicht, stellte für mich aber eine besondere Übung dar.

Ich besuchte als Vorbereitung für diesen Roman das Dialogmuseum in Frankfurt (sehr zu empfehlen!), versuchte mich blind in der Wohnung zurechtzufinden und ließ mich in einem Dunkelrestaurant verköstigen. Alles wertvolle Erfahrungen. Auch hilfreich war meine Begegnung mit Fernando, der eine frühe Version des Manuskripts gelesen hat und mir Einblicke in sein dunkles Alltagsleben gewährt hat. Durch ihn konnte ich sehr viele Vorurteile meinerseits ablegen. Anfangs war ich zwar noch erstaunt, als er mir ein Worddokument mit Markierungen und Kommentaren zurückschickte, inzwischen weiß ich, dass blinde Menschen am Computer arbeiten, mit dem Zug fahren, TV schauen und arbeiten gehen. Danke für Deine Hilfe!

Euch lieben Leserinnen und Lesern wünsche ich viel Spaß mit Felix und Lena. Eure Begeisterung für Ben und Zita hat auch dazu geführt, dass die beiden nun endlich das Licht der Welt erblicken können. Vielleicht wird dem einen oder anderen die Augen geöffnet, so wie es mir während des Schreibprozesses passierte, denn manchmal sehen wir nur sehr wenig, obwohl wir dazu in der Lage sein könnten.

Eure *Sonja*.

Cha-Cha-Cha

An den Autogeräuschen im Hintergrund erkannte Felix, dass sie an einer Hauptstraße waren. Sie liefen auf einem Bürgersteig. Rechts von ihm spürte er einen kleinen Temperaturunterschied auf der Haut, also liefen sie wohl teilweise im Schatten.

»Ich bin mir immer noch nicht sicher, ob das so eine gute Idee ist. Sind wir da?«

Felix spürte Fionas warme Finger auf seiner Hand und atmete erleichtert aus, als sie auf einen kühlen Gegenstand gelegt wurde. Das Treppengeländer.

»Wir sind gleich da. Warte – vier, nein, drei Treppenstufen«, antwortete Fiona routiniert und trat neben ihn.

Felix hatte kein gutes Gefühl, während er die Treppenstufen hinaufstieg. Zunächst war er begeistert gewesen, als Fiona ihm von Lars' Angebot erzählt hatte, ihnen beiden das Tanzen beizubringen. Er war ein ehemaliger Schulkamerad von Fiona und seit der Jugend leidenschaftlicher Tänzer. Warum also nicht? Felix war davon ausgegangen, dass Lars alleine bei den Unterrichtsstunden sein würde.

Doch dann hatte Lars Fiona erklärt, dass er sich das nicht zutrauen würde. Ohne eine geübte Tanzpartnerin würde er niemandem das Tanzen beibringen können – schon gar nicht Felix. Es bräuchte eine Frau, die Felix am praktischen Beispiel zeigen könnte, wie man tanzt. Immerhin könne er ja nicht sehen, wie er mit Fiona die Figuren vortanzte. Also müsse er mit jemandem tanzen, der auch den Damenschritt beherrsche.

Die Sache war Felix unangenehm, besonders weil Lars zwar nie sagte, dass er seine Blindheit als Schwierigkeit ansah, es aber immer wieder andeutete. Außerdem mochte er die Tanzpartnerin nicht, die Lars für ihn ausgesucht hatte.

»Macht keiner auf«, murmelte Fiona.

»Dann können wir ja wieder heimgehen«, schlug Felix vor und spürte Erleichterung in sich aufsteigen.

»Ich klingel noch mal«, teilte Fiona ihm energisch mit.

Frustriert schob sich Felix eine Haarsträhne hinter das Ohr. Ein heftiger Wind trieb ihm ständig die Haarspitzen ins Gesicht, und das nervte sehr. Ihn nervten auch die Kinder, die irgendwo hinter dem Haus mit einem Ball spielten und dabei einen Lärm veranstalteten, wie – Felix fiel kein Vergleich ein. Jedenfalls waren sie laut.

Wenn Felix ehrlich zu sich wäre, würde er zugeben, dass weder der Wind noch die Geräusche der Kinder sein Problem waren, sondern das, was ihn hier erwartete.

»Also – ist keiner zu Hause?«, fragte Felix ungeduldig und hielt sich weiterhin am Treppengeländer fest. Solange er im vertrauten Terrain war, hielt er sich nie irgendwo fest. Doch dieser Ort war ihm unbekannt, außerdem war er nervös.

»Es wird bestimmt gleich einer aufmachen«, antwortete Fiona. Sie klingelte erneut. »Und sei nicht so miesepetrig. Wir tun es für Flavia.« Kurz schwieg sie, dann hakte sie nach: »Oder?«

Missmutig seufzte Felix auf und wollte gerade etwas erwidern, als die Tür tatsächlich geöffnet wurde.

»Ihr seid es«, sagte eine Männerstimme. »Kommt rein.«

Bevor Felix eintreten konnte, beugte sich Fiona vor, und Felix hörte das typische Geräusch, das entstand, wenn sich jemand umarmte und auf die Wange küsste.

»Hallo, Felix«, begrüßte Lars ihn dann freundlich und gab ihm die Hand. Felix atmete erleichtert aus, denn Lars hatte nicht lange gezögert, sondern einfach seine Hand gepackt, ohne ihm den Moment der Unsicherheit zu geben, seine Hand durch Tasten suchen zu müssen. »Geht ihr den Flur hinunter? Lena ist schon im Wohnzimmer.«

»Machen wir euch auch wirklich keine Umstände?«, fragte Felix und ertastete Fionas Ellenbogen, um sich einzuhaken. Es gab nur wenige Menschen, die ihn führen durften. Fiona gehörte dazu. Sie war nicht nur seine Schwester, sondern ebenso seine Gefährtin. Auch wenn sie zu der Zeit ihr eigenes Trauma hatte bewältigen müssen, war Fiona diejenige gewesen, die in erster Linie sein Halt in den grauenhaften, orientierungslosen Wochen am Anfang der Dunkelheit gewesen war. Sie hatte ihm geholfen, wieder Mut zu fassen.

»Ach nein, natürlich nicht«, erwiderte Lars irgendwo hinter ihm.

»Doch, sicherlich ist das so, aber wir tun euch den Gefallen«, erklang eine spöttische Stimme vom anderen Ende des Flurs, und das Lachen, das daraufhin folgte, klang nicht freundlich, sondern überheblich.

Obwohl er ihre Stimme seit Ewigkeiten nicht mehr gehört hatte, erkannte Felix Lena sofort wieder. Das letzte Mal, als er ihr, ihrer Stimme und ihrem Lachen begegnet war, hatte er noch sehen können, und sie waren alle jünger gewesen. Das Hören war ihm damals noch unwichtig erschienen. Lena war während der Schulzeit die beste Freundin seiner Schwester gewesen. Er hatte sie noch nie gemocht, und er wusste, dass das auf Gegenseitigkeit beruhte. »Ich sehe, eure Freundin ist immer noch eine Ausgeburt an Sympathie«, kommentierte Felix trocken und drehte sich ein wenig nach hinten, weil er dort Lars vermutete.

»Sie meint es nicht so«, korrigierte Lars eilig und lachte nervös. Seine Stimme klang viel zu hoch und zitterte ein wenig. »Es macht uns wirklich keine Umstände.«

»Wieso sollten wir nicht ehrlich sein, Lars? Wir tun ihnen gerne diesen Gefallen, aber dass es uns keine Umstände macht, würde ich jetzt nicht behaupten.« Lenas Stimme klang nun näher. Felix stieg der Geruch nach Frauenparfüm in die Nase, das nicht Fiona gehörte. »Hallo, Fiona. Hallo, Felix.« Ein fester Händedruck.

Erschrocken zuckte Felix zusammen, da er nicht damit gerechnet hatte, dass Lena schon *so* nahe war. Außerdem war er davon ausgegangen, dass Lena zunächst seine Schwester umarmen würde. Er mochte es nicht, wenn er so überrumpelt wurde. Ein wenig verärgert drückte er Lenas Hand und ließ sie dann eilig los. Er meinte, Vanille und Zitrone zu riechen. Es war nur unterschwellig erahnbar unter dem Frauenparfüm. Ob das von Lena kam, oder hatte Lars Kuchen gebacken? Eigentlich konnte sich Felix nicht vorstellen, dass Lena nach Kuchen roch. Andererseits war es ebenfalls schwer vorstellbar, dass Lars backte.

»Ich bin gespannt auf das Experiment«, fügte Lena hinzu.

»Wir auch.« Fiona drückte Felix' Ellenbogen. Es war Felix nicht ganz klar, ob das eine tröstende Berührung sein sollte oder eher eine Warnung davor, sich nicht mit Lena anzulegen. Vermutlich zweites.

Dann hörte er wieder das typische Geräusch von raschelnder Kleidung. Jemand lief an ihm vorbei, aber er hatte keine Ahnung, ob es Lars oder Lena war.

Nein, er war überhaupt nicht begeistert gewesen, als Fiona ihm von Lars' Vorschlag erzählt hatte, Lena bei dem Tanzunterricht hinzuzunehmen. Lena hatte laut Lars schon als Jugendliche sehr gut tanzen können. Nun, Felix zweifelte nicht daran, dass Lena eine gute Tänzerin war. Aber er war sich nicht sicher, ob sie auch eine gute Lehrerin war, vor allem, wenn man an die besondere Situation dachte, in der Felix und Fiona steckten, und die Vergangenheit, die sie alle verband.

»Es ist kein Experiment. Wir wollen es lernen, um auf der Hochzeit unserer jüngeren Schwester zu tanzen. Nichts anderes ist das hier«, betonte Felix und ärgerte sich über sich selber, als er merkte, dass sich seine Stimme ebenfalls zu hoch anhörte.

»Meine Güte. Musst du immer so verdammt theatralisch sein, Felix?«, kommentierte Lena amüsiert.

Behutsam teilte Fiona ihm durch eine kleine Bewegung am Arm mit, dass sie nun weiterlaufen würde, und Felix ließ sich von ihr weiter in die Wohnung hineinführen, auch wenn ihn das hilflos erscheinen ließ. Aber wenn er sich wehrte und alleine herumstolperte, würde das seinen Eindruck nicht unbedingt verbessern. Es war ihm nicht möglich, Lena zu antworten. Laufen und Reden gleichzeitig ging bei ihm zu Hause, aber nicht in Lars' Wohnung, die er noch nie betreten hatte, selbst wenn er jetzt an Fiona klebte.

»Wir haben die Möbel zur Seite geschoben«, informierte Lars eifrig. »Es ist also Platz genug.«

Platz war wichtig. Keinesfalls wollte Felix sich die Blöße geben, irgendetwas zu zertrümmern, nur weil er dagegen lief. Besonders nicht, wenn Lena zusah, die in seiner Erblindung bestimmt eine Schwäche sah.

»Rechts von dir steht ein Wohnzimmerschrank, links ein Sofa und zwei Sessel«, murmelte Fiona in sein Ohr und führte ihn etwas weiter in den Raum. Sie ignorierte sowohl Lars als auch Lena, die ebenfalls in den Raum kamen, und nahm sich die Zeit, Felix eine kleine Orientierungshilfe zu geben. »Kein Teppich. Keine Vasen. Keine Gegenstände auf dem Boden. Lars hat alles freigeräumt.«

»Wie groß?«, fragte Felix leise und zog seine Hand unter Fionas Arm hervor. Er versuchte, irgendein Geräusch wahrzunehmen, das im Raum immer an der gleichen Stelle sein würde, und das Ticken einer Uhr war schnell gefunden. Das konnte er als Orientierungspunkt nehmen. Erleichtert atmete er ein. Nur selten war er in fremden Wohnzimmern, da er sich meist bei sich zu Hause, bei Fiona und ihrem Mann oder bei seinen Großeltern aufhielt. In seiner Arbeit kannte er sich ebenso gut aus. Und selbst wenn er mal irgendwo war, wo er selten oder noch nie gewesen war, trug er meist seinen Blindenstock bei sich. Doch der würde ihm beim Tanzen hinderlich sein, also hatte er ihn zu Hause gelassen. Für den Blindenstock schämte er sich seit Jahren nicht mehr, auch wenn er wusste, dass die Menschen ihm hinterherstarrten. Jetzt, wo er Lena ausgeliefert war, störte es ihn plötzlich, Hilflosigkeit zu präsentieren. Etwas, was Lena nicht zum ersten Mal verspotten würde. Aber warum war es ihm so wichtig, was sie von ihm dachte?

Er musste auf Fiona vertrauen und seine vorhandenen Sinnesorgane nutzen. Ihm blieb sonst nichts anderes übrig. Es war sein großer Wunsch, tanzen zu lernen und zusammen mit Fiona ihre Eltern auf Flavias Hochzeit würdig zu vertreten.

»So 4 x 8 Meter etwa. Es ist genug Platz da«, fügte Fiona beruhigend hinzu und strich ihm kurz über den Rücken.

Gequält verzog Felix das Gesicht und fragte sich, ob er nicht doch besser nach Hause gehen sollte. Es war bereits eine große Herausforderung, tanzen zu lernen, ohne etwas zu sehen, aber das alles wurde noch schrecklicher, da ausgerechnet Lena ihm das beibringen musste. Vielleicht könnten sie jemand anderen finden? Jemand, der sich nicht über Felix lustig machen würde?

Sicher, seit ihrer Schulzeit waren mehr als 15 Jahre vergangen. Es wäre albern, so zu tun, als seien sie noch Kinder. Sie waren erwachsen, und er war ja nicht alleine mit Lena im Raum. Lars hatte er früher gerne gemocht, und auch seine Stimme klang sympathisch. Also musste er doch nichts befürchten?

Dennoch … Er wollte einfach nicht als Schwächling vor Lena dastehen. Doch … Warum eigentlich nicht? Was war an Lena schon so wichtig? Was wollte er Lena denn beweisen?

»Kennt ihr den Cha-Cha-Cha?«, erkundigte sich Lars neugierig, und Felix hatte keine Zeit mehr, darüber nachzudenken, ob er lieber fliehen wollte. Es ging jetzt los.

»Nein«, antwortete Fiona. Sie stand immer noch neben Felix, aber sie berührten einander nicht mehr. Er konnte ihren Duft nach Sommerblumen wahrnehmen und das war für den Moment genug Orientierung. Mit Sicherheit würde Felix nicht damit anfangen, sich an seine Schwester zu klammern, nur weil er Angst hatte, dass er wie ein Idiot gegen eine Wand lief.

Fiona hatte ihm gesagt, wie groß der Raum war. Und er war sich sicher, dass sie ihn genau in die Mitte geführt hatte, so wie sie es zu Hause abgemacht hatten. »Aber du warst doch auch mit uns im Tanzkurs«, meinte Lars erstaunt. »Du musst doch wenigstens den Grundschritt kennen.«

Fiona hob die Schultern, zumindest glaubte Felix das aufgrund der zarten Bewegung an seiner Seite. »Ich kann mich gar nicht mehr erinnern.«

»Und du, Felix? Warst du im Tanzunterricht?«, fragte Lars.

»Ich glaube nicht, dass er lange genug von seinem Computer weggekommen ist, um einen Tanzkurs zu besuchen«, spottete Lena.

Hatte sich diese Frau in den letzten Jahren gar nicht verändert? Wollte sie nicht endlich auch mal erwachsen werden? Wohl wissend, dass Lena es nicht sah, da er seine Sonnenbrille trug, verdrehte Felix die Augen.

»Jetzt sei doch mal freundlich«, zischte Lars und klang dabei wirklich empört.

»Ich bin doch freundlich, ich sag nur wie es ist und red nicht drum herum«, erwiderte Lena und klang dabei tatsächlich nett und etwas erstaunt.

Aus irgendeinem Grund musste Felix plötzlich lachen. Irgendwie hatte sie ja auch recht. Er hatte während seiner Jugend viel zu viel vor dem Computer gesessen und hockte auch jetzt noch viel zu lange davor.

»Ich habe den Grundkurs gemacht, aber ich habe dann irgendwann aufgehört«, berichtete Fiona, vielleicht um von der Diskussion abzulenken. »Meine Eltern haben den Kursbeitrag nicht mehr gezahlt, nachdem ich in Chemie eine 5 geschrieben habe.«

»Oh, das wusste ich nicht mehr. Du hast wirklich eine 5 geschrieben?«, fragte Felix und griff nun doch wieder nach Fionas Arm. Allerdings nicht, weil er ihre Hilfe brauchte, sondern weil er ihr Trost anbieten wollte. Ihre Eltern waren schon so lange tot, aber der Verlust machte ihnen manchmal immer noch zu schaffen.

Doch Fionas Stimme klang nicht sehr traurig, während sie erzählte: »Ich war halt verliebt und dachte, Schule sei nicht wichtig. Habe einfach nicht gelernt und die 5 in Kauf genommen.« Lachend drückte sie Felix' Hand.

Vielleicht waren sie wegen des Todes ihrer Eltern so eng miteinander verbunden. Der körperliche Kontakt zwischen den Geschwistern war für Außenstehende vermutlich eher befremdlich, doch sie hatten viel miteinander erlebt und Felix' Erblindung erforderte manchmal sogar Körperkontakt.

Es war Felix nicht mehr möglich, ihre Gesten und ihre Mimik zu sehen, aber er konnte spüren, wenn sie mit ihrer Hand an ihm zupfte, ihn drückte und streichelte.

»Das war dieser Mirco, oder?«, fragte Lars. Er musste sich ein wenig durch das Zimmer bewegt haben, denn er stand nicht mehr vor Felix, sondern seitlich zu ihm.

Fiona zuckte die Achseln, zumindest vermutete Felix das, da sich der Arm, den er immer noch umfasste, leicht nach oben bewegte. »Ich hatte zu dieser Zeit generell keine Lust, viel für die Schule zu tun. Ganz im Gegensatz zu Felix.«

»Na ja, ich hatte aber nur bei bestimmten Fächern Lust zu lernen«, protestierte Felix. Er hoffte, dass man ihm seinen Ärger nicht ansah, aber warum schlug Fiona jetzt in die gleiche Kerbe und stellte ihn als Streber dar? »Ich hatte viel Spaß am Programmieren, aber ich habe auch viel Zeit mit Zocken verbracht und deswegen einige schlechte Noten eingefahren.«

14

Ob ihn das besser dastehen ließ, bezweifelte er. Er hoffte, niemand würde es kommentieren.

Schon wieder Kleiderrascheln. Einer lief im Raum umher. Lena? Lars? Solange sie schwiegen, konnte Felix nicht erahnen, wo sie waren.

»Also«, meinte Lars dann schließlich. Er schien nicht derjenige gewesen zu sein, der sich durch den Raum bewegt hatte. Dann also Lena.

»Ja, also?«, fragte Felix, weil Lars nicht weiterredete.

»Lena und ich planen, mit dem Cha-Cha-Cha anzufangen. Eigentlich ist er ziemlich einfach. Was meint ihr?« Lars klang unsicher.

»Ihr werdet es wohl am besten wissen«, murmelte Felix. Wo war Lena? Wieso sagte sie nichts? Befand sie sich überhaupt noch im Zimmer?

»Der Cha-Cha-Cha kommt aus Kuba und hat einen sehr leichten Grundschritt. Am besten stellt ihr euch einfach mal in die Grundstellung. Also einander gegenüber«, fuhr Lars fort.

Das war einfach. Lächelnd drehte Felix sich zu Fiona um.

»Und jetzt nehmt ihr eure Hände und haltet sie hoch, und den Arm schiebt ihr … Nein, Fiona, den anderen Arm. Nein, nein, das ist nicht richtig … Kannst du dich wirklich an gar nichts mehr erinnern? Ihr müsst doch wenigstens die Grundhaltung kennen. Schaut doch mal her …« Lars brach ab. Rascheln von Stoff. Er lief. Oder lief Lena? »Oh«, meinte er schließlich nach einer Sekunde. »Das ist schwerer, als ich dachte. Wir können es euch ja nicht zeigen. Fiona, geh' mal etwas zur Seite.«

Verlegen räusperte sich Felix. Es war also schwieriger, als Lars geahnt hatte? Was hatte er sich dabei nur gedacht, sich das zuzutrauen? Warum hatte er Fiona zugesagt, als diese bei ihm angefragt hatte?

Vielleicht würde Felix nicht auf der Hochzeit seiner jüngeren Schwester tanzen. Was war schon dabei? Fiona und ihr Mann würden ein wundervolles Paar auf der Tanzfläche abgegeben, dessen war er sich sicher. Weder Flavia noch ihr Verlobter würden es ihm übelnehmen, wenn er nicht auf ihrer Hochzeit tanzte.

Erneut überlegte er, dass es ein Fehler gewesen war mitzukommen.

»Wie soll das funktionieren?«, fragte Lena plötzlich von links. Scheinbar hatte sie einen Drang dazu, sich lautlos im Raum zu bewegen. »Wenn wir bereits jetzt Schwierigkeiten haben? Wie können wir ihm das Tanzen beibringen? Wie hast du dir das vorgestellt, Lars?«

»Du hast es doch noch nicht einmal versucht«, erwiderte Fiona verärgert. Sie stand nicht mehr vor Felix, sondern schräg neben ihm.

»Ich bezweifle eben, dass es klappt«, entgegnete Lena. »Du wirst dich daran gewöhnen müssen, dass ich immer noch ehrlich bin, Fiona. Ich bin nicht sehr gut darin, gefühlsduselig oder mitleidig zu sein. Das müsstest du doch wissen.«

»Das hat auch niemand von dir verlangt«, fauchte Felix und erntete dafür von jemandem einen Stoß in die Rippen. Vermutlich Fiona, weil Lars sicher zu höflich war, um Gewalt anzuwenden. »Ich will kein Mitleid, okay?«

»Es war mir klar, dass du kein Mitleid möchtest«, entgegnete Lena kühl. »Aber sei dir bewusst, dass ich dich nicht besonders behandeln werde. Diese Art von Rücksichtnahme kannst du dir in die Haare schmieren, wenn du mit mir zusammenarbeiten willst.«

»Ja, wir wissen, dass du ein rücksichtsloses, egoistisches Arschloch bist«, erwiderte Felix und schüttelte empört den Kopf. Hatte er nicht gleich geahnt, dass es nicht gut gehen würde? Sie brachte ihn ja jetzt schon auf die Palme, obwohl sie nicht mal angefangen hatten.

»Verdammt, Felix.« Fiona stöhnte. »Wie kannst du nur solche Worte in den Mund nehmen und dann verlangen, dass jeder andere höflich ist?«

»Rücksichtsloser, egoistischer Esel«, korrigierte Felix sich schnell.

»Gut.« Das war die Stimme von Lena, und jetzt klang sie nicht mehr so spöttisch, sondern eher zufrieden. »Das wollte ich nur noch einmal klarstellen.«

»Hast du«, entgegnete Felix ihr schnippisch.

»Seid nicht so kindisch«, fauchte Lars plötzlich. »Ihr seid keine pubertären Teenies mehr.«

Verlegen räusperte Felix sich. »Wir können auch jemanden fragen, der mehr Geduld hat«, schlug er vor. »Lena hat wahrscheinlich für so etwas keine Zeit, weil sie für irgendein schwarzmagisches Ritual ein Huhn opfern muss.«

»Echt witzig, Felix, wirklich echt witzig«, kommentierte Lena sarkastisch. »Wie wir ja von früher wissen, warst du noch nie eine Humorkanone.«

»Das wird schon«, meinte Lars resolut, schnappte sich plötzlich Felix' Hand und tippte ein seltsames Muster auf deren Innenfläche. »In Ordnung?«, erkundigte er sich nach zwei Sekunden.

»Häh?« Verwirrt runzelte Felix die Stirn.

»Das sind die Schritte. Meine Finger sind die Füße. Diese Strategie habe ich mir nämlich überlegt«, erklärte Lars erfreut. »Das ist so einfach. Vor, seitwärts, Cha-Cha-Cha, rück, seitwärts, Cha-Cha-Cha.«

»Das kapiert er doch nicht«, kommentierte Lena die Versuche ihres Kumpels. »Er kann das ja nicht einmal sehen.«

»Er kann es aber fühlen«, zischte Lars und bohrte seine Finger in Felix' Fleisch. Entsetzt riss Felix die Hand aus seiner Umklammerung. »Ich kann es fühlen«, betonte er und rieb sich die Handinnenfläche. »Sehr sogar.«

»Jetzt tanzt einfach. Lena, zeig ihm, wie die Grundhaltung geht«, bat Lars und ergriff erneut Felix' Hand. Er zog ihn etwas zur Seite.

»Ich tanze doch mit Fiona, oder?«, fragte Felix beunruhigt.

»Ja, nur jetzt kurz mit Lena.« Lars drängte ihn nach vorne, und Felix blieb nichts anderes übrig, als ihm zu vertrauen. Lars schnappte sich seine Hand und zog sie zu Lenas Fingern. Sie waren kalt. Sehr kalt. »So, deine linke, ihre rechte Hand. In Ordnung? Okay, deine linke Hand auf ihren Rücken.«

Gehorchend schob Felix seine Hand auf Lenas Rücken. Sie musste eine Bluse tragen, denn der Stoff fühlte sich dünn an. Er konnte die Kontur ihrer Knochen spüren und überlegte, dass sie vermutlich immer noch genauso dünn war wie damals als Jugendliche. Es fühlte sich gar nicht so schlecht an, solange Lena und er noch stehen bleiben konnten. Sie hielt ihn mit der rechten Hand fest und ihre linke ruhte auf seiner Schulter, was ihm weitere Sicherheit gab. Leider war er überzeugt, dass er diese Sicherheit später verlieren würde, wenn die Figuren hinzukämen.

»Höher, Felix«, kommentierte Lena. »Als ob du mir den BH aufmachen wolltest. Jetzt sei nicht so ein schüchterner Nerd.«

»Lena, du bist überhaupt nicht hilfreich«, regte Lars sich auf. »Und du, Fiona, schau gefälligst zu. Die Zeitschrift kannst du später noch lesen.« Er seufzte, und Felix musste grinsen, da die Situation total absurd war. »Also«, wandte Lars sich wieder an ihn, »wir fangen mit einem Cha-Cha-Cha an. Du gehst nach rechts und nach hinten und dann Cha-Cha-Cha.«

»Verdammt!«, rief Lena.

»Ich bin dir auf den Fuß getreten.« Enttäuscht schüttelte Felix den Kopf und ließ sie los. »Ich glaube nicht, dass ich das lernen kann. Fiona, vielleicht solltest du doch mit Philipp tanzen.«

»Nein, Felix, Flavia ist unsere kleine Schwester«, protestierte Fiona. »*Du* solltest tanzen. Zusammen mit mir. Wir waren die beiden Menschen, die Flavia hauptsächlich durch ihre Jugend begleitet haben. Philipp kam doch erst dazu, als Flavia schon studiert hat.«

»Es gibt Grenzen für mich«, erwiderte Felix empört. Zwar wünschte er sich, er müsste diese Diskussion nicht vor Lena und Lars führen, aber es war die Wahrheit, und das wollte er klarstellen. Er konnte nicht mehr alles tun, was er gerne wollte. Es war sinnlos, ständig dagegen ankämpfen zu wollen.

»Jetzt mach nicht so ein Drama draus, Felix. Wir sind alle deswegen hergekommen, dann können wir es auch versuchen«, meinte Lena streng.

Felix fiel auf, dass er immer noch ihre Hand hielt. Verlegen löste er sie, doch sie presste ihre Finger auf seine Handfläche.

»Deine Grenzen hättest du vorher abstecken müssen. Jetzt hast du Pech gehabt«, fügte sie unbarmherzig hinzu.

»Lass es uns versuchen«, bat auch Fiona. Ihre Stimme kam von hinten.

Felix fand es schrecklich irritierend, mit drei anderen Menschen im Raum zu sein, die sich ständig bewegten. Meist saß er mit seinen Freunden an einem Tisch, und niemand lief hin und her.

»Lars, mach schon. Gib ihm die Bewegung vor.« Lena klang ungeduldig. Erneut bezweifelte Felix, ob Lena überhaupt eine gute Lehrerin sein konnte. Dann stockte ihm der Atem, da er eine Hand an seiner Taille spürte. Es musste Lars' Hand sein, denn die Person, die hinter ihm stand, roch nicht nach seiner Schwester, und Lena stand immer noch vor ihm und berührte ihn an der Schulter und der Hand.

»Lars steht jetzt hinter dir und wird dir helfen, mit mir zu tanzen, ja?«, erklärte Lena. Sie begann sich zu bewegen, aber Felix wusste nicht, wohin er gehen sollte.

»Seitlich, oder wie?«, fragte er verunsichert. Das war ihm alles so peinlich.

»Lars führt dich, du führst mich«, sagte Lena leise. Dann verfestigte sie den Druck ihrer Hand auf Felix' Schulter und packte seine Hand mit ihrer anderen. Ihre Hand war klein und schmal. Warum war ihre Haut so kühl? Sie musste entsetzlich frieren. »Lass dich führen, Felix. Entspann dich. Einfach nicht zu viel nachdenken. Tanzen ist ein wenig intuitiv und nicht so mathematisch, wie du es gerne hättest.«

Schnell nickte Felix, biss sich auf die Lippen und versuchte, mit Lars' Bewegung mitzukommen.

»Klappt doch«, meinte Lars, und Felix wünschte sich, er würde dabei nicht so überrascht klingen. »Ich gebe die Schritte vor, und so kannst du Lena führen.«

Motiviert befolgte Felix Lenas Rat und hörte auf zu denken. Er stand zwischen Lena und Lars, und sie gaben ihm Halt durch ihre Hände. Es war nicht so schwer, Lars' Bewegungen zu folgen und sie an Lena weiterzugeben. Und mit der Zeit fühlte sich der Grundschritt gewohnt an und nicht mehr so fremd.

»Das ist der Cha-Cha-Cha«, meinte Lena schließlich, und als sie lachte und sich vorbeugte, bemerkte Felix, dass sie richtig gut roch. Tatsächlich irgendetwas mit Vanille.

»Super«, lobte Lars.

»Das sieht wirklich toll aus«, fügte Fiona hinzu.

Er tanzte. Etwas, was er nie hatte tun wollen und was nach seiner Erblindung für ihn unmöglich geworden war. So zumindest hatte er vor zehn Jahren gedacht. Damals war ihm vieles unerreichbar vorgekommen. Doch Stück für Stück hatte Felix sich seine Selbstständigkeit zurückerobert. Es gab Dinge, die er niemals lernen würde. Dinge, die er niemals wieder tun könnte. Das Tanzen allerdings schien nicht dazuzugehören. Denn das würde er lernen. Felix konnte nicht verhindern, dass er sich ein wenig stolz fühlte.

»Nun ja«, meinte Lena eilig. »Es ist nur der Grundschritt. Und auf der Hochzeit wird er uns beide nicht mehr dabei haben. Ich finde nicht, dass es sehr gut ist.«

Felix versuchte, sich die Enttäuschung nicht anmerken zu lassen. Das war Lena. Was hatte er denn erwartet?

Rumba

»Fiona, du tanzt viel zu dominant«, sagte Lena genervt. Schon seit einer Stunde moserte sie herum und betonte immer wieder, Fiona würde Felix zu viel führen und mehr helfen, als notwendig war.

»Ist das so wichtig, dass er führt? Wir gehen doch nicht zu einem Turnier«, protestierte Fiona und zerrte weiter an Felix, welcher eifrig seine Schritte machte.

»Du bist die Frau, er ist der Mann. Es sieht nicht gut aus, wenn du führst«, erläuterte Lena streng.

Stöhnend blieb Fiona stehen und ließ Felix los. »Hast du vergessen, dass wir nur in einem privaten Rahmen tanzen wollen?«, fragte sie laut. Erneut nahm sie Felix' Hand in ihre, und Felix erkannte daran, dass sie wieder bereit war, in die Tanzhaltung zu gehen. Doch ihr leichtes Zittern verriet ihm auch, dass sie innerlich sehr aufgewühlt war.

Schützend zog er sie etwas näher zu sich. Die ständigen Bemerkungen von Lena waren wirklich nervtötend, aber einige entsprachen der Wahrheit. Fiona glaubte, durch ihren dominanten Führungsstil seine Blindheit zu kompensieren, aber er konnte sich vorstellen, dass das einfach scheiße aussah. Lena versteckte in ihrer Kritik häufig ein wenig Humor. Zu Felix' Erstaunen konnte er manchmal ein Grinsen nicht verhindern.

»Du übertreibst es, Fiona. Lass ihm seine Männlichkeit«, begann Lena erneut.

»Meinst du nicht, so etwas kann man später noch korrigieren?«, fragte Lars vorsichtig. »Lass ihn doch erstmal Sicherheit bekommen.«

Nun war es Felix wirklich zu blöd. Ruckartig drehte er sich in die Richtung, in der Lars und Lena standen, und fauchte: »Hört auf, über mich zu reden, als wäre ich gar nicht da.«

»Sei nicht so laut«, zischte Fiona. »Wir sind hier Gäste, Felix.«

»Felix, sei nicht empfindlich«, antwortete Lena prompt. »Du brauchst meine Kritik an deinem Tanzstil nicht immer so persönlich nehmen.«

»Sei nicht so streng mit den beiden«, schnaubte Lars. »Ich meine, so übel ist es doch gar nicht.«

»Tanzen«, bat Fiona leise und zog Felix zu sich. »Bitte«, fügte sie mit heiserer Stimme hinzu.

Wütend biss Felix seine Zähne fest zusammen und begann den Cha-Cha-Cha erneut. Nach dem zweiten Grundschritt hob er seinen linken Arm leicht nach oben; Fiona erkannte sein Signal sofort und drehte sich in seinem Arm um ihre eigene

23

Achse. Ihre erste Figur, die sie tanzten. Felix war so stolz gewesen, als sie das erste Mal geklappt hatte.

»Siehst du«, rief Lena, und Triumph war ihrer Stimme anzuhören. »Er führt nicht. Fiona behält ständig die Kontrolle.«

Sofort blieb Fiona stehen und ließ Felix erneut los. Zwar hasste Felix es, wenn sie das tat, doch er konnte auch verstehen, dass sie erbost war. »Ich mache doch gar nichts«, betonte sie hitzig.

Frustriert schüttelte Felix den Kopf. »Lena, du hast doch gesagt, dass wir ehrlich miteinander umgehen sollen, oder? Also können wir es auch ansprechen. Warum kritisierst du Fiona, obwohl *ich* das Problem darstelle, beziehungsweise meine Behinderung?«

»Du bist nicht das Problem«, protestierte Fiona laut. »Sie ist das Problem und zwar ein ...«

Hastig unterbrach Felix seine Schwester und fuhr fort: »Ich bin blind und kann Fiona nicht richtig führen. Ich bin darauf angewiesen, dass sie mich führt. So einfach ist das. Los, Fiona, lass uns weitermachen.« Verärgert griff Felix nach Fionas Hand, erwischte sie aber erst beim zweiten Mal richtig und zog sie am Handgelenk zu sich.

»Nein, Felix.« Lenas Stimme klang nah, viel näher als zuvor. Wahrscheinlich hatte sie sich mit ihrer bescheuerten, schleichenden Art durch den Raum bewegt.

Am liebsten wäre es Felix gewesen, wenn Lena und Lars sich auf zwei Stühle setzen und sich nicht wegbewegen würden, während Fiona und er vortanzten. Es war ihm einfach zu mühsam, sich ständig umzuorientieren.

»Was, nein?«, fragte Felix gereizt. »Sprichst du inzwischen nicht mehr in ganzen Sätzen? Komm schon, Fio.« Seufzend packte er ihre Hand fester.

»Nein, Felix, das sehe ich einfach nicht ein. Du hast dich dazu entschlossen, trotz deiner Blindheit zu tanzen. Gut. Dann mach es aber auch richtig.« Der Stimme nach zu urteilen lief Lena um sie herum. Vielleicht hoffte sie, so mehr Fehler entdecken zu können.

Lars seufzte. »Mensch, Lena! Das sind kleine Mängel. Hauptsache sie können überhaupt tanzen. Sei nicht so streng.«

»Tanz jetzt«, knurrte Felix, als Fiona wiederholt stehen blieb. Ganz dringend wollte er tanzen und nicht mehr länger Lenas schnarrender Stimme zuhören. Hatte er nicht von Anfang an gewusst, dass Lena eine miserable Lehrerin darstellen würde?

»Du weißt, dass ich kein besonders konservativer Mensch bin, Lars. Aber was das Tanzen angeht, bin ich anderer Meinung. Hier muss es konservativ zugehen. Das heißt, dass eine Frau und ein Mann zusammen zu tanzen haben, und der Mann hat dabei zu führen. Ganz egal, ob er blind oder taub oder blöd ist«, meinte Lena erbost.

Ihre Stimme kam schon wieder aus einer anderen Richtung. Scheinbar war es der Idiotin nicht möglich, einfach mal irgendwo stehen zu bleiben.

Dann sickerte Felix eine andere Erkenntnis in den Kopf. Sie hatte ihn als dumm bezeichnet, oder es zumindest angedeutet. Er räusperte sich, um etwas zu sagen, aber Fiona und Lars kamen ihm zuvor.

»Und diese Regel kennt keine Ausnahme?«, fragte Lars.

Fast gleichzeitig betonte Fiona: »Du hast wirklich keine Ahnung, Lena. Überhaupt keine Ahnung.«

»Lasst doch Felix mal sprechen.« Lena klang schnippisch.

Felix zuckte zusammen und spürte, wie das Blut in seine Wangen schoss.

»Ich halte mich raus«, meinte er eilig. Zwar ging es um ihn, aber er wusste, dass es egal war, was er sagen würde.

»Schade.« Lena seufzte.

Anscheinend legte sie plötzlich Wert auf seine Meinung, und das war etwas, was Felix' schlechte Laune sofort vertrieb. Nur in letzter Sekunde konnte er sich das Grinsen verkneifen. Hastig biss Felix auf seine Lippen und fragte sich, warum ihn das so freute.

Fiona stieß ihm mit dem spitzen Finger gegen die Rippen. Sie musste ihm die Freude angesehen haben. Verdammt! Wieder hatte er vergessen, dass andere ihn sahen, auch wenn es um ihn herum dunkel war.

Lars schien fassungslos zu sein. »Was hast du denn für ein Problem? Fiona tanzt die Dame und er den Herrn. Vielleicht ist Fiona dabei die Führende, aber ...«

»Beim Tanzen hat der Herr die Dame zu führen. Nicht anders herum. So einfach ist das«, unterbrach Lena ihren Kumpel kühl.

Lars seufzte hörbar. »Du musst mir nicht die Grundsätze erklären, Lena. Ich tanze genauso lange wie du. Wir haben hier jedoch einen speziellen Fall und ...«

»Ich wüsste nicht, warum das hier anders sein sollte«, betonte Lena hastig, bevor Lars weiterreden konnte.

»Nein, Lena, so einfach ist das leider nicht«, mischte sich Felix müde ein.

Während er dem Streitgespräch gelauscht hatte, war seine kurzzeitige Freude darüber, dass Lena Wert auf seine Meinung legte, komplett verflogen. Erneut ließ er Fiona los, denn er hatte das alles plötzlich so satt. Der Tanzunterricht war einfach zu anstrengend, er kannte sich hier nicht aus und war ständig auf Fionas Hilfe angewiesen. Selbst zur Toilette müsste er geführt werden. Und Lena und Lars rannten ständig wie aufgescheuchte Hühner durch die Gegend, was ihn total verunsicherte. Letzte Woche war er noch optimistisch nach Hause gegangen, weil er erkannt hatte, dass es vielleicht eine Lösung geben könnte, doch nun war ihm klar geworden, dass Lena zu viel verlangte. Während es ihm genügte, einfach nur zu tanzen, wollte sie aus ihm einen Profi machen. Ihm machte das Tanzen einfach kein Spaß, und er war nicht gemacht für diese Art von Sport. Dafür fehlte ihm Rhythmusgefühl und die Lust an eleganten Bewegungen. Dass er blind war, kam noch oben drauf. Es war erst ihr zweites Treffen, doch er empfand bereits jetzt Resignation.

Plötzlich spürte er tiefe Sehnsucht danach, in seinem eigenen Haus zu sein, in dem er sich unabhängig und selbstständig bewegen konnte, da er jeden Zentimeter darin in- und auswendig kannte. Dort konnte er tun und machen, was er wollte. Niemand verlangte von ihm irgendwelche Dinge, die er nicht liefern konnte.

»Du wolltest tanzen lernen, Felix«, erinnerte Lena ihn.

»Ich hasse den Cha-Cha-Cha«, murmelte Felix frustriert und rieb sich über die Stirn.

»Dann versuchen wir es mal mit Rumba«, rief Lars fröhlich und klatschte in die Hände, als hätte er entschieden, mit purer Willenskraft die schlechte Laune der Anwesenden zu vertreiben.

»Verdammt noch mal, Lars, die können nicht einmal den Cha-Cha-Cha. Wir können ihnen nicht ständig neue Tänze beibringen, wenn sie den ersten nicht beherrschen.« Lena schien sich richtig aufzuregen, und Felix fragte sich, ob man ihr die Empörung im Gesicht ansehen konnte. Wie sie wohl inzwischen aussah? Dass sie kaum zugenommen hatte, wusste er, seit er sie berührt hatte. Doch was war mit ihren langen Haaren? Und die spitze Nase? Hatte sie immer noch so blasse Haut?

Auf einmal wieder Körperkontakt. Im ersten Moment wusste Felix nicht, wer seine Hand ergriff. Fiona war es nicht, denn sie fasste ihn nie ohne Vorwarnung an. Ihre Berührungen waren immer behutsam, weil sie genau wusste, dass Felix erschrak, wenn er aus heiterem Himmel angefasst wurde.

»Na gut, dann tanzen wir jetzt eben Rumba«, verkündete Lena bestimmt.

Es war Lena. Gut. Wenigstens wusste Felix das jetzt. Ihre Art und Weise machte ihn wütend, und er atmete scharf aus der Nase.

»Wie passt dieses Verhalten zu deiner Meinung, dass Männer die Frauen zu führen haben?«, fragte er sauer und versuchte, seine Finger aus ihrer Umklammerung zu ziehen.

Lena zögerte. Das spürte er in ihrer Bewegung, aber sie ließ ihn nicht los. Als sie ihm antwortete, hörte sich ihre Stimme heiter an. »Jetzt wirst du ausnahmsweise mal geführt, Felix. Und Fiona, du wirst zusehen.«

»Vielleicht solltest du uns doch erst nochmal den Cha-Cha-Cha zeigen. Ein neuer Tanz verunsichert uns sicher«, protestierte Fiona.

»Wir schaffen das schon irgendwie«, murmelte Lena und trat etwas näher. Felix bemerkte, dass sie lange Haare hatte, als einzelne Strähnen seine Hand kitzelten, die auf ihrem Rücken lag. In der letzten Woche hatte er zwar auch mit ihr getanzt, aber die Haare waren ihm nicht aufgefallen. Vielleicht hatte sie sie hochgesteckt gehabt? Er erinnerte sich daran, dass sie ihre Haare gerne gefärbt hatte, aber ihre Naturfarbe war braun gewesen. Welche Farbe ihre Haare jetzt wohl hatten?

»Bist du sicher?«, erkundigte er sich und schob die Haare zur Seite, damit er sich nicht darin verfangen konnte. Sie waren weich und fühlten sich seidig an.

»Nein, überhaupt nicht«, antwortete Lena und lachte leise. »Die Tanzhaltung ist dieselbe, und auch der Grundschritt ist ähnlich. Auch der Rumba ist ein kubanischer Tanz.«

»In Kuba tanzen sie viel, was?«, warf Felix ein.

Lena ignorierte ihn und erzählte weiter. »Zwar gibt es viele Ähnlichkeiten, aber die sind nur oberflächlich. Der Cha-Cha-Cha stammt vom Mambo ab, während der Rumba seine Quelle in der Habanera hat. Startklar?«, fragte sie und strich ermutigend über seine Schulter.

Vielleicht war die Berührung nicht so gemeint, aber sie beruhigte Felix dennoch ein wenig. Er schöpfte wieder ein wenig Mut, und um ihr das zu zeigen, lächelte er und nickte. „Was auch immer dieses Habana ist", meinte er.

Lena lachte. „Habanera", korrigierte sie.»Statt des Cha-Cha-Cha in der Mitte tanzt du einen langsamen, schleifenden Schritt seitwärts. Merkst du das?« Lena trat zur Seite und zog ihn mit.

Erneut nickte Felix, antwortete aber nicht, weil er sich darauf konzentrierte, die Schritte in die richtige Reihenfolge zu bringen. Ja, jetzt wusste er wieder, warum er hier war: Er wollte tanzen lernen, und er wollte wirklich gut darin sein.

Da der Grundschritt dem des Cha-Cha-Cha wirklich ähnlich zu sein schien, fühlte Felix sich schnell sicher. Das Einzige, was ihn verunsicherte, war, dass er nicht wusste, wie Lena und er beim Tanzen aussahen. Ständig grübelte er, ob er einen sehr seltsamen Eindruck machte.

Schnell stellte er fest, dass Lena zufrieden mit seinem Fortschritt war. Überhaupt war sie jetzt weniger zynisch und bissig. Er fühlte sich nicht mehr so hilflos. Es schien, als könnte er nun viel besser zu seiner Schwäche stehen. Lenas schnippische Art hatte ihn mehr verunsichert als erwartet. Erneut fragte er sich, ob er wirklich so unbeholfen tanzte, wie Lena die ganze Zeit behauptete.

Schließlich verkündete Lars, dass er nun auch Fiona den Schritt zeigen wolle. Felix war über die Pause, die er nun haben würde, mehr als dankbar. Seine Beine schmerzten und seine Füße brannten. Tanzen war ermüdender als geahnt. Zunächst wollte er in dem Wohnzimmer warten, aber als Lena den Raum verließ, entschied er, dass er ihr folgen würde.

Inzwischen wusste er, wo das Esszimmer war. Er tastete sich seinen Weg zum Tisch und ließ sich erleichtert auf die Bank fallen. Seufzend streckte er die schmerzenden Beine aus.

Wenn er mit Lena Einzelunterricht hatte, war es natürlich für Fiona sinnvoll, ihnen zuzusehen, aber für ihn selber war es mehr als zwecklos dabeizubleiben, wenn Fiona und Lars zusammen übten. Deswegen konnte er sich eine Pause gönnen.

Er genoss es, einen Moment alleine zu sein und lauschte entspannt der Musik, die er aus dem Wohnzimmer vernehmen konnte. Er dachte darüber nach, was er einem Freund zum Geburtstag schenken könnte und was er am Wochenende essen wollte. Er fragte sich, wann er seine Großeltern wieder mal besuchen würde und überlegte, ob er nächsten Monat an der Reihe war, das Grab seiner Eltern zu gießen.

»Wasser?«, fragte Lena plötzlich, und Felix zuckte zusammen.

»Schleich dich doch nicht so an«, bat Felix verärgert und nickte dann, weil er wirklich Durst hatte.

»Ich schleiche mich nicht an, Felix. Du kannst nur nicht sehen, wenn ich komme«, korrigierte Lena und hörte sich dabei sehr altklug an. »Das ist das Problem.«

»Oh, Lena. Du wirst immer ein Kotzbrocken bleiben, oder?« Leicht schmunzelte Felix. Nicht alle von Lenas Bemerkungen waren wirklich verletzend gemeint, davon war Felix überzeugt. Es war nicht zu übersehen, dass Lena lediglich versuchte, mit ihren Sprüchen ihre eigene Unsicherheit zu überspielen. Einige Menschen reagierten seltsam auf seine Behinderung. Von Personen, die ihn über die Straße führten, obwohl er gar nicht über die Straße wollte, bis hin zu Leuten, die laut sprachen, da sie Blindheit mit Schwerhörigkeit verwechselten, hatte Felix alles erlebt. Und Lena hatte ihren Sarkasmus und diese ruppige Art schon als Jugendliche dafür verwendet, um Selbstsicherheit vorzutäuschen. Damals hatte Felix das nur nicht so leicht erkannt, weil er sich provoziert gefühlt hatte. Er selber war nie einer der Coolen gewesen und damit eingeschüchtert von Fionas Freunden.

Anstatt einer Antwort von Lena konnte Felix hören, dass sie eine Flasche öffnete, Wasser in ein Glas goss und es ihm schließlich zuschob.

»War der Anblick von Fiona und Lars so grauenhaft, dass du fliehen musstest?«, erkundigte Felix sich schließlich unwirsch, nachdem er einen Schluck getrunken hatte. Es war ein herrliches Gefühl, als das Wasser seine trockene Kehle hinabfloss. Erneut antwortete Lena nicht, stattdessen hörte Felix, dass sie einen Stuhl rechts von ihm zurückschob und sich setzte. Der Tisch wackelte leicht, als Lena ihre Arme darauf positionierte.

»Ich war rauchen«, erzählte Lena schließlich. »Das brauche ich manchmal. Gerade wenn ich mit Lars so lange in einem Raum bin.«

»Du rauchst?«, fragte Felix erstaunt. »Zigaretten?«

»Nein, Felix, ich rauche mitten am Tag einen Joint«, erwiderte Lena ironisch. »Natürlich rauche ich Zigaretten, was denn sonst?«

Grinsend nahm Felix einen weiteren Schluck von dem Wasser. Dann lehnte er sich zurück und merkte, wie er sich langsam entspannte. Dass Lena immer noch rauchte, verwunderte ihn. Damals hatten alle in Fionas Freundeskreis geraucht, aber die meisten hatten irgendwann damit aufgehört. Außerdem hatte Lena nie nach Zigarettenqualm gerochen.

»Ja, ich rauche tatsächlich. Ich rauche, trinke, esse, habe ständig andere Männerbekanntschaften und genieße das Leben in vollen Zügen. Also kurz, ich tue alles, was du wahrscheinlich verabscheust«, zählte Lena auf und klang dabei gar nicht so glücklich, wie sie es wahrscheinlich wollte.

Da Felix mehr als sehende Menschen darauf angewiesen war, Gefühle aus der Tonlage und der Stimme herauszuhören, war er inzwischen recht talentiert darin, auch Dinge zu hören, die andere Menschen vielleicht nicht unbedingt offenbaren wollten.

»Das ist doch schön für dich«, antwortete Felix nachdenklich. Er überlegte, warum Lena nicht glücklich war, aber vorgab, es zu sein. Letztendlich kam er zu dem Schluss, dass ihn das nichts anging und auch nicht sonderlich interessieren sollte.

Eine ganze Weile schwiegen sie beide, und Felix konzentrierte sich auf die Sinne, die ihm geblieben waren. Lena roch auch heute leicht nach Vanille. Lars' Wohnung roch nach Zimt, da er vorhin tatsächlich einen Kuchen gebacken hatte, wie er am Anfang ihrer Tanzstunde berichtet hatte. Das war eine köstliche, fast weihnachtliche Kombination.

Von rechts konnte Felix ein kratzendes Geräusch hören. Vielleicht knibbelte Lena das Etikett von einer Flasche ab? Weiter entfernt hörte Felix die Musik und erkannte, dass Fiona und Lars immer noch Rumba übten. Zumindest war das Lied für einen Cha-Cha-Cha zu langsam.

»Trinkst du etwas?«, erkundigte Felix sich und beugte sich etwas nach vorne. Normalerweise hätte ihn das kratzende Geräusch nicht weiter interessiert. Oft hörte er Dinge, die er nicht interpretieren konnte, und meistens machte er sich darüber keine großen Gedanken. Aber diesmal war die Neugier einfach stärker.

»Ich trinke ebenfalls Wasser«, antwortete Lena erstaunt. Scheinbar war auch sie überrascht, dass Felix sich für solche Banalitäten interessierte.

»Knibbelst du von irgendwas das Etikett ab?«, hakte Felix nach.

Das Geräusch verstummte. »Nein«, murmelte Lena. »Auf dem Tisch sind Reste von Kleber. Lars bastelt diese blöden Raumschiffmodelle, und ich kann nicht ausstehen, wenn jemand sich so an seinen Möbeln vergeht. Den Tisch haben Lars und ich uns damals noch zusammen gekauft. Langsam frage ich mich echt, wieso der Kerl ausgerechnet hier seinem Hobby nachgehen muss.«

»Aha«, machte Felix und nickte, auch wenn er nichts verstand. Waren Lars und Lena mal zusammen gewesen? »Äh …«

»Hast du das nicht gewusst?« Lena klang amüsiert.

Felix schüttelte den Kopf. Vielleicht hätte er es sich denken sollen. Lena war früher das beliebteste Mädchen der Clique gewesen und von allen Männern angehimmelt worden. Warum sollte nicht auch Lars auf sie reingefallen sein?

»Ist schon lange her«, murmelte Lena und klang heiterer, als sie fortfuhr: »Aber dieser Idiot macht unseren Tisch kaputt, und seine neue Tussi passt nicht auf, dass er das unterlässt.«

Ja, dass die beiden mal ein Paar gewesen waren, verwunderte ihn nicht so sehr. Vielmehr irritierte ihn Lenas Verbitterung über den gemeinsamen Tisch, an dem Lars nun saß. Litt sie noch an der Trennung, obwohl sie so leichtfertig sagte, es läge bereits lange hinter ihnen? Vermisste sie Lars? Und woher kam die feindliche Betitelung Lars' neuer Partnerin gegenüber? War sie doch eifersüchtig auf eine stabile Paarbeziehung, obwohl sie das Gegenteil behauptete? War sie etwa einsam und sehnte sich nach einem Partner, wie Lars einen hatte? Oder schwärmte sie gar nach wie vor für Lars?

»So furchtbar seid Fiona und du beim Tanzen gar nicht«, meinte Lena und wechselte somit das Thema. »Aber ihr müsst wirklich besser werden.«

Überrascht lachte Felix und war erstaunt, dass es sich nicht einmal sehr übellaunig anhörte. »Ich wusste gar nicht, dass du eine Perfektionistin bist.«

Das kratzende Geräusch wurde wieder aufgenommen. »Wir haben ja noch ein bisschen Zeit bis zur Hochzeit. Und bis dahin habt ihr die Chance, besser zu werden.«

In einem Zug leerte Felix das Glas und schob es von sich, damit er seine Arme auf den Tisch legen konnte und sich nicht daran erinnern musste, wo das Glas steht. Lena nahm ihm das Glas aber ab, bevor Felix loslassen konnte, und stellte es ans andere Ende des Tisches. Zumindest vermutete Felix das.

Seufzend legte Felix beide Arme mit ausgebreiteten Handflächen auf die raue Tischplatte. Auch wenn er es nicht gerne zugab, aber wenn er sich an Möbeln festhalten konnte, fühlte es sich für ihn einfach besser an, zumindest wenn er in einer Umgebung war, die er nicht so gut kannte. Zu Hause machte er das natürlich nicht. »Sieht man mir eigentlich an, dass ich blind bin? Beim Tanzen meine ich.«

»Du trägst eine Sonnenbrille, Felix«, antwortete Lena rasch.

»Ja, das weiß ich«, erwiderte Felix und seufzte. Mit seinem Zeigefinger schob er seine Brille etwas nach oben, obwohl sie optimal auf der Nase saß. Es gab niemanden, der ihm diese Frage ehrlicher beantworten würde als Lena.

Natürlich würde Lars ihn anlügen. Er würde es natürlich gut mit ihm meinen, und er war dankbar dafür, dass es Menschen gab, die akzeptierten, dass er in einigen Dingen eingeschränkt war und ihm nicht ständig auf die Nase banden, wie schlecht oder langsam er manche Tätigkeiten durchführte. Doch nun brauchte er eine ehrliche Antwort, auch wenn es ihm wehtun würde.

So wie er Fiona einschätzte, würde sie ihm auch die Wahrheit sagen. Ihr vertraute er am meisten. Aber sie würde sehr viele Worte benutzen, weil sie darauf hoffte, dass ihr Redeschwall so verwirrend war, dass Felix die bittere Wahrheit nicht wahrnahm. Und das Problem bei Fiona war, dass es ihn wirklich verwirrte, wenn sie weit ausholte. Manchmal sprach sie mehrere Themen in einem Satz an, machte komplizierte Wendungen und verarbeitete viel Information in ebenso viele Worte, die sie mit zusätzlichen sinnlosen Worten ausschmückte. Eine Frau eben. Ihre Art zu reden war anstrengend weiblich. Schlimmer noch als bei ihrer jüngeren Schwester Flavia. Viel schlimmer.

Es gab nur Lena, die ihm die ungeschminkte Wahrheit sagen würde, ohne auf ihn Rücksicht zu nehmen, und das in knappen Sätzen, die Felix verstehen würde, ohne sich anstrengen zu müssen. Zwar war auch sie eine Frau, aber sie war direkter und sagte die Wahrheit ungeschönt und geradeaus.

»Wenn du mal von meiner Sonnenbrille absiehst, meine ich«, fügte er hinzu. »Sieht man mir an, dass ich blind bin? So wie ich mich bewege, so wie ich Fiona oder dich berühre, meine ich? Klammere ich mich sehr an meine Schwester?«, fragte er vorsichtig.

Schon wieder dieses kratzende Geräusch! Am liebsten wäre Felix mit der Hand über den Tisch gefahren, um festzustellen, ob die Kleberreste von Lars wirklich so hartnäckig waren, oder ob Lena nur wieder ihre Unsicherheit überspielen wollte.

»Willst du eine ehrliche oder eine höfliche Antwort?«, erkundigte Lena sich nach wenigen Sekunden.

»Du kannst höfliche Antworten geben?« Erneut musste Felix lachen, obwohl er sich angesichts dessen, was man ihm gleich sagen würde, eigentlich nicht sehr fröhlich fühlte.

»Natürlich. Oder was meinst du, wie ich Lars dazu gebracht habe, mich zu heiraten?«, erwiderte Lena, und ihre Stimme hörte sich ein bisschen so an, als würde auch sie lachen – leider lautlos.

Felix stutzte. Also waren Lars und Lena sogar miteinander verheiratet gewesen? Warum hatte Fiona ihm das nicht erzählt? Und wieso war Lena plötzlich so redselig und bereit, über private Sachen zu sprechen? Wollte sie nur ablenken? Das passte irgendwie nicht zu ihr. Sie schien nicht wie eine Frau zu sein, die es vermied, die Wahrheit zu sagen, indem sie ablenkte.

»Du musst mich ja wirklich für einen Sympathieknopf halten. Oder wie hast du das letzte Woche genannt?«, fragte Lena.

Felix gluckste. »Ausgeburt an Sympathie.« Auch wenn Lena versuchte, erneut abzulenken, so konnte er nicht einfach darüber hinweggehen. »Ähm … ihr wart wirklich verheiratet?«

»Ja, zwei Jahre, aber es hat leider nicht geklappt«, antwortete Lena und klang ziemlich ernst. »Die Scheidung war sehr schmerzhaft. Trotzdem versuchen wir noch gut befreundet zu sein.« Sie räusperte sich. »Jetzt kommt die Lena-Antwort: Du bist ziemlich unsicher beim Tanzen, und ja, du klammerst dich zu sehr an deine Schwester.«

Das Lächeln auf Felix' Gesicht verschwand, noch ehe er sich daran erinnern konnte, dass er mit Lena an einem Tisch saß und diese seine Enttäuschung natürlich sehen würde. »Könnte es nicht einfach so aussehen, als sei ich ein Tanzanfänger?«

»Nein, leider nicht. Man sieht es dir auch beim Grundschritt an, den du ja inzwischen beherrschst. Man merkt, dass du keine Ahnung hast, wo du dich im Raum befindest und dass du Fiona oder mich zur Orientierung benötigst. Ich weiß echt nicht, wie wir euch Figuren beibringen sollen, bei denen Fiona in den Raum tanzt, während du alleine weitermachst«, erwiderte Lena. Wenigstens klang sie nicht spöttisch, sondern neutral, kühl und emotionslos. Ehrlich.

»Oh.« Betroffen hustete Felix.

»Ehrlich gesagt hatte ich nicht gedacht, dass du so unsicher sein würdest«, fügte Lena hinzu. »Hab' halt geglaubt, dass du dein fehlendes Augenlicht gut kompensieren kannst. Ich meine, immerhin bist du immer so geschickt gewesen, und du bist so wahnsinnig intelligent.«

Dass die Antwort so schlimm werden würde, damit hatte Felix nicht gerechnet. »Glaubst du, ihr bekommt das hin? Mir das Tanzen beizubringen?«, fragte er vorsichtig.

»Ich weiß es nicht.« Lena stand auf und schob den Stuhl wieder an den Tisch. »Aber ich werde mein Bestes geben. Komm schon.«

Felix spürte eine Hand an seinem Arm und stand auf. Rasch tastete er nach der Kommode, die an der Seite stand, doch Lena war so schnell und zog ihn mit sich, dass er den Überblick verlor.

»Nicht so schnell«, fauchte er und blieb stehen. Lenas Hand verschwand sofort von seinem Arm, was die Sache nicht wirklich besser machte, denn jetzt hatte Felix überhaupt keinen Anhaltspunkt mehr.

»Du solltest jetzt noch mal mit Fiona tanzen. Es wird dir nichts nützen, wenn du mit einer erfahrenen Tänzerin wie mir tanzen kannst. Denn auf der Hochzeit wirst du mit Fiona tanzen müssen«, erklärte Lena ungeduldig.

»Ich … Verdammt, wo ist die Kommode?« Felix wünschte sich, seine Stimme würde nicht so panisch klingen. Normalerweise war er nicht so sensibel, aber die Tatsache, dass er in einer fremden Wohnung war und Fiona im anderen Raum, machte ihn ganz einfach nervös. Oder vielleicht war er auch so empfindlich, da Lena ihm gesagt hatte, dass er sehr unsicher tanzte? Seit wann war es ihm so wichtig, was Lena von ihm hielt?

»Hier«, sagte Lena, während sie Felix' Hand nahm und sie auf die Kommode legte. Ihre Finger waren wieder kühl, und das verwunderte Felix, denn es war warm im Raum.

»Okay … danke«, murmelte er und rieb mit einem Finger über die Haut, die Lena berührt hatte, weil sie leicht kribbelte. Dann lief er bedacht voran ins Wohnzimmer, um weiter mit Fiona zu üben.

Samba

Aufgrund von Lenas ehrlicher, aber vernichtender Meinung bezüglich Felix' Tanzerei, entschied er, dass es nicht ausreichen würde, einmal wöchentlich bei Lars zu tanzen.

Glücklicherweise bot Fiona sich als Übungspartnerin an. Auch sie wollte, dass Felix und sie ein gutes Bild abgaben, und war entschlossen, ebenfalls noch sicherer werden.

Philipp, Fionas Mann, saß meist am Rand und kommentierte ihre Übungen. Wenigstens besaß er genügend Anstand und lief nicht im Raum herum, wie Lena und Lars es immer taten. Doch Felix wollte nicht ungerecht sein. Philipp konnte mit seiner Behinderung viel besser umgehen, weil er Felix sehr oft traf und sie über gewisse Dinge gesprochen hatten. Außerdem hatte er ihn als blinden Mann kennengelernt.

»Sehen wir sehr unsicher aus?«, fragte Felix, nachdem er mit Fiona den Cha-Cha-Cha wiederholt hatte. Sie kannten bisher noch nicht so viele Figuren, aber es war auch so schon kompliziert genug. Zum Glück war der Rumba dem Cha-Cha-Cha tatsächlich ähnlich und somit auch viele Figuren bei beiden Tänzen gleich.

»Das kann ich nicht beurteilen«, meinte Philipp seufzend. »Ich weiß nicht. Ich kenne mich damit doch auch nicht so gut aus.«

Einmal zeigten sie auch ihren Großeltern, was sie gelernt hatten. Ihr Großvater war begeistert von Felix' und Fionas Tanz und wiederholte immer wieder, wie stolz er war. Aber da sich Felix noch gut an die Hochzeit seiner Tante erinnerte, waren ihm die Komplimente seines Großvaters nicht sehr viel wert, da sein Opa – trotz Sehvermögen – beim Tanzen wie ein Storch auf zu kurzen Beinen aussah. Das war das letzte Mal gewesen, dass er seine Großeltern miteinander hatte tanzen sehen. Nicht sehr lange danach war er erblindet. Ihm wurde bewusst, wie wertvoll dieser Moment auf der Hochzeit seiner Tante für immer für ihn sein würde.

Seine Großeltern tanzend, seine Eltern tanzend ... Als er darüber nachdachte, wie glücklich sie damals alle gewesen waren, wurde er sentimental.

»Also dafür, dass eure Freunde euch nichts vortanzen können und du dich nicht selber im Spiegel sehen kannst, finde ich es wirklich gut«, meinte seine Oma diplomatisch.

Sie übernahm Fionas Part, und Felix fand es schön, dass seine Großmutter lachte und ihm ins Ohr flüsterte, dass seine zukünftige Freundin einmal froh darüber sein würde, dass er tanzen lernte. »Das mögen die Frauen«, betonte sie.

Das gab ihm wieder ein wenig Selbstvertrauen zurück. Es war schön, dass seine Großeltern immer noch jung genug waren und seine Oma mit ihm tanzen konnte. Sie hatten sich gut gehalten und das obwohl sie so einen entsetzlichen Verlust hatten verkraften müssen. Felix konnte sich nicht ausmalen, wie schwer es war, die eigene Tochter und den Schwiegersohn zu verlieren und sich anschließend um die Enkel kümmern zu müssen. Seine Großeltern väterlicherseits waren weniger gut mit der ganzen Situation umgegangen, sein anderer Opa war geradezu daran zerbrochen.

Trotz der Fortschritte, die er machte, erkannte er immer wieder, dass Tanzen nicht sein Ding war. Dass er sich so konzentrieren musste, da er Angst hatte, irgendwo dagegen zu rennen, ließ ihn sich zusätzlich anspannen. Wenn die Hochzeit seiner kleinen Schwester endlich vorbei war, würden ihm vor lauter Erleichterung ganze Felsen vom Herz fallen. Er bezweifelte, dass er es genießen würde, mit Fiona zu tanzen. Auch die Eltern von Flavias Verlobten würden tanzen – und das bestimmt viel besser – und Fiona und er würden sich vor allen Gästen gnadenlos blamieren. Warum bestanden Flavia und ihr Zukünftiger auf diese altmodische Sache, dass die Eltern der Brautleute bei der Hochzeit vortanzen mussten? Und wieso mussten sie ihre Eltern vertreten? Wäre es nicht besser gewesen, ihre Großeltern hätten das übernommen? Immerhin hatten sie Flavia großgezogen.

Am nächsten Samstag lernten Felix und Fiona auch die Freundin von Lars kennen. Obwohl Felix sie sehr sympathisch fand, sehnte er sich danach, mit Lena, Lars und Fiona alleine zu sein. Sarah war einfach nur eine zusätzliche Person, die sich im Raum bewegte, während Felix mit Fiona tanzte. Zwar konnte er durch das Ticken der Uhr seine eigene Position ermitteln, aber wenn ständig Leute um ihn herumliefen, verunsicherte ihn das dennoch.

Außerdem fragte er sich, wie Lena sich dabei fühlte, wenn Sarah da war. Doch schon bald bemerkte er, dass er sich umsonst Sorgen machte. Zwar war Lena gewohnt schnippisch zu Sarah, so wie sie es zu allen war, aber trotzdem wirkten die Frauen vertraut im Umgang miteinander.

Sie wiederholten den Rumba und den Cha-Cha-Cha, und Lars lobte sie vorsichtig. Lena schwieg. Felix hatte sich so sehr gewünscht, dass auch sie bemerken würde, dass Fiona und er zu Hause geübt hatten, doch sie äußerte nichts weiter.

Als Lars vorschlug, eine Pause einzulegen, war Felix dankbar. Seine Kumpels hatten gelacht, als er ihnen erzählt hatte, dass Tanzen ein anstrengender Sport war, doch dem war wirklich so. Sowohl körperlich als auch geistig, denn er musste Fiona führen, seine eigenen Schritte im richtigen Rhythmus ausführen, und gleichzeitig versuchte er sich im Kopf den Raum vorzustellen, um wenigstens ahnen zu können, wohin er mit Fiona gerade tanzte. Natürlich wusste er, dass Fiona ihm zeigen würde, wenn sie Gefahr liefen, zu nah an den Rand zu tanzen, aber das würde Lena nicht gefallen, die immer noch darauf bestand, dass Felix Fiona führen sollte.

Dazu kam der Muskelkater in seinem Po und seinen Oberschenkeln. War er so untrainiert? Doch daran konnte es eigentlich nicht liegen, denn Fiona humpelte, seit sie täglich übten. Also musste auch sie Schmerzen in den Beinen haben. Und sie ging regelmäßig mit ihrer Freundin joggen. Aber vielleicht hatte sie auch nur Blasen an den Füßen, weil sie es nicht gewohnt war, so oft Absatzschuhe zu tragen.

Während Sarah und Fiona gemeinsam in die Küche gingen, um den Kaffee vorzubereiten, verschwand Lars im Bad. Da ihr Training viel mehr Zeit als angenommen in Anspruch nahm, hatten sie entschieden, zusätzlich den ganzen Nachmittag zu opfern, anstatt nur den Samstagabend. Fiona hatte einen Kuchen gebacken – ein kleines Dankeschön für das Training, das sie erhielten.

»Ich gehe eine rauchen, Felix«, verkündete Lena, als Sarah die Tür zur Küche zugeschlagen hatte, nachdem Lena einen derben Spruch über Lars gemacht hatte. »Kommst du mit auf den Balkon?«

Leider wusste Felix nicht, wo der Balkon war. Inzwischen hatte Lars ihm den Weg zum Esszimmer und zur Toilette gezeigt, und natürlich kannte er auch den Eingangsbereich, das Wohnzimmer und den Flur, aber bisher hatte er noch nie die Gelegenheit gehabt, den Balkon aufzusuchen.

Den Geräuschen nach zu urteilen, wühlte Lena in ihrer Tasche – wahrscheinlich, um Zigaretten zu suchen. Es war nett, dass sie Felix fragte, ob er mitkommen wollte, anstatt ihn hier alleine im Wohnzimmer sitzen zu lassen.

»Was ist los? Bist du jetzt auch noch stumm geworden?«, fragte Lena ungeduldig.

Es wäre ihm lieber gewesen, wenn Fiona ihm den Weg zum Balkon gezeigt hätte oder wenigstens Lars, denn es fiel ihm nicht leicht, sich von Lena führen zu lassen, da diese das mit Schwäche in Verbindung bringen würde. Seufzend kratzte sich

Felix am Kopf. Er ließ sich auch von seinen Großeltern oder Philipp führen, und bisher hatte er nie Probleme damit gehabt, zur Not Hilfe von anderen Menschen anzunehmen – aber Lena war eben Lena.

»Komm schon«, forderte Lena ihn auf und zog Felix mit der Hand am Ellenbogen hoch. »Frische Luft tut dir gut. Nach der Pause wollen wir Samba trainieren.«

»Was? Wieder ein neuer Tanz?«, fragte Felix erschrocken und ließ sich notgedrungen von Lena durchs Wohnzimmer führen. Er hatte keine andere Wahl, und so unangenehm war Lenas Hand an seinem Ellenbogen gar nicht. Eigentlich hatte er es lieber, wenn er sich bei jemandem einhaken konnte, weil ihm das das Gefühl von Kontrolle vermittelte, aber er wollte nicht ständig meckern. »Samba? Ist der schwer?«

»Samba ist kein stationärer Tanz, man bewegt sich viel mehr über die Tanzfläche. Somit wirst du lernen müssen, dich freier im Raum zu bewegen – auch ohne Fiona«, erklärte Lena amüsiert. »Wir hielten es für sinnvoll, dass du diesen Tanz lernst, um dich etwas von Fiona zu lösen.«

»Wunderbar«, knurrte Felix. »Wir können doch noch nicht einmal richtig Cha-Cha-Cha und Rumba.«

»Ihr könnt nicht immer dieselben Tänze üben. Es wäre im Gegenteil sogar eher hinderlich, da hat Lars recht, wie ich zugeben muss«, erzählte Lena. Ziemlich grob zog sie Felix etwas nach rechts.

»Hinderlich?«, fragte Felix atemlos und entschied, dass er sich nicht wegen Lenas Grobheit beschweren würde. Er folgte ihr. Ja, er sollte es ihr sagen, aber er wollte den Moment nicht zerstören.

»Fiona wird immer sicherer«, betonte Lena. »Und je sicherer sie wird, desto weniger führst du sie. Ich denke, wir müssen zuerst einmal erreichen, dass du mehr Mut bekommst und ein bisschen aus dir herauskommst.«

Verblüfft hüstelte Felix. Lena schien wirklich eine kleine Perfektionistin zu sein. Oder war sie sich einfach nur nicht bewusst, wie schwierig es war, blind zu tanzen?

Gerade wollte er seinem Ärger Luft machen, als er stolperte und fast hingefallen wäre, wenn Lena ihn nicht festgehalten hätte.

»Oh«, sagte Lena erstaunt. »Ich hatte ganz vergessen, dass bei der Balkontür eine kleine Treppenstufe ist. Dass du da aber auch ausgerechnet drüber fallen musst.«

Verärgert rieb Felix sich den Arm, an dem Lena ihn davon abgehalten hatte hinzufallen. Mit einem Mal fühlte er sich total überfordert. Er war mit Lena alleine, und sie schien überhaupt keine Ahnung zu haben, wie schwer es war, blind in einer fremden Wohnung und ohne seinen Stock herumzulaufen. Warum vertraute er ihr auch und verzichtete auf den Stock? Was war nur in ihn gefahren? Selten hatte Felix mit einem unaufmerksameren Menschen zu tun gehabt. Lena schien wirklich rücksichtslos und egoistisch zu sein.

»Du hast ja keine Ahnung«, murmelte er. Zaghaft streckte er die Hand aus und versuchte, sich irgendwo zu orientieren. Ihm war bewusst, dass seine Finger zitterten und sie es sah, was ihn zusätzlich ärgerte.

»Ich hab's vergessen«, erwiderte Lena gereizt. »Hab ich doch eben schon gesagt. Das ist nur eine Treppenstufe.«

»Die ich nicht sehen kann, du Idiotin«, fauchte Felix und fuhr sich nervös mit den Händen durch die Haare. Er hasste es, in dieser Situation zu sein, besonders wenn Lena bei ihm war. In den letzten Jahren hatte er sich nicht mehr so verunsichert gefühlt, wie an den Samstagen bei Lars. Solange er sich in seinem begrenzten, alltäglichen Leben bewegte, kam er wunderbar zurecht, und manchmal vergaß er sogar, Groll darüber zu empfinden, dass er sein Augenlicht verloren hatte. Doch Lena sowie seine mangelnde Fähigkeit, Fiona beim Tanzen zu führen, schienen in ihm all die schrecklichen Gefühle wieder wachzurufen, die er in den ersten Wochen nach seiner Erblindung durchlebt hatte.

Damals hatte er nicht aufgegeben. Und ganz bestimmt würde er es auch jetzt nicht tun. Zaghaft streckte er erneut eine Hand aus und versuchte, einen Gegenstand zu erfassen, an dem er sich anlehnen oder den er ergreifen konnte.

»Rechts ist ein Stuhl. Setz dich«, bat Lena und klang dabei fast ein wenig sanft.

Erleichtert atmete Felix aus und ließ sich auf den Stuhl fallen, sobald er die Sitzfläche abgetastet hatte. Erst jetzt, wo er saß, ließ er die Umgebung auf sich wirken. Er spürte die Wärme von Sonnenstrahlen, hörte Vogelgezwitscher und das Rauschen vom Wind in den Blättern. Der Geruch nach Vanille verschwand, und dann hörte er ein scharrendes Geräusch, als Lena einen Stuhl zurechtrückte und sich wohl ebenfalls hinsetzte.

Ein Klicken war zu hören, und da Lena kurze Zeit später tief einatmete, nahm Felix an, dass sie sich eine Zigarette angezündet hatte. Langsam wurde er wieder ruhiger, die negativen Gefühle der Hilflosigkeit und Mutlosigkeit verschwanden, und die Willensstärke, die ihn seit dem Unfall antrieb, gewann wieder die Oberhand. Immerhin saß er jetzt auf einem Stuhl, streckte seine schmerzenden Beine aus und würde einige Minuten dort bleiben können, entspannt in der warmen Sonne und mit den Geräuschen der Natur im Ohr. An den Rückweg wollte er vorerst nicht denken.

»Die Sonne ist ziemlich stark«, meinte Lena nach einigen Sekunden. »Jetzt könnte ich auch eine Sonnenbrille gebrauchen.«

»Mmh.« Entspannt hob Felix die Schultern und streckte lächelnd sein Gesicht zur Sonne, um die streichelnde Wärme auf der Haut zu spüren.

»Warum trägst du eigentlich eine Sonnenbrille?«, fuhr Lena fort.

Verlegen zuckte Felix zusammen und spürte, dass er erneut ein wenig nervös wurde. Komischerweise war es ihm unangenehm, dass Lena ihn das fragte, obwohl es ansonsten für ihn kein Problem darstellte, wenn ihn jemand auf seine Brille ansprach. »Die Sonne ist ziemlich stark«, antwortete er und drehte seinen Kopf in die Richtung, in der er Lena vermutete und lächelte. Vielleicht würde die Idiotin von selbst bemerken, wie unangenehm diese Frage für ihn war.

»Sehr witzig«, kommentierte Lena trocken. »Hätte von mir kommen können.«

Obwohl offensichtlich war, dass sie es nicht lustig fand, fühlte Felix sich etwas selbstbewusster, denn er wusste, dass es ein guter Konter gewesen war.

»Ich habe nie verstanden, warum blinde Menschen das tun«, stellte Lena fest.

Nun ja, einige Dinge änderten sich wohl nie. Lena war immer noch eine Idiotin. Und sie war wohl immer noch nicht fähig zu erkennen, wann sie zu weit ging. Offenbar war es ihr nicht möglich, zu bemerken, was in ihren Mitmenschen vorging. War es Empathielosigkeit oder vielleicht der Glaube, mit der Wahrheit immer voranzukommen?

»Die Frage ist mir etwas unangenehm«, erwiderte Felix und drehte sich wieder der Sonne zu. »So gut kennen wir uns nun auch wieder nicht. Ich weiß nicht einmal, was du beruflich machst, und bis vor Kurzem wusste ich nicht mal, dass du mit Lars verheiratet warst.«

Für eine Zeit schwieg Lena, und Felix konzentrierte sich auf das tröstende Gefühl der Wärme auf seiner Haut und lauschte, wie Lena an der Zigarette zog. Es hörte sich ein wenig sinnlich an.

»Ich mache dir einen Vorschlag«, kündigte Lena schließlich an. Ein schleifendes Geräusch folgte, als sie etwas – Felix vermutete, es war ein Aschenbecher – zu sich heranzog. »Ich erzähle dir diese Woche, was ich beruflich mache, nächste Woche, wie oft ich verheiratet war, und übernächste Woche erzählst du mir, warum du eine Sonnenbrille trägst.«

»Du warst nicht nur mit Lars verheiratet?«, fragte Felix erstaunt und überlegte sich, ob sie ihn auf den Arm nahm. Sie verarschte ihn. Sie war erst Mitte 30. So alt wie seine Schwester, ein wenig älter als er. Wie konnte sie mehr als einmal verheiratet gewesen sein?

»Abgemacht?«, fragte Lena, ohne auf seine Frage einzugehen.

»Nein«, brummte Felix. Was dachte sich diese Frau eigentlich? Er hatte nicht vor, Lena irgendwas über sich zu erzählen, und bestimmt würde er nicht auf so eine Abmachung eingehen. Immerhin war das Lena. Andererseits ... Dieser Deal würde seine Neugier befriedigen.

»Gut«, antwortete Lena zufrieden. »Dann ist das abgemacht.« Sie hörte sich an, als würde sie grinsen.

»Lena«, warnte Felix verärgert.

Nach dem Geräusch zu urteilen, zündete sie sich erneut eine Zigarette an. »Du wirst über meinen Beruf ganz sicher ziemlich lachen«, verkündete sie und klang dabei ziemlich vergnügt. »Ich frage mich, warum du es noch nicht erfahren hast. Ich hatte damit gerechnet, dass Lars es zuerst Fiona erzählen und die es gleich an dich weitergeben würde.«

»Ich habe in diesen kuriosen Handel nicht eingewilligt«, protestierte Felix. »Mich interessiert überhaupt nicht, was du beruflich machst.«

»Ich bin Küchenhilfe«, antwortete Lena, ohne auf Felix' Protest zu achten.

»Lena«, seufzte Felix und verdrehte die Augen. »Bist du überhaupt nicht erwachsen geworden?«

»Und das Beste kommt noch«, fügte Lena hinzu und ignorierte Felix' Einwand. »Rate mal, wo.«

Felix setzte sich auf und wandte sein Gesicht wieder Lena zu, obwohl er sie nicht sehen konnte, doch er wusste, dass sehende Personen es als irritierend empfanden, wenn er sie bei einer Unterhaltung nicht ansah. »Ich habe keine Lust zu raten«, erwiderte er und bemerkte, dass sein Ärger langsam verflog. Die Neugierde war einfach zu stark.

»Ich bin Küchenhilfe ... in der Schulkantine.« Lena lachte. »In unserem Gymnasium.«

Überrascht stellte Felix fest, dass er ein Kitzeln im Magen verspürte, wenn Lena – so wie jetzt – laut lachte. Es klang angenehm klar, ohne aufdringlich zu sein. Ein schönes Lachen.

»Und, was sagst du?«, fragte Lena. »Hättest du das geahnt? Ich meine, dass ich mal Küchenhilfe werde?«

Nein, das hätte Felix niemals gedacht. »Äh, nein. Ehrlich gesagt, habe ich damit überhaupt nicht gerechnet. Wie bist du in unserer ehemaligen Kantine gelandet?«

»Wie du dich vielleicht erinnern kannst, bin ich ohne Abschluss von der Schule gegangen. Ich habe einige Jahre damit zugebracht, vor mich her zu leben. Danach fand ich keine Ausbildungsstelle mehr.« Lena klang so verbittert, wie sich Felix manchmal anhörte, wenn er seinen Freunden erzählte, wie sehr er in seinem Beruf aufgrund seiner Behinderung diskriminiert wurde, und dass man ihm nie zutraute, richtig gut in dem zu sein, was er machte.

»Und dann bist du einfach Küchenhilfe geworden?«, riet Felix erstaunt. Er hatte vergessen, dass Lena gegen Ende der Schulzeit Probleme gehabt hatte. Zu der Zeit hatten Fiona und sie auch nicht mehr so viel miteinander zu tun gehabt. Doch nie hatte er sich Gedanken darüber gemacht, wie schwer es für Lena gewesen sein musste, ohne Schulabschluss einen Job zu bekommen und in der Berufswelt Fuß zu fassen.

»Na ja, einfach war es nicht, aber ich liebe es inzwischen, auch wenn ich mir wünschen würde, aus der verdammten Kantine rauszukommen. Ich träume davon, eines Tages in einem Restaurant zu arbeiten.« Nun klang Lena wieder etwas zufriedener.

»Ich bin Programmierer«, erzählte Felix, obwohl Lena gar nicht gefragt hatte.

Lena bewegte sich, was er daran bemerkte, dass ihre Klamotten raschelten. »Geht das?«

Felix unterdrückte seinen Ärger. So reagierten die Menschen immer, leider auch die Arbeitgeber. Er war sicher, er hätte einen besseren Job gefunden, könnte er noch sehen. Zum einen hatte er wegen des Unfalls viel länger studiert, zum anderen wollten die Arbeitgeber ihn nicht einstellen, weil sie ihm nie glaubten, dass er durch seine Blindheit nicht eingeschränkt war. »Ja, das geht«, sagte er fest. »Sogar sehr gut. Ich *bin* sehr gut.«

»Richtig am Computer?«, hakte Lena nach.

Felix musste schmunzeln. »Ja, natürlich. Ganz normal am Computer. Bis auf die angeschlossene Brailleausgabezeile unterscheidet sich der Computer nicht von anderen Computern.«

»Es passt zu dir«, gab Lena zu.

»Es hat mir bereits als Schüler Spaß gemacht«, erwiderte Felix.

»Ja, es war vorhersehbar.« Lena hörte sich heiter an.

»Der Kaffee ist fertig.« Erschrocken zuckte Felix zusammen. Sarah. Er hatte ganz vergessen, dass Lena und er nicht alleine waren, so spannend war die Unterhaltung am Schluss gewesen. »Vorsicht, Treppenstufe«, fügte Sarah hilfsbereit hinzu und ließ Felix und Lena vorgehen. »Lena, pass auf, ja?«

»Wir passen schon auf«, fauchte Lena in Sarahs Richtung und umklammerte Felix' Arm so fest, dass es wehtat.

»Es geht auch alleine.« Felix versuchte, sich von ihr zu lösen. »Lena, verdammt, du tust mir weh.«

»Lena.« Sarah klang amüsiert. »Du brichst Felix noch den Arm.«

»Wir schaffen das, Sarah, du Heldin.« Lena strich entschuldigend über Felix' Arm.

»Ich gehe auf die Toilette«, sagte Felix leise und räusperte sich, als er Lena losließ. Er hatte das unangenehme Gefühl, seine Wangen wären rot. Wirklich gut verstanden Lena und Sarah sich wohl doch nicht. Fiona und er waren der Grund, warum sich die beiden Frauen heute den ganzen Tag über den Weg liefen.

Nachdem sie den Kuchen von Fiona gegessen und Sarahs Kaffee dazu getrunken hatten, trainierten sie weiter.

»Du belastest erst den linken Fuß«, erzählte Lars ihm. »Und dann machst du mit dem rechten einen Schritt vorwärts. Und dann kommt der linke nach. Nein, nein, nein. So nicht.« Er seufzte.

»Wir könnten einfach den Cha-Cha-Cha weiter üben«, schlug Felix vor.

»Warte«, meinte Lars. »Ich glaube, dass du den Samba lieben könntest.« Rasch ergriff er seine Hand, und Felix machte sich eine mentale Notiz, dass er ihm irgendwann mal sagen würde, dass er ihn nicht so ohne Vorwarnung anfassen solle.

So wie Lars es schon vor zwei Wochen während ihrer ersten gemeinsamen Stunde gemacht hatte, zeigte er ihm die Schrittabfolge auf seiner Handfläche mit beiden Fingern. Felix versuchte, sich alles einzuprägen und vorzustellen, wie es wäre, sich exakt so mit seinen Füßen zu bewegen. Nachdem er sicher war, dass er es verstanden hatte, nickte er und ergriff Fionas Hand. Sie begannen zu tanzen.

»Links«, sagte Lars. »Dann rechts. Nein!« Er stoppte. »Falsch. Du musst es so machen.«

»Das kann er nicht sehen«, kommentierte Lena knapp.

Fassungslos hustete Felix, als er erneut berührt wurde, allerdings diesmal an den Füßen. »Was tust du da?«, schnappte er und drehte sich halb um.

»Felix, mach die Beine locker und konzentriere dich auf Fiona«, bat Lena von unten.

Frustriert schloss Felix die Augen und streckte seine Hand aus. Zuvorkommend kam Fiona ihm entgegen und stellte sich mit ihm in die Grundhaltung. »Rechts, links, rechts, links«, sagte Lena, während sie die Bewegung seiner Füße erzwang, indem sie Felix' Fußgelenke umfasste. Wenn Fiona nicht gewesen wäre, wäre Felix sicher gestolpert.

»Das sieht bestimmt bescheuert aus«, murmelte er.

»Wir sind ja unter uns. Mach dir darüber keine Gedanken«, widersprach Lars, lachte aber laut dabei.

»Hey«, rief Fiona und kicherte. »Lach uns nicht aus!«

»Vermutlich sieht Lena viel bescheuerter aus als wir beide«, meinte Felix amüsiert und lehnte sich dabei vor. Als Fiona erneut kicherte, spürte Felix den Lufthauch gegen seine Wange streifen.

»Ruhe da oben«, forderte Lena. »Sonst beiß ich dir in die Knöchel.«

In Gelächter ausbrechend hielt Felix inne.

»Weiter«, befahl Lena und packte Felix fester.

Während des ganzen Liedes dirigierte Lena seine Beine. Langsam bekam Felix den Dreh heraus und bewegte die Füße selbstständiger. Lenas Hände umklammerten seine Beine nicht mehr so fest, sondern lagen nur noch locker darum.

»Das ist Samba«, meinte Lena, als das Lied zu Ende war. »Zumindest der Grundschritt.« Sie ließ Felix' Knöchel los und erhob sich. Dabei stöhnte sie leicht. Sicherlich hatte sie in den letzten Minuten in einer ziemlich unbequemen Position auf dem Boden verharrt.

Dankbarkeit durchflutete Felix. Vielleicht war Lena nicht der sensibelste Planetenbewohner, doch immerhin war sie bereit, Zeit und Mühe zu investieren, um

Felix das Tanzen beizubringen. Genauso wie es Lars und Fiona taten. Und Sarah, die akzeptierte, dass ihr Freund den ganzen Samstag mit ihnen und seiner Exfrau verbrachte.

»Gut«, meinte Lars. »Du bist besser, wenn du nicht so verkrampft über das Tanzen nachdenkst. Und jetzt der Wischer. Wir tanzen zur Seite.«

»So ähnlich wie beim Cha-Cha-Cha?«, fragte Felix. Der Duft nach Vanille umhüllte ihn, als Lena wieder näher trat. Diesmal war er nicht so erschrocken, als Lena ihn berührte, denn er hatte schon damit gerechnet.

Lena umfasste nicht seine Knöchel, sondern legte ihre linke Hand auf die Schulter, an der Fiona ihn nicht umfasste, und ihre andere Hand rechts auf Felix' Taille. So wie es am ersten Samstag Lars getan hatte. Es fühlte sich gut an.

»Ja, im Prinzip wie beim Cha-Cha-Cha«, antwortete Lars.

»Achtung, Wischer«, warnte Lena vor, als sie Felix in die richtige Richtung führte. Es war nicht schwer, sich Lenas Bewegungen anzupassen, und Fiona vor ihm gab zusätzlichen Halt.

»Das sieht richtig gut aus«, sagte jemand, und Felix erkannte Sarahs Stimme.

Er hatte nicht gehört, dass sie hereingekommen war, doch es war ihm nicht mehr unangenehm, weitere Zuschauer im Raum zu wissen.

»Ich habe noch nie einen Paartanz für drei Personen gesehen«, fügte Sarah verwundert hinzu.

»Denk an deine Hüfte«, knurrte Lena.

Zaghaft nickte Felix und versuchte, Sarah zu ignorieren.

»Entspann dich ein wenig«, bat Fiona und schüttelte leicht seinen Arm, um ihn lockerer zu machen.

Und dann funktionierte es plötzlich. Alles fühlte sich mit einem Male natürlich und normal an. Felix vertrieb alles andere aus seinen Gedanken und versuchte nicht zu lauschen, wo Sarah gerade herumlief. Eigentlich war es auch egal. Wichtig waren nur er, seine Schwester und Lena.

»Nicht so steif, Felix. Erinnere dich an die Körpermitte«, befahl Lena, und ihre Hand streifte seinen Po, als sie Felix' Hüfte verließ. Es war eine angenehme Berührung. Obwohl Felix nicht mehr sehen konnte, schloss er die Augen. Immer noch war es instinktiv ein Ausdruck für ihn, dass er etwas genoss.

»Das sieht ja aus wie im Fernsehen«, meinte Sarah bewundernd.

»Achtung. Wir gehen in den Grundschritt«, murmelte Lena leise und ignorierte Sarah ebenfalls. Genau wie Felix und Fiona war sie ganz auf den Tanz konzentriert.

Felix folgte ihrer Bewegung. Langsam ahnte er, warum Lars gemeint hatte, ihm könnte dieser Tanz gefallen. Es war nicht so übel, Samba zu tanzen. Im Gegenteil, es machte richtig Spaß.

Langsamer Walzer

»Wir wollen heute Walzer mit euch tanzen«, rief Lars enthusiastisch, als er hinter Felix ins Wohnzimmer trat.

Fiona war noch einmal auf die Toilette gegangen, doch glücklicherweise kannte sich Felix in der Wohnung mittlerweile gut genug aus, sodass er Fionas Arm nicht mehr umfassen musste. Er wusste, wo Möbel standen, und an denen konnte er sich leicht orientieren.

»Wiener Walzer?«, fragte er neugierig.

»Langsamer Walzer«, meinte Lars eilig. »Der Wiener Walzer ist sehr schwer.«

»Das wäre zum jetzigen Zeitpunkt eine zu große Herausforderung«, fügte Lena amüsiert hinzu.

»Du bist ja auch schon da«, meinte Felix überrascht und versuchte die Enttäuschung herunterzuschlucken, dass Lena ihm den Wiener Walzer noch nicht zutraute. Das war genau der Tanz, den sie gerne bei der Hochzeit tanzen wollten.

»Ja, ich bin hier, Felix«, sagte Lena freundlicher. Sie ergriff Felix' Hand und drückte sie kurz. »Warum siehst du so entsetzt aus?«

»Wahrscheinlich weil du mal wieder sehr unsensibel warst«, sagte Lars kühl und ging um Felix herum.

»Wieso unsensibel?«, erkundigte Lena sich. Sie klang ehrlich verblüfft, als wäre ihr das tatsächlich nicht bewusst. Lena hatte seine Hand immer noch nicht losgelassen, und Felix nahm diesen Halt dankbar an, obwohl er ihn nicht mehr brauchte. Angenehm war es dennoch. Warum auch immer. »Es ist doch die Wahrheit, Lars. Der Wiener Walzer ist ein sehr großer Tanz«, fügte sie hinzu, legte Felix' Hand in ihre andere und die Rechte auf seinen Rücken, um ihn in die Mitte des Raumes zu geleiten.

»Die Eltern des Bräutigams werden den Wiener Walzer tanzen, nachdem Flavia und ihr Freund den Eröffnungstanz beendet haben«, meinte Felix seufzend. »Und Fiona und ich wollen unsere Eltern vertreten. Das ist eine Sitte, die aus der Familie von Flavias Verlobten kommt.«

»Und *mich* nennt ihr unsensibel?«, fragte Lena irritiert. »Die wissen doch genau, dass Flavias Eltern tot sind. Dass die diesen Brauch dennoch durchziehen wollen … Ich weiß ja nicht.«

Felix runzelte die Stirn. So hatte er es noch nicht betrachtet, aber wenn er jetzt genauer darüber nachdachte, dann musste er Lena recht geben. Wieso drängten Flavias Schwiegereltern sie überhaupt in dieses Dilemma?

»Was stimmt denn mit dem Wiener Walzer nicht?«, fragte Fiona, die unbemerkt in den Raum getreten war und nicht weit entfernt von Felix stehen blieb.

»Er ist zu schwer«, antwortete Felix und blickte in die Richtung, in der er sie wegen ihrer Stimme vermutete. Tapfer versuchte er, zu lächeln und sich die Enttäuschung nicht anmerken zu lassen.

»Wir wussten nicht, dass ihr den Wiener Walzer lernen wollt«, sagte Lars nachdenklich und kam näher. »Das ändert natürlich alles.«

Felix fiel auf, dass es ihm nicht mehr so viel ausmachte, wenn sich die Personen im Raum bewegten, sobald Lena bei ihm war. Wann hatte sich das geändert? Oder war es, weil er genau wusste, wo Lena sich befand?

Doch Felix konnte nicht länger darüber nachdenken, da Fiona fragte, was das genau ändern würde und er auf die Antwort gespannt war.

»Wisst ihr, er ist sehr schnell«, antwortete Lars und klang noch näher. »Das Paar nutzt die ganze Tanzfläche aus, und ich glaube nicht, dass man es schaffen kann, diesen Tanz zu tanzen, wenn einer der Partner blind ist. Es ist auch für sehende Menschen manchmal schwer, die Kurve zu bekommen und niemanden anzurempeln.«

Wenigstens war er ehrlich und blieb dabei dennoch freundlich, dachte Felix und trat unruhig von einem Bein auf das andere. Bildete er sich das ein oder strich Lena gerade über seinen Rücken? Er hatte noch sein Jackett an und konnte es aus diesem Grund nicht richtig spüren. Warum fiel es ihm dann überhaupt auf? Und wieso kam Lena auf die Idee, so etwas tun zu dürfen?

»Erschwerend kommt hinzu, dass Felix der Blinde ist und nicht du«, fügte Lars hinzu.

»Wo ist der Unterschied?«, erkundigte sich Fiona.

»Hallo!«, rief Lena so laut, dass Felix zusammenzuckte. »Er ist der Herr. Nicht du. Schon wieder vergessen? Er muss führen. Wärst du die Blinde, dann könnte er dich steuern, und du könntest dich auf ihn verlassen.«

Bevor Fiona zurückfauchen konnte, mischte sich Lars ein. Er war der ruhige Pol zwischen ihnen geworden. Felix bezweifelte, dass sie so gut miteinander auskommen würden, wenn Lars nicht hier wäre. Was war wohl zwischen Fiona und Lena vorgefallen, dass sie sich nicht mehr verstanden? Früher waren sie ein Herz und eine Seele gewesen, jetzt aber verspürte er einen aggressiven Unterton, wenn die beiden Frauen miteinander redeten.

»Der Mann führt, Fiona. Das ist für Felix schwierig, wenn er den ganzen Raum ausfüllen muss. Auch Sehende haben damit Schwierigkeiten, wenn sie nicht genug Tanzerfahrung haben«, erläuterte Lars geduldig.

»Dann tanzen wir eben nicht.« Als Felix hörte, wie resigniert seine eigene Stimme klang, zuckte er zusammen.

»Unsere Großeltern sind ja noch fit genug«, merkte Fiona an. Auch sie klang enttäuscht.

»Das ist vielleicht das Beste«, betonte Lars. »Ich meine, sie haben euch ja großgezogen nach dem Unfall, oder?«

»Nur ihr zwei und die Eltern des Bräutigams?«, hakte Lena nach und zog Felix etwas zu sich. Rasch entschied Felix, sich nicht darüber zu wundern, warum ihm das gefiel. »Ihr seid nur zwei Paare auf der Tanzfläche?«

»Ach, komm, Lena. Was hast du jetzt vor?«, fragte Lars.

Dadurch, dass ihre Fragen seltsam deplatziert wirkten, vermutete Felix, dass er und Lena intensiven Blickwechsel betrieben und dadurch kommunizierten, was es ihm natürlich erschwerte, der Unterhaltung zu folgen.

»Sie sind nur zu viert«, betonte Lena.

»Es soll den beiden doch auch ein bisschen Spaß machen«, erwiderte Lars.

»Meint ihr denn, es gäbe eine Möglichkeit?«, fragte Fiona aufgeregt.

Energisch schüttelte Felix den Kopf und trat einen Schritt von Lena weg. Lenas Hand auf seinem Rücken wurde weggezogen, aber der Kontakt zwischen ihren Händen bestand weiterhin. Es musste sicherlich seltsam aussehen, wenn zwei Menschen im Raum standen und sich an den Händen hielten, obwohl sie kein Paar waren, doch wie etwas aussah, interessierte Felix schon lange nicht mehr. Es fühlte sich gut für ihn an. Lena war für ihn der Halt, der Fiona zu Beginn der Unterrichtsstunden gewesen war. Und dass er sich sicherer fühlte, wenn er Körperkontakt zu einem Menschen hatte, war nichts, wofür er sich schämen musste.

Aber er schämte sich dafür, dass er den Wiener Walzer lernen wollte, ohne darüber nachgedacht zu haben, wie viel Zeitaufwand das für seine Tanzlehrer bedeuten würde. Bereits jetzt hatte er viel zu viel Zeit von Lena und Lars in Anspruch genommen. Er hatte keine Ahnung von Tänzen und hatte sich das alles viel einfacher vorgestellt. »Macht euch keine Gedanken. Wir lassen unsere Großeltern tanzen, und danach tanzen Fiona und ich. Vielleicht einfach den langsamen Walzer oder einen der anderen Tänze. Das ist mehr, als ich erwarten kann. Flavia wird sich sehr freuen, dass wir es überhaupt gelernt haben.«

»Lars, schau mal, sie sind nur zu viert. Wenn Felix und Fiona am anderen Ende des Raumes anfangen, dann werden sie wohl kaum mit den Eltern kollidieren«, meinte Lena energisch und ignorierte Felix' Protest.

»Aber du kannst dir doch die Größe des Raums vorstellen, in dem gefeiert wird, Lena. Die Tanzfläche wird nicht sehr groß sein, und die Stühle und Tische stehen sicher direkt am Rand. Wie soll er den Raum voll ausnutzen, ohne über die Möbel zu stolpern?«, protestierte Lars.

»Nein«, sagte Felix eilig und schüttelte erneut mit dem Kopf. »Vergesst es. Ich werde kein Risiko eingehen. Ich will mich nicht blamieren.«

»Wie groß ist die Tanzfläche genau, Fiona?«, wollte Lena wissen und ignorierte Felix erneut. Er seufzte gequält auf und kniff ihr in die Hand. Lieber wollte er mit einem einfachen Tanz eine gute Figur machen, als einen schwierigen Tanz in den Sand setzen. Er war sicher, dass Flavia es würdigen und stolz auf ihren großen Bruder sein würde.

»Felix«, blaffte Lena und lachte dabei. Sie zog Felix wieder zu sich heran. »Hör auf, Gewalt anzuwenden, du kleiner Trottel.« Bestimmt löste sie ihre Hände voneinander und legte Felix wieder eine Hand auf die Schulter. Vielleicht glaubte sie, so hätte sie ihn besser unter Kontrolle.

»Ungefähr 12 mal 8 Meter«, antwortete Fiona und gluckste, wurde aber gleich wieder ernst und räusperte sich. Anscheinend gaben sie doch ein lustiges Bild ab. »Unsere Schwester überlegt allerdings wegen einer Kinderecke. Dann würde sich das alles nochmal reduzieren.«

»Das ist zu wenig Platz, Lena«, mischte sich Lars ein. Nun trat er direkt auf Felix und Lena zu. »Felix, es soll dir doch auch Spaß machen.« Er klang resolut. Sein After Shave stach sich mit dem Vanilleduft, der Lena umgab. »Wir bringen dir das Tanzen bei und du wirst absolut fantastisch dabei aussehen, aber …«

»Wir können mit ihm eine Tanzfläche von 12 mal 8 Meter ablaufen und genau errechnen, wie viele Drehungen er machen kann, bevor er um die Ecke tanzen muss«, meinte Lena eilig.

»Und wo willst du üben?«, fauchte Lars und klang verärgert. »Hast du bemerkt, dass Sarah und ich nicht über ein Wohnzimmer dieser Größe verfügen?«

»Ich habe es bemerkt«, antwortete Lena kühl. »Ich habe immerhin mal hier gewohnt.«

Lars räusperte sich.

Niemand sagte etwas. Felix hasste diese Stille, die die aggressive Grundstimmung im Raum noch verstärkte.

Behutsam tastete er nach Lenas Hand. Doch er fand sie nicht sofort und berührte Lenas Bauch – zumindest hoffte er, dass es nur der Bauch war – bevor er ihre Hand an der Taille abgestützt fand. Daran orientierte er sich. Er drückte sie fest und drehte sich zu ihr um. Doch er ließ ihre Hand auch jetzt nicht los, weil er glaubte, dass sie nun ebenfalls etwas Unterstützung benötigte. »Ich bin dir für dein Engagement wirklich sehr dankbar, aber ich glaube, dass Lars recht hat. Es muss mir am Ende doch auch Spaß machen, und dein Ehrgeiz ist mir manchmal fast ein wenig unheimlich.«

Grob entzog Lena ihm die Hand und umfasste stattdessen seine Schultern mit beiden Händen. »Du hast mich als deine Tanzlehrerin ausgewählt, und ich habe diesem wahnsinnigen Vorhaben zugestimmt. Also werde ich dir das Tanzen beibringen, und dazu gehört auch der Wiener Walzer. Kannst du eigentlich lesen?«

Lachend schüttelte Felix den Kopf und verzichtete darauf, Lena darauf hinzuweisen, dass nicht *er* sie als Tanzlehrerin erwählt hatte, sondern Fiona Lars ausgesucht und dieser Lena angeschleppt hatte. »Ja klar, ich kann die Brailleschrift«, antwortete er. »Wenn ich einen Roman lese, kaufe ich mir das E-Book und lasse es mir vorlesen, oder ich lese es am Computer und lasse es mir als Braille ausgeben. Manchmal höre ich aber auch einfach ein Hörbuch.«

»Echt? Du liest normale E-Books?«, fragte Lena.

Felix seufzte. Vielen Leuten war nicht bewusst, wie sehr der technische Fortschritt das Leben eines Blinden verbessert hatte. Nach wie vor stellten sich viele Leute blinde Menschen mit dicken Braillewälzern vor, dabei war es viel günstiger, sich ein E-Book zu kaufen und es sich von einer Software entweder vorlesen oder in Braille übersetzen zu lassen. Immerhin wurden zeitgenössische Bücher selten in Braille herausgegeben. »Warum fragst du? Muss ich für den Wiener Walzer lesen können?«, fragte er ironisch.

»Nein, natürlich nicht«, antwortete Lena spöttisch. »Aber ich kann dir ja schlecht eine WhatsApp schicken, um dir mitzuteilen, wo wir den Wiener Walzer lernen werden. Lars hat recht. Hier geht es nicht. Deswegen werde ich nach einem geeigneten Raum suchen.«

Seufzend nickte Felix. Eigentlich war er immer noch nicht begeistert von Lenas überzogenem Ehrgeiz, denn er wollte sich bei der Hochzeit nicht blamieren und orientierungslos mit Fiona herumstolpern oder gar hinfallen. Dass er überhaupt tanzte, war schon ein Wunder. Immerhin durfte Lena nicht vergessen, dass er das Tanzen eigentlich gar nicht mochte. »Von mir aus«, murmelte er und hob die Schultern.

»Sehr gut. Wie erreiche ich dich?«, meinte Lena nachdenklich. »Kannst du mir diese Blindenschrift vielleicht kurz zeigen? Kann ich dir einfach einen Brief schicken?«

»Du willst die Brailleschrift lernen?«, fragte Felix glucksend.

»Ja«, antwortete Lena ernst. »Nur einige Buchstaben, damit ich dir eine Nachricht schicken kann.«

»Oh, Lena«, stöhnte Fiona hinter ihnen. »Du hast überhaupt keine Ahnung, oder?«

Felix ignorierte seine Schwester und prustete los. Er konnte das Lachen nicht mehr unterdrücken. Dabei trat er einen Schritt nach vorne und legte seine Hände auf Lenas Schulter, so wie sie es vorhin bei ihm gemacht hatte. »Du bist wirklich ehrgeizig, oder? Glaubst du wirklich, dass du die Blindenschrift innerhalb weniger Minuten mal eben so lernen kannst?« Er drehte sich leicht weg und fuhr mit dem Finger unter seine Brille, um die Lachtränen wegzuwischen.

»So schwer kann das doch nicht sein«, murmelte Lena. »Immerhin hast du sie auch gelernt.«

Erneut musste Felix kichern. Er wusste nicht, was mit ihm los war. Es schien, als würde er in einem Wechselbad der Gefühle sitzen, seit er tanzen lernte. Selten in seinem Leben hatte er sich gleichzeitig so glücklich und so deprimiert gefühlt. Der Unterricht mit Lena und Lars erinnerte ihn daran, dass ihm Grenzen gesetzt waren, die andere Menschen nicht hatten, aber gleichzeitig war das Arbeiten mit Lena sehr witzig. Zumindest dann, wenn sie nicht an allem herummoserte.

Schließlich atmete er kurz aus und tastete erneut nach Lenas Hand. Diesmal fand er sie schneller. »Schick mir doch einfach eine WhatsApp.«

»Echt jetzt? Eine WhatsApp?«, fragte Lena überrascht.

56

»Oder eine SMS. Das geht ebenfalls. Ich schreibe dir später meine Handynummer auf«, fügte Felix hinzu und genoss Lenas Irritation darüber, dass er auch mit modernen Kommunikationsmittel arbeitete, so wie es jeder andere Mensch tat.

Lena sagte nichts mehr dazu. Vielleicht nickte sie mit dem Kopf. Manchmal benutzte sogar Fiona noch Gesten, die Felix nicht mehr sehen konnte. Es gab Menschen, die es so sehr gewöhnt waren, Gesten zu verwenden, dass es kaum möglich war, es ihnen abzugewöhnen. Und Felix wollte nicht nachfragen oder Lena darauf hinweisen, dass er ihre Antwort nicht sehen konnte.

Sie hatte sich eben so wunderbar um ihn gekümmert und war bereit, ihm das Tanzen beizubringen. Deswegen wollte Felix sie jetzt nicht zurechtweisen oder kritisieren.

Trotzdem hätte er gerne gesehen, welchen Gesichtsausdruck Lena in dem Moment machte. Er wollte mehr über ihre Reaktion erfahren. Aber ihm würde nichts anderes übrig bleiben, als später Fiona zu befragen.

Auch wenn er sich merkwürdig versöhnt mit Lena fühlte, schien sie das etwas anders zu sehen. Sie nahm ihren Waffenstillstand nicht als Grund aufzuhören, an Felix herumzumeckern. Während Felix und Fiona den Cha-Cha-Cha, Rumba und Samba wiederholten, bellte Lena wütend Kommentare in den Raum. Lars' Kritik war meist ruhiger, und Felix konnte damit mehr anfangen, weil Lars genauer erklärte, was ihn störte. Lena hingegen war einfach zu ungeduldig, um eine gute Lehrerin zu sein. Manchmal unterbrach Lars sie beim Tanzen und übernahm Fionas Part, um Felix zu zeigen, wie er es richtig machen musste. So lernte er ein paar neue Figuren, die er sofort mit Fiona ausprobieren musste.

Am Anfang war es seltsam, mit Lars zu tanzen, weil er ein Mann war, aber Lars tanzte sehr gut und beherrschte auch die Frauenschritte ein bisschen. Felix gewöhnte sich daran und fand es schon bald nicht mehr albern. Besonders weil sonst niemand etwas dazu sagte. Wie es für die beiden Frauen wohl aussah, sie beide als Tanzpaar zu sehen?

Ziemlich erleichtert war Felix, als Fiona sich bei ihm einhakte und ihn zum Esszimmer führte. Das Tanzen war anstrengend, sowohl für den Körper, obwohl es nur langsame Bewegungen waren, als auch für den Geist, weil Felix sich immer konzentrieren musste. »Ich denke, wir machen jetzt mal eine Pause, und danach möchten wir den langsamen Walzer kennenlernen«, sagte sie zu Lena und Lars, die ihnen offenbar gefolgt waren.

Erschöpft setzte Felix sich. Das Glas Wasser, das ihm Lars hinstellte, leerte er in einem Zug. Für einen Moment streckte er die Beine aus und atmete tief ein. »Ist es derselbe Schritt wie beim Wiener Walzer?«, fragte er nach einem Moment, in dem er versucht hatte, seine schmerzenden Füße zu ignorieren.

Er hörte, dass Lars sich ebenfalls setzte. Lena war zum Balkon gegangen, und Fiona befand sich auf der Toilette. »Naja, nicht ganz«, erwiderte Lars zögerlich. »Der Langsame Walzer gilt als die sanftere Form des Wiener Walzers. Es gibt auch hier die für den Wiener Walzer charakteristischen, drehenden Figuren, die werden jedoch in einem langsameren Tempo getanzt. Später wurde er allerdings weiterentwickelt, sodass er dem Wiener Walzer nicht mehr so ähnelt.«

»Der Grundschritt ist also gleich?«, hakte Felix nach. Er hörte, dass Lars ihm Kaffee einschenkte und tastete über den Tisch, um die Milch zu suchen.

»Ähnlich«, antwortete Lars und schob ihm die Milch in die offene Handfläche. »Hier ist die Milch. Es ist ein riesiger Unterschied, Felix. Aber das wirst du dann mitbekommen, wenn Lena dir den Schritt zum Wiener Walzer zeigt.«

»Du machst mir Mut.« Lautlos seufzte Felix und schenkte sich Milch ein.

»Das wird schon.« Lars klopfte ihm sachte auf die Schultern, bevor er seine Hand wieder wegzog. »Ich wünschte nur, Lena wäre ein wenig freundlicher. Sie ist immer so herrisch.«

»Das hat Lena gehört«, teilte diese knurrend mit und setzte sich direkt neben Felix. Ihre Schultern und Oberarme berührten sich.

»Das kann Lena auch ruhig hören«, erwiderte Lars forsch.

»Wo ist der Tee? Ich will einen Tee trinken. Gibt es hier nur Kaffee?«, brummte Lena ungeduldig.

Lars stöhnte, und Felix war sich sicher, dass er die Augen verdrehte. Allerdings stand er auf, um seiner Exfrau einen Tee zuzubereiten. Für einen kurzen Moment waren Lena und Felix alleine, doch gerade als Felix angestrengt darüber nachdachte, wie er ein Gespräch beginnen könnte, erschien Fiona.

Nach der Pause mit Getränken und selbstgemachtem Kuchen zeigten Lars und Lena Felix die Grundschritte und eine erste Figur im Langsamen Walzer, wobei er mit Lena tanzte und Lars hinter ihm stand, um zu dirigieren.

Inzwischen war auch Sarah zu Hause und aß die Kuchenreste, die sie übrig gelassen hatten. Hin und wieder streckte sie den Kopf in den Raum und erkundigte sich, ob Lena vorhätte, sie alle umzubringen. Daraufhin erwiderte Lena immer etwas Freches, was Felix zweifeln ließ, dass die Feindseligkeit zwischen Sarah und Lena wirklich ernst war. Vielleicht neckten sie sich auch nur etwas.

»Rechtes Bein«, brüllte Lena schließlich in Felix' Ohr. »Verdammt, Felix. Das rechte Bein! Wo ist das rechte Bein?«

»Rechts«, antwortete Felix eilig. Erst als Lena laut fluchte, erkannte Felix, dass er tatsächlich das linke Bein benutzt hatte.

»Das ist rechts«, blaffte Lena und schlug ziemlich fest in Felix' Kniekehle. »Da, wo es jetzt wehtut.«

»Scheiße«, murmelte Felix erschrocken. Hektisch zog er seine Schwester zu sich heran. Sie hatten schon lange miteinander getanzt, sodass die Hände ganz schwitzig waren. Erneut versuchte er es und ärgerte sich über sich selbst, als Fiona über seine Füße stolperte, weil er falsch getanzt hatte. Manchmal fiel ihm das Denken schwer, und es überforderte ihn, so viele verschiedene Schritte zu können. Er warf alles durcheinander, gerade weil sie bereits den ganzen Nachmittag trainiert hatten.

»Felix«, knurrte Lena, »wenn du noch einmal rechts und links verwechselst, drehe ich durch.«

»Du bist unkonzentriert«, erkannte Lars. »Wir machen eine Pause.«

»Es ist bereits Abend«, meinte Felix erschöpft. »Sarah ist da und möchte sicher den Abend mit dir verbringen. Sollen wir uns nicht nächste Woche darum kümmern?«

»Die Unterrichtsstunde ist noch nicht beendet«, erwiderte Lena. »Sarah wird sich noch gedulden können.«

Lars räusperte sich. »Sarah lebt hier, Lena. Es ist *ihr* Wohnzimmer. Somit hat auch sie ein Mitspracherecht.« Mit einer weniger bestimmten Stimme wandte Lars sich an Felix. »Wir machen eine kurze Pause, Felix, und du versuchst danach mit Fiona den Walzer. Vielleicht können wir dir dann auch den Grundschritt vom Wiener Walzer beibringen.«

»Wo ist Fiona eigentlich?«, fragte Felix verwirrt.

»Ich glaube, sie ist raus zu Sarah«, antwortete Lars und hörte sich ebenfalls müde an.

Verlegen biss Felix sich auf die Lippen. Nicht nur Lars und Lena opferten ihm ihre Samstagnachmittage, sondern auch Fiona. Unter normalen Umständen hätte sie bereits viel mehr gelernt. Ständig wurde sie ausgebremst, weil er zusätzlichen Unterricht benötigte. Außerdem war es ihm peinlich vor Sarah, die sich samstags praktisch nicht mehr frei in ihrer Wohnung bewegen konnte.

»Wir gehen rauchen«, meinte Lena wieder etwas freundlicher und umfasste Felix' Ellenbogen. »Wir hatten doch eine Abmachung. Du erinnerst dich, oder?«

»Ich habe überhaupt keine Abmachung«, protestierte Felix leicht verärgert. Trotzdem wollte er mit Lena auf dem Balkon sitzen und einen kurzen Moment Pause machen. Er vermutete, dass er eine Blase am Fuß bekam. Es tat höllisch weh.

»Natürlich haben wir eine Abmachung!« Lena machte Anstalten, ihn zu führen, doch Felix blieb stehen und tastete nach seinem Blindenstock, den er neben der Vase gegen die Wand gelehnt hatte.

Zwar wusste er, dass Lena es nicht böse gemeint hatte, als sie ihn letzte Woche die Treppenstufe hinunterstolpern ließ, und er hatte sich vorhin beim Unterricht viel sicherer gefühlt, als er in Lenas Nähe war, aber er hatte dennoch nicht vor, sich erneut von ihr zum Balkon führen zu lassen.

Daraufhin brummte Lena etwas, das Felix glücklicherweise nicht verstand, denn er war sicher, dass es nicht sehr nett gewesen war. Felix versuchte, sich den Weg zum Balkon zu merken, und dachte, dass er ihn in Zukunft vielleicht sogar ohne Blindenstock finden könnte, so wie er bereits den Weg zur Toilette und zum Esszimmer kannte. Mit einem Seufzer der Erleichterung setzte er sich auf den Stuhl an der Tür und streckte die Beine aus. Einen Augenblick später hörte er, dass sich Lena ebenfalls setzte und ihre Zigarette anzündete.

Sie schwiegen, während Lena die Zigarette rauchte.

»Also«, sagte Felix nach einer Weile und lehnte seinen Kopf gegen die Stuhllehne. »Erzähl schon, Lena. Was ist da vorgefallen zwischen dir und Lars? Und wen hast du danach geheiratet? Du hattest angedeutet, dass du mehrmals verheiratet warst.«

»Zweimal«, antwortete Lena ruhig.

Erschrocken zog Felix die Luft ein. »Wirklich?«

Von Lena kam nur Schweigen. Vielleicht nickte sie.

»Bist du immer noch verheiratet?«, fragte Felix vorsichtig und ärgerte sich über den Stich, den er kurz im Herzen spürte. Was sollte das?

»Nein, nein. Ich bin seit langer Zeit alleine. Mein erster Mann und ich waren nur kurz verheiratet. Dann kam ich mit Lars zusammen, heiratete ihn und ließ mich wieder scheiden. Jetzt bin ich seit fast 7 Jahren solo und bin keine Beziehung mehr eingegangen.«

»Aber es mangelt dir nicht an Kontakten?«, riet Felix und spielte am Saum seines Hemdes herum. Ihm gingen tausend Fragen durch den Kopf, aber er traute sich nicht sie anzusprechen. Was, wenn Lena nicht darüber reden wollte?

Aber was war passiert? Wieso heiratet man Anfang zwanzig und lässt sich wieder scheiden, nur um ein weiteres Mal zu heiraten und auch diese Ehe gegen die Wand zu fahren? Das war so traurig.

»An Kontakten mangelt es mir nicht.« Lenas Stimme hörte sich an, als würde sie schmunzeln.

»Also … warum hast du nicht noch mal geheiratet?«, fragte Felix und runzelte gleichzeitig die Stirn. Wenn er zweimal verheiratet gewesen wäre, hätte er wohl auch keine Lust, ein drittes Mal zu heiraten. Warum fragte er so dumme Sachen?

»Es gibt Männer, die sagen, ich sei zu bissig«, meinte Lena. »Und sie behaupten, ich sei nicht sensibel und würde nicht auf ihre Bedürfnisse eingehen. Deswegen funktioniert das alles nicht mehr. Angeblich, weil ich *unfreundlich* bin.«

Felix war es kaum möglich, das Lachen zurückzuhalten. »Warum bist du dann nicht einfach mal ein wenig freundlicher?«, fragte er und war wirklich interessiert, was Lena darauf antworten würde.

Zuerst hörte er ein lautes Schnaufen. Dann rutschte Lena auf dem Stuhl hin und her. Ein Geräusch, das Felix bestimmt überhört hätte, wenn zwei sehende Augen ihn abgelenkt hätten. »Ich kann nicht anders«, gestand Lena nach einigen Sekunden.

»Das ist doch Blödsinn, Lena. Du kannst doch sicherlich auch ein wenig netter sein. Gerade wenn man verliebt ist, fällt einem das doch leicht, oder etwa nicht?«

Lena schwieg.

Felix konzentrierte sich, um die letzten Sonnenreste spüren zu können, doch die Wärme war fast vollständig verschwunden. Vielleicht stand ein großer Baum vor Lars' Balkon, oder es war später, als Felix dachte. Ihm fiel auf, dass Lena seine Frage nicht beantwortet hatte. Sie benötigte für eine Antwort immer so lange. Dabei gingen ihm viele weitere Fragen durch den Kopf.

Warum waren Lars und sie geschieden? Sie schienen immer noch ein enges Verhältnis zu pflegen, und auch die Beziehung zwischen Sarah und Lena schien aus nicht ganz ernstgemeinter Rivalität zu bestehen. Und was hatte es mit dem anderen Mann auf sich? Hatte der Kerl sie so kaputt gemacht, dass die überstürzte Sache mit Lars nichts mehr hatte retten können? Und jetzt war sie alleine, weil ... weil sie das Vertrauen verloren hatte? Wie traurig.

»Es ist aber so«, meinte Lena tonlos.

»Du willst damit andeuten, dass du Männer, in die du verliebt bist, so ungeduldig behandelst wie mich? Dann wundert es mich nicht, dass sie alle abhauen.« Felix schüttelte ungläubig den Kopf. Er war sich nicht sicher, ob Lena das wirklich ernst meinte. »Warum bist du nicht einfach ein wenig liebenswürdiger?«

»Geht irgendwie nicht.« Lena seufzte laut.

Irritiert umfasste Felix die Stuhllehne und runzelte die Stirn. Wahrscheinlich würde er Lena nie verstehen. »Ich dachte, du bist so ungeduldig, weil ich blind bin und sehr schlecht tanze.«

»Auch«, antwortete Lena amüsiert. »Und weil du ein Idiot bist. Das kommt noch erschwerend hinzu.«

»Ja, mit mir hat man es wohl nicht leicht«, bestätigte Felix grinsend. Dann wurde er ernst und grübelte über das Gehörte nach. Konnte das wirklich der Grund sein? Konnte es sein, dass Lena alle Männer, in die sie verliebt gewesen war, mit ihrer Unfreundlichkeit vertrieben hatte? Hatte denn keiner von ihnen erkannt, dass Lena einfach nur sehr unsicher war? Hatte keiner von ihnen akzeptieren können, dass Lena es nicht bösartig meinte, sondern so versuchte, von sich abzulenken?

»Warum hast du keine Freundin?«, erkundigte Lena sich plötzlich und klang gar nicht mehr so frustriert, wie vor wenigen Sekunden, sondern eher neugierig.

»Es ist nicht so leicht, eine Frau kennenzulernen, wenn man blind ist«, sagte Felix. Ein bisschen war er über Lenas Interesse verwundert. Doch noch mehr erstaunte es ihn, dass es ihm so leicht fiel, mit Lena über solch private Dinge zu reden. »Ich gehe nur selten aus. Sitze eigentlich nur zu Hause rum. Daran könnte es wohl liegen.«

»Tja, das war damals in der Schule schon dein Problem. Du bist ein Stubenhocker. Zockst stundenlang rum und verkriechst dich in deinen Computer«, fasste Lena zusammen und klang dabei etwas enttäuscht. »Hat sich also nichts geändert.«

»Ich sitze jetzt nicht mehr so viel vor dem Rechner, sondern lese viel«, betonte Felix nervös. Ihm wurde jedoch bewusst, dass sie recht hatte. Im Prinzip hatte sich nichts geändert, nur dass er seine Erblindung inzwischen als Entschuldigung nutzte. Die hatte er früher nicht gehabt. Da waren es andere Ausreden gewesen.

»Du bist blind, nicht bescheuert«, gab Lena zu bedenken. »Es dürfte nicht so schwer sein, eine Frau kennenzulernen.«

»Bitte vergiss nicht, dass ich jemanden nicht auf den ersten Blick sympathisch finden kann. Um zu entscheiden, ob ich die Frau mag oder nicht, müsste ich bereits einige Zeit mit ihr geredet haben. Außerdem sitze ich in dem seltenen Fall, in dem ich mit Freunden in eine Kneipe gehe, am Rand. Vielleicht werde ich sogar bemerkt, aber die Frauen wollen angesprochen werden. Viele denken, ich hätte kein Interesse an ihnen, weil ich sie nicht anspreche.«

Ein brummendes Geräusch kam aus Lenas Kehle, das Felix nicht deuten konnte.

»Weißt du«, fügte er heftig hinzu, »Frauen glauben diesen Scheiß auch, den du ständig von dir gibst. Von wegen der Mann führt, die Frau folgt. Es ist schade, dass keine zu mir kommt und ein Gespräch mit mir beginnt. Wenn ein Mann blind oder schüchtern ist, ist es nicht leicht, weil die Frauen so verdammt konservativ sind. Wie soll ich eine Frau ansprechen, wenn ich sie vorher gar nicht ansehen kann? Ja, ich weiß, du sagst, ich müsste meine Schüchternheit überwinden, aber ich habe es nicht mal als sehender Mann geschafft. Verstehst du nicht, welche Hürde das für mich ist, jetzt, wo ich auch noch blind bin?«

Dazu schwieg Lena immer noch. Felix fragte sich, ob sie darüber nachdachte, wie isolierend so eine Behinderung sein konnte. Er war noch nie ein Frauenheld gewesen und hatte sich nie getraut zu flirten. Aber damals hatte er wenigstens vorsichtigen Blickkontakt aufnehmen und der Frau zulächeln können, um zu schauen, ob sie das Lächeln erwiderte. Dieser ganze Mist war einfach nicht sein Ding. Am liebsten wäre es ihm, wenn er eine feste, liebevolle Beziehung führen könnte, ohne diesen aufregenden Beginn mit erstem Date, zögerlichen Küssen und scheuen Annäherungsversuchen.

»Wusstest du, dass ich gegen Ende der Schulzeit eine längere Beziehung hatte?«, fragte Felix, als ihm das Schweigen zwischen ihnen zu lange andauerte, und drehte seinen Kopf zu Lena.

»Ja«, murmelte Lena. Sie schien in Gedanken versunken zu sein und nicht wirklich an dem interessiert, was Felix ihr erzählen wollte. »Damals war ich mit

Fiona enger befreundet gewesen. Das hatte sie mir mal erzählt. Wie lange wart ihr zusammen?«

»Sylvia ist gegangen, nachdem ich erblindet bin«, erzählte Felix. Dann hielt er inne. Warum fiel es ihm plötzlich so leicht darüber zu reden? Immerhin hatte er lange gebraucht, um über diese Trennung hinwegzukommen. »Ich war blind, meine Freundin war weg, und meine Eltern waren tot. Ich hatte nur noch meine ältere Schwester und meine Großeltern, die an meiner Seite waren. Ich war nicht mal stark genug, um eine Stütze für meine jüngere Schwester zu sein, obwohl sie mich benötigt hätte.« Er wusste, zu der Zeit waren Fiona und Lena nicht mehr befreundet gewesen, dabei hätte Fiona dringend eine gute Freundin gebraucht.

»Wieso ist sie gegangen?«, fragte Lena. Nun klang sie wieder etwas aufmerksamer. »Weil du erblindet bist?«

»Ja, anscheinend hat das schon ausgereicht«, sagte Felix leise.

»Aber du bist doch nur blind.« Lena klang genauso verwirrt, wie Felix sich kurz davor noch gefühlt hatte, als Lena ihm erzählte, dass kein Mann bei ihr blieb, da es ihr nicht möglich war, sie nett zu behandeln.

Inzwischen spürte Felix keine Wut mehr darüber, dass Sylvia ihn verlassen hatte. Aber er hatte Angst davor, dass sich das wiederholen könnte. Das war auch einer der Gründe, warum er nicht gerne Frauen ansprach. »Es ist nicht so leicht«, gestand Felix.

»Blödsinn«, entfuhr es Lena. »Vielleicht ist sie aus einem anderen Grund gegangen. Du gibst doch selber zu, dass du manchmal ein Trottel bist. Bestimmt war es deswegen.«

Betroffen schwieg Felix. »Wieso kannst du dich nicht einmal unterhalten, ohne beleidigend zu werden?«

Nun schwieg Lena erneut und räusperte sich.

»Ich meine, warum tust du das? Ist dir das Gespräch unangenehm? Sind deine Beleidigungen eine Mauer für dich, damit dir keiner zu nahekommt?« Noch während Felix es aussprach, erkannte er, wie sehr es der Wahrheit vermutlich entsprach. »Erkläre es mir, Lena, ich würde es gerne verstehen«, fügte er behutsam hinzu.

»Wenn ich nett bin, dann … Ach, vergiss es einfach.« Erneut rutschte Lena unruhig hin und her.

»Nein, sag schon«, bat Felix.

»Ich habe die Erfahrung gemacht, dass Menschen, zu denen ich nett bin, neugierig werden und fragen, was ich so in der Vergangenheit gemacht habe. Ich mag das nicht. Es ist besser, wenn da ein wenig Abstand ist«, erklärte Lena hitzig.

»Abstand zwischen dir und dem Mann, in den du verliebt bist?«, erkundigte Felix sich atemlos. Was war nur mit Lena passiert? Wann hatte sie ihre offene, selbstbewusste Art verloren? Wieso war sie so … verschlossen? »Ich meine, verdammt, hast du dich denn nie wirklich jemandem geöffnet? Wenigstens ein bisschen?«

Doch Lena antwortete nicht. »Ich glaube nicht, dass dieses Weib gegangen ist, weil du blind bist«, wechselte sie das Thema.

Seufzend ging Felix auf den Themenwechsel ein, weil er bemerkte, dass Lena sowieso abblocken würde, wenn er sie weiter ausfragte. Er war ihr zu nah, und das war ihr unangenehm. »Es ist nicht so leicht, Lena. Ich kann vieles nicht mehr tun, und in einigen Dingen brauche ich einfach Hilfe oder bin langsamer. Ich glaube, dass du das manchmal ein wenig unterschätzt. Ich bin blind, Lena, und das schränkt mein Leben sehr ein. Und das Leben meiner Familie, meiner Freunde und meiner potenziellen Partnerin ist davon auch betroffen. Ich habe manchmal das Gefühl, dass du denkst, das wäre eine Sache, die du mit links schaffen würdest. Egal, ob nun als Partnerin, Freundin, Schwester oder selbst als Betroffene – bist du dir wirklich so sicher, dass du das so gut hinbekommen würdest?«

»Es wäre nichts, was ich mir für mich oder jemanden wünschen würde, der in meinem Umkreis lebt«, gab Lena zu.

»Das tut niemand, Lena.« Felix schob seine Sonnenbrille die Nase nach oben.

»Ich kenne jemanden, dessen Bekannter im Rollstuhl sitzt. Kennst du Bobby?«, fragte Lena.

»Bobby?« Felix hob die Schultern.

»Bobby. Robert. Nein?«

Felix schüttelte den Kopf.

»Er ist mit Fiona, Lars und mir in die Klasse gegangen. Ich habe kaum noch Kontakt mit ihm, aber ich habe gehört, dass ein Bekannter von ihm im Rollstuhl sitzt. Frag mich nicht, warum. Ich habe keine Ahnung. Die beiden fahren aber zusammen Motorrad. Wie auch immer das funktioniert. Der Typ hat eine richtig hübsche Frau. Bobby war auf der Hochzeit und hat Bilder gemacht. Die beiden wirken super zufrieden und total glücklich. Es gibt ein Bild, auf dem der

Rollstuhlfahrer mit seiner Frau getanzt hat. Er im Rollstuhl und sie stehend. Es wirkte so, als wäre es für sie gar nichts Besonderes. Halt ein normales Paar.«

»Das ist doch toll.« Felix konnte etwas Wehmut nicht unterdrücken. Er wusste, dass Behinderung und Beziehung sich nicht automatisch ausschlossen, trotzdem kannte er nicht viele Leute, die es trotz Behinderung so weit geschafft hatten.

»Ehrlich gesagt bin ich überzeugt, dass ich ziemlich ungeduldig wäre und es mich nach einer gewissen Zeit nerven würde, mit einer Person zusammenzuleben, die hilfsbedürftig ist. Aber ich bin da einfach kein Maßstab. Es gibt Menschen, die das besser hinbekommen«, fügte Lena hinzu. »Wie die Frau von diesem Rollstuhlfahrer zum Beispiel. Aber ich? Schwierig.«

»Ich wünschte auch, es wäre nicht so, aber ich bin nun mal erblindet und kann es nicht ändern.« Gequält lachte Felix auf. »Mir tut es weh, wenn man mich als Belastung empfindet. Das bin ich nicht. Ich bestehe ja nicht nur aus meinen Augen, sondern habe viele Eigenschaften, die mich als Mensch wertvoll und liebenswert machen.«

»Wie ist es passiert? Es war dieser Unfall?«, wollte Lena schließlich wissen, nachdem sie sich wieder einige Sekunden lang nicht geäußert hatte. Es war schwer, mit Lena eine Unterhaltung zu führen, die nicht oberflächlich war, denn immer wenn es zu tief ging, hörte Lena einfach auf, an der Unterhaltung teilzunehmen.

»Das weißt du nicht?«, fragte Felix erstaunt. Er war immer davon ausgegangen, dass es jeder im Ort wusste. Der Unfall war so schwer gewesen mit solch dramatischen Folgen, dass es groß in der Zeitung gestanden hatte. Und Fiona und Lena waren immerhin mal gute Freunde gewesen.

Erneut schwieg Lena.

»Schüttelst du den Kopf?«, erkundigte Felix sich hilflos.

»Ach, stimmt ja«, meinte Lena so feinfühlig, wie es eben ihre Art war. »Darauf muss ich auch noch achten. Das ist ganz schön anstrengend mit dir.«

Obwohl Felix es verletzen müsste, entschied er sich ganz bewusst dazu, es nicht als Beleidigung aufzufassen. Irgendwie wusste er, dass Lena ihm nicht wirklich wehtun wollte. Wenigstens zeigte sie ganz offen, was sie nervte. Sicherlich wäre es schöner für Felix gewesen, wenn Lena die Wahrheit netter formuliert hätte. Aber ihm war Lenas Art lieber als die von Sylvia, die ihm alles versprochen und geschworen hatte, bei ihm zu bleiben. Sie hatte die Koffer gepackt, als Felix das erste Mal über seine Füße gestolpert war und sich instinktiv an ihr festgehalten hatte. Zumindest vermutete er es, denn sie hatte ihm bis heute keinen Grund genannt.

»Ich befürchte, ja«, antwortete Felix und lächelte. »Du musst leider Wörter verwenden, wenn du mit mir kommunizieren möchtest. Ich für meinen Teil kann Gestik und Mimik weiterhin benutzen. Manchmal ist das Leben eben nicht fair.«

»Ich weiß, dass es einen Unfall gab. Mehr weiß ich nicht.«

Seufzend fasste Felix zusammen: »Mein Vater hat die Glätte unterschätzt und ist in einer Kurve ins Schlittern geraten. Wir haben uns überschlagen. Meine Mutter starb am Unfallort, mein Vater später im Krankenhaus. Meine kleinere Schwester überlebte das Ganze ohne eine Verletzung. Sie hatte sich nicht mal etwas gebrochen. Aber ich hatte schwere Kopfverletzungen und mein Augenlicht konnte niemand mehr retten.«

»Scheiße, es muss so schrecklich gewesen sein, seine Eltern und seine Augen gleichzeitig zu verlieren«, sagte Lena geschockt.

Felix nickte. Es fiel ihm jetzt noch schwer, darüber zu sprechen, obwohl es mittlerweile zehn Jahre her war. »Es war unglaublich hart.«

Lena schwieg erneut, und auch Felix blieb still und dachte an seine Eltern. Er hatte am Anfang nicht richtig um sie trauern können, weil er mit seiner neu erworbenen Behinderung so überfordert gewesen war. Er war nicht mal auf der Beerdigung gewesen, weil er damals noch auf der Intensivstation gelegen hatte.

»Felix?«, fragte Lena plötzlich.

»Was?« Felix hob den Kopf.

»Ich glaube, dass sie einen Fehler gemacht hat«, meinte Lena. Ihre Stimme klang seltsam brüchig, als ob sie verlegen wäre. Es war offensichtlich, wie schwer es ihr fiel, das zu sagen, was sie sagen wollte.

»Wer?«, fragte Felix alarmiert.

»Diese Sylvia. Sie hat dich verlassen, weil das Leben mit dir ein bisschen kompliziert geworden ist. Aber hat sie auch bedacht, was sie aufgibt? Ich wäre wahrscheinlich auch ziemlich genervt und ungeduldig, und ich glaube, ich wäre am Anfang keine gute Partnerin für dich gewesen und müsste erst lernen, auf dich Rücksicht zu nehmen. Ehrlich gesagt, ich glaube, mir würde es wirklich ziemlich schwerfallen, mit dir zusammenzuleben. Aber ich glaube, du bist es wert, ein paar Schwierigkeiten in Kauf zu nehmen.« Rasch räusperte Lena sich, dann lachte sie, als hätte sie einen guten Witz erzählt.

Felix war seltsam gerührt. Und sprachlos.

»Lass uns noch ein wenig tanzen«, bat Lena und stand auf. »Die anderen warten drinnen auf uns.«

Doch Felix war sich nicht sicher, ob er jetzt tanzen konnte. Seine Knie zitterten. Er hatte ein Kompliment erhalten. Von jemandem, der nicht mit ihm befreundet war. Von einer Frau. Von einer Frau, die sichtlich Probleme damit hatte, nette Dinge zu sagen. Umso wertvoller war das Gesagte. Es machte Felix Mut. Vielleicht würde er wieder jemanden finden, der ihn nicht so einfach im Stich lassen würde wie Sylvia. »Ich weiß nicht, was ich sagen soll«, murmelte er.

»Steh auf, Felix. Du tanzt so grottenschlecht, dass wir uns wirklich keine längere Pause gönnen können«, entgegnete Lena gereizt. »Jetzt komm schon.«

Offenbar wurde es Lena zu viel. Über Gefühle zu reden war wirklich nicht ihre große Stärke, und anscheinend machte es sie nervös und noch ungeduldiger. Vielleicht bereute sie, was sie Felix gesagt hatte und dass sie ihn so nahe an sich ran gelassen hatte.

Schnell versuchte Felix sich zu beruhigen und ergriff den Blindenstock, um Lena zu folgen.

Salsa

Es war Lena anzumerken, dass sie stolz war. Tatsächlich war es ihr gelungen, einen Raum in einer kleinen Tanzschule im Nachbarort zu finden, der gut erreichbar war und in dem sie ungestört üben konnten. Die Örtlichkeit verfügte nicht nur über die passende Größe, sondern enthielt auch alles, was ein professioneller Übungsort laut Lena enthalten sollte: Ein gutes Soundsystem, ein glattes Parkett als Boden und Spiegel an den Wänden. Durch Lenas Kontakte durften sie den Raum sogar kostenlos nutzen, zumindest außerhalb der offiziellen Unterrichtszeiten. Lena hatte Fiona, Felix und Lars dorthin bestellt, nachdem sie die Räumlichkeit begutachtet und für tauglich befunden hatte. Der Saal war nur ein bisschen kleiner als der, der laut Fiona für Flavias und Toms Hochzeitsfeier eingeplant war.

Zunächst befürchtete Felix, dass sie die ganze Zeit beobachtet werden würden, aber die Eigentümerin verabschiedete sich rasch, nachdem sie Lena und Lars die Bedienung der Stereoanlage erklärt hatte. Der Sound war wirklich einmalig, sehr viel besser als bei Lars im Wohnzimmer.

»Wie groß ist der Raum?«, erkundigte sich Felix. Nicht nur die Tatsache, dass Lena sich solche Arbeit gemacht hatte, gefiel ihm, sondern auch, wie aufgeregt sie wirkte. Es schien, als würde sie es wirklich genießen, Felix und Fiona eine Freude gemacht zu haben. Zunächst war Felix skeptisch gewesen, als er die WhatsApp von Lena erhalten hatte, weil es wieder ein neuer Ort war, an dem er sich erst einmal orientieren musste, doch inzwischen hatte er jeden Zweifel abgelegt. Zwar kannte er den Raum nicht, aber ihm war klar, dass in einer Tanzschule keine Gegenstände herumliegen würden. Der Boden war für seinen Geschmack etwas zu rutschig, aber das trug auch dazu bei, dass er sich ein klein wenig als professioneller Tänzer fühlte. Die Musik hatte einen guten Klang. Es duftete nach Kerzen. Und nach Vanille. Dieser Geruch ging von Lena aus.

»11 mal 7 Meter«, murmelte sie.

Felix lief ohne seinen Blindenstock am Rand der Fläche entlang und berührte dabei fortwährend mit leichtem Druck die Wand. Sie lief neben ihm her. Dabei versuchte er sich vorzustellen, wie viele Umdrehungen er mit Fiona machen konnte, bevor er die Richtung ändern musste. Durch diese Erkundungsrunde bekam er ein Gefühl für die Größe der Tanzfläche. Überraschend, dass *Lena* auf diese Idee gekommen war und Felix darum gebeten hatte, mit ihr durch den Raum zu laufen, um sich besser orientieren zu können.

Das Letzte, was Felix wollte, war, Lena zu enttäuschen. Besonders, da sie sich so viel Mühe mit ihm und der Trainingsfläche gegeben hatte. Zwar hatte sie nach wie vor ihre flapsige Art an sich, aber Felix erkannte dennoch, wie sehr sie ihm dabei helfen wollte, tanzen zu lernen.

»Wieso ist dir das so wichtig?«, fragte er leise. Sein Bein berührte ein Hindernis – einer der Stühle, die an der Seite der Tanzfläche standen, um den Tänzern die Gelegenheit zu geben, sich während der Pause auszuruhen. Rasch drehte sich Felix um neunzig Grad und lief weiter, ohne den Kontakt seiner Hand an der Wand zu verlieren.

»Dass du richtig führst?« Lena klang spöttisch, aber Felix nahm ihr nicht mehr ab, dass der Hohn, der in ihrer Stimme mitschwang, ernst gemeint war.

Obwohl Felix sich gerade sehr sicher fühlte, weil es keine unebenen Stellen gab und es sich um einen rechteckigen Raum mit wenig Möbeln handelte, hatte er plötzlich das Bedürfnis, seine Hand auszustrecken und Lena am Ellenbogen zu umfassen, so wie er es manchmal bei seinen Freunden tat, wenn er Orientierungshilfe brauchte.

Irritiert schob Felix den Gedanken weit von sich und nickte. »Ja, genau«, fügte er hinzu, weil Lena nicht sofort antwortete, und Felix sich nicht sicher sein konnte, dass sie sein Nicken gesehen hatte.

»Du wirst jedem erzählen, dass ich deine Tanzlehrerin war, und es wäre ziemlich peinlich für mich, wenn du weiterhin so unbeholfen über die Tanzfläche schleichst«, antwortete Lena.

Das war nicht der wirkliche Grund. Um zu wissen, dass sie log, musste Felix Lenas Gesicht nicht sehen. Die Unaufrichtigkeit in Lenas Stimme wurde zwar von ihrer Spöttelei überspielt, aber nicht ganz verdrängt.

In der vergangenen Woche hatte Felix sich sehr viele Gedanken darüber gemacht, was Lena zu ihm gesagt hatte. Dass er es wert wäre, die Schwierigkeiten auf sich zu nehmen, die seine Behinderung mit sich brachte. Das war ihre Aussage gewesen.

Felix hatte auch nicht vergessen, was Lena noch gesagt hatte. Darüber, dass sie ihre Gefühle nicht offen zeigen konnte und schon einige potenzielle Partner mit ihren derben Sprüchen und der unnahbaren Art vergrault hatte.

In ihm keimte ein Verdacht auf.

Vielleicht war das Lenas Art zu zeigen, dass …

Zu Felix' Verwunderung spürte er ein Kitzeln in der Magengegend, als er länger darüber nachdachte. Vielleicht war Lenas Kompliment in der letzten Woche doch nicht so unpersönlich gemeint gewesen, wie er zunächst geglaubt hatte. Glich es einer Liebeserklärung? Wenn Lena tatsächlich an ihm Interesse hätte, würde er es sehr genießen. Einfach, weil es ein schönes Gefühl war, wenn man wusste, dass man noch als potenzieller Partner wahrgenommen wurde.

Aber warum dann dieses warme Gefühl in seinem Bauch und das nervöse Zucken in der Magengegend und seine Freude über die Momente, wenn er mit Lena alleine war und sie besser kennenlernen konnte?

War er etwa verliebt?

Er erinnerte sich daran, dass Lena und er sich eigentlich gar nicht mochten. Er wollte nicht enttäuscht sein, wenn sich herausstellte, dass er Lena doch falsch verstanden hatte. Er sollte sich diese ganze Sache aus den Kopf schlagen und sich nicht noch weiter hineinsteigern.

Seufzend versuchte Felix, sich wieder auf das Gespräch zu konzentrieren. »Bin ich denn immer noch so unsicher auf der Tanzfläche?« Felix' Hand ertastete einen kühlen Widerstand an der Wand, es musste eine Fensterbank sein. Er lief an einem Fenster vorbei, was Felix wegen der minimalen Temperaturschwankung spürte. Felix senkte die Hand, um keine Schlieren auf dem Glas zu hinterlassen. Solange er die kühle Luft spürte, würde er sich auch so zurechtfinden.

»Ja, leider«, antwortete sie. »Ich weiß nicht, wie ich dir die Angst davor nehmen kann, frei zu tanzen.«

»Wenn du dich einfach damit zufriedengeben könntest, dass Fiona mir beim Führen ein wenig hilft, dann …«, versuchte Felix es erneut.

»Nein.« Lena klang ziemlich entschlossen, und diesmal konnte Felix weder Spott noch Unehrlichkeit in der Stimme ausmachen. »Ich habe dir schon einmal gesagt, dass der Herr führen muss.«

»Ach Lena, das ist eine Hochzeit! Kein Tanzturnier!« Frustriert schüttelte Felix den Kopf. Manchmal war Lenas Ehrgeiz wirklich anstrengend. Konnte sie nicht einfach akzeptieren, dass Felix nun mal eingeschränkt war? Was war so schlimm daran, wenn Fiona führen und er den passiven Part beim Tanzen übernahm? Niemand würde es stören, und die meisten würden Felix für den Mut, auf die Tanzfläche zu gehen, dennoch bewundern. So etwas sollte in einer emanzipierten modernen Welt doch möglich sein …

Es war immerhin eine private Hochzeit, und die meisten Gäste gehörten zu ihren Freunden und ihrer Familie. Lenas übertriebener Eifer war unnötig.

Eigentlich hatte er Flavia nur eine kleine Freude machen und sie darüber hinwegtrösten wollen, dass ihre Eltern keinen Wiener Walzer mit ihren Schwiegereltern tanzen konnten. Das war der einzige Grund, warum Felix überhaupt bereit war zu tanzen. Im Gegensatz zu Lena hatte er nicht den Ehrgeiz, das perfekt hinzubekommen.

Plötzlich blieb Felix stehen. Er konnte die Wand nicht mehr neben sich spüren, und er ertastete sie auch nicht mehr, als er die Hand hob. Er hatte die fehlende kühle Luft von der Fensterfront nicht bemerkt, weil er so empört über Lena gewesen war. War Felix vom Weg abgekommen, weil er sich nicht konzentriert hatte und stattdessen von ihr abgelenkt wurde?

Kopfschüttelnd fuhr Felix mit einer Hand durch seine Haare. Das war ihm schon ewig nicht mehr passiert. Wie hatte er nur so in Gedanken versinken können?

»Du hast bemerkt, dass wir vom Weg abgekommen sind?«, fragte Lena amüsiert. »Und ich dachte, wir laufen jetzt eine halbe Ewigkeit im Kreis.«

Eigentlich hätte Felix' Ärger noch mehr steigen müssen, doch stattdessen verschwand er fast vollständig. Versöhnlich grinste er. »Du hast es bemerkt und dennoch nichts gesagt, Lena?« Vorsichtig streckte er seinen rechten Arm aus und lächelte triumphierend, als er sofort ihre Schulter erstasten konnte und schlug ihr leicht darauf. Sie machte ein erstauntes Geräusch, sagte aber nichts. Er löste den Körperkontakt, ging einen Schritt zur Seite und streckte den Arm aus. Seine Hand fand die raue Oberfläche der Wand sofort.

Erleichtert atmete Felix ein und war stolz, dass er Lena nicht um Hilfe hatte bitten müssen. Lächelnd lief er weiter und hörte, dass Lena ihm folgte. Jetzt konzentrierte er sich, denn er wollte sich nicht die Blöße geben, sich erneut zu verlaufen.

»Wie schaffst du das?«, fragte er hastig.

»Was?«, gab Lena zurück.

»Mich einfach laufen zu lassen und dich darüber noch lustig zu machen.«

»Da du alleine lebst, gehe ich davon aus, dass du schon wissen wirst, wie du das wieder geradebiegst«, antwortete Lena. Ein leises Rascheln von Kleidung war zu hören. Bestimmt hatte Lena ihre Schulter gehoben, um ihre Aussage zu unterstreichen.

»Zu Hause ist das etwas anderes, Lena«, betonte Felix. Er wollte, dass sie sich dem Ernst der Lage bewusst wurde.

»Hier ist nichts, Felix«, erwiderte Lena. »Hier ist nur ein großer, leerer Raum. Abgesehen von den paar Stühlen am Rand und der Bar ganz hinten komplett ohne Möbel. Keine Stolperstellen, nichts, das stört. Okay. Du hättest in Lars und Fiona rennen können, aber da sie beide auch nicht mehr so dünn sind wie früher, wäre das nicht sehr schmerzhaft für dich geworden.«

Felix konnte ein Lachen nur schwer unterdrücken. »Ich hätte aber solange hier herumirren können, bis wir verhungert wären«, gab er zu bedenken, weil er recht behalten wollte, und schüttelte fasziniert den Kopf. Einerseits mochte er es, wie Lena versuchte, seine Selbstständigkeit zu fördern und ihn behandelte, als wäre er nicht behindert, andererseits machte es ihm auch Angst. Immerhin hatte Lena ihn die Treppenstufen auf dem Balkon hinabstolpern lassen. Er war sich nicht sicher, ob er ihr wirklich vertrauen sollte. Außerdem hatte Lena selber gesagt, dass sie nicht sehr gut darin war, rücksichtsvoll mit ihm umzugehen.

»Spätestens, wenn mir langweilig geworden wäre, hätte ich dich schon wieder in die richtige Ecke gedrängt«, beruhigte Lena ihn und klang zum ersten Mal an dem heutigen Tag wirklich freundlich.

Seufzend schüttelte Felix den Kopf. »Ich bin mir nicht sicher, ob du das alles nicht ein wenig zu locker siehst.«

»Und ich bin mir nicht sicher, ob du das alles nicht ein wenig zu verkrampft siehst«, erwiderte Lena laut.

Überrascht räusperte sich Felix. »Das kannst du doch gar nicht beurteilen.«

»Du machst einen sehr sicheren Eindruck, Felix. Deswegen sah ich keine Veranlassung, dich darauf hinzuweisen, dass du von der Umrandung abgekommen bist. Wer weiß, vielleicht hattest du einfach Lust darauf, blöd im Kreis herumzulaufen. Zuzutrauen wäre es dir.« Ein tiefes Lachen drang aus ihrer Kehle.

Fasziniert lauschte Felix dem Klang und hustete dann verlegen. Seine Bewunderung für sie musste endlich aufhören. »Findest du?« Bevor Lena ihm versichern konnte, was für Dummheiten sie Felix zutraute, konkretisierte er die Frage. »Ich meine, dass ich so einen Eindruck mache?«

»Als ich gehört habe, dass du blind bist, befürchtete ich, dass du gegen alles und jeden rennst, der nicht schnell genug wegspringt. Ich habe es mir immer so vorgestellt, dass du so langsam läufst wie der Stundenzeiger einer Standuhr und trotzdem alle paar Sekunden Unfälle baust.« Lena kicherte, anscheinend war sie über ihre Vorstellung sehr amüsiert. Dann wurde sie wieder ernst. »Deswegen war ich auch nicht begeistert, als Lars sagte, ich soll dir das Tanzen beibringen. Aber ich habe meine Meinung geändert.«

»Ja«, sagte Felix gespielt schmollend, »jetzt willst du, dass ich Profitänzer werde.« In seinem Bauch schien weiche Watte zu sein, zumindest fühlte es sich so an. Weiche Watte, die ihn von innen kitzelte.

»Genau. Meinst du, du kannst die Größe der Tanzfläche nun einschätzen?« Lena umfasste seinen Arm, um ihn zu stoppen.

Unschlüssig hielt sich Felix an seinem Stock fest und versuchte, das Kribbeln zu ignorieren, das sich an seinem Arm, wo Lena ihn berührte, ausbreitete. Dass er so empfand, war wirklich seltsam, denn er konnte Lena nicht auf seiner Haut spüren, sondern nur durch Stoff. »Ich weiß nicht, ob ich mich das wirklich trauen soll, einfach drauflos zu tanzen.« Felix war sich wirklich sehr unsicher. So unsicher, dass die Watte so plötzlich verschwand, wie sie aufgetaucht war.

Letzte Woche hatte Lars ihm den Grundschritt des Wiener Walzers gezeigt. Es gab einen einfachen Teil, den man aber laut Lena so gut wie nie verwenden sollte. Lars hatte es Pendel genannt. Dann gab es den anderen Grundschritt, und der war schrecklich schwer gewesen. Im Grunde war es ein schneller Tanz, der im Kreis getanzt wurde, währenddessen drehte sich das Paar um sich selber. Lars hatte zugegeben, dass selbst sehende Menschen manchmal den Überblick verloren und nicht richtig wussten, wo sie waren, und mit anderen Paaren auf der Tanzfläche zusammenstießen.

»Ach, komm schon, Felix. Fiona darf für den Anfang auch führen«, bot Lena an. »Es kann also nichts passieren.« Ohne vorher zu fragen, nahm sie seine Hand. Bevor Felix protestieren konnte, hatte Lena ihre Hand auf Felix' Rücken gelegt und schob ihn hastig zu den anderen, die irgendwo am Rand der Tanzfläche stehen mussten. Jedem anderen hätte er fauchend mitgeteilt, dass er fähig war, selbst zu laufen, und nicht geschoben werden wollte, aber er konnte sich nicht dazu überwinden. Stattdessen drückte er seinen Rücken durch, um noch mehr von Lenas Hand zwischen den Schulterblättern fühlen zu können. Er ärgerte sich deswegen über sich selbst.

»Gut«, sagte er zögerlich.

»Ich bin hier«, sagte seine Schwester behutsam und umfasste Felix' Hand.

»Am besten tanzt ihr erst einmal diagonal über das Feld, Fio«, schlug Lena vor. »Versucht, eure gewöhnliche Schrittgröße zu verwenden.« War es das erste Mal, dass Lena den Spitznamen von Fiona benutzt hatte? Früher hatten sich die Freundinnen immer mit den verrücktesten Kurzformen angeredet. Doch jetzt nannte Lena ihre ehemalige Freundin fast nur beim vollen Namen. Sie gingen so distanziert miteinander um.

»Wirst du dann die Umdrehung messen?«, fragte Fiona.

Als Felix das hörte, spürte er Übelkeit in sich aufsteigen, doch Fiona drückte seine Finger und versuchte ihm wohl damit Mut zu machen.

»Ich werde es versuchen«, murmelte Lena. Ihre Stimme hörte sich fern an. Vermutlich hatte sie sich in die Mitte des Raumes bewegt, um besser beobachten zu können.

Schließlich tanzten Fiona und er diagonal über die Fläche, und es klappte für den Anfang sogar recht gut. Zumindest nach Felix' Gefühl, was ihn aber bereits einige Male getäuscht hatte. Fiona führte, und Lena kritisierte sie dafür nicht. Stattdessen maß sie die Länge ihrer Umdrehung und errechnete die Anzahl, die Fiona und Felix machen müssten, um in einem großen Kreis über die Tanzfläche gleiten zu können, ohne an den Rand zu kommen. Dafür joggte sie neben ihnen her und wirkte ganz außer Atem.

Felix hatte große Angst, an den Rand zu kommen und zu stolpern. Der Boden war so verdammt glatt. Somit tanzte er eher in der Mitte der Tanzfläche, auch wenn Lars sie mehrmals aufforderte, ganz außen zu tanzen.

»Dein größtes Problem ist, dass du Angst hast«, interpretierte Lena, als Fiona und Felix schwer atmend bei den beiden anderen zum Stehen kamen.

»Sehr witzig«, kommentierte Felix wütend und verdrehte die Augen. Fast bereute er, dass er seine Sonnenbrille aufhatte, denn er hätte es genossen, wenn Lena seinen Spott sehen könnte. »Darauf wäre ich nie gekommen«, fügte er trocken hinzu und hoffte, dass sie den Sarkasmus zumindest hören konnte.

»Soll ich ihm vielleicht sagen, wie viel Platz wir noch zum Rand hin haben?«, fragte Fiona.

»Geht nicht«, erwiderte Lena nachdenklich. »Wir können ihm jetzt keine Windeln anziehen und hoffen, dass er auf der Hochzeit selbstständig aufs Klo geht.«

»Das ist ein sehr charmanter Vergleich«, zischte Felix.

»Er muss ein Gefühl für die Größe der Tanzfläche bekommen. Ganz einfach«, meinte Lena und ignorierte seinen Einwand.

»Ja, total einfach. Du bist so unglaublich einfühlsam«, brummte Felix und fragte sich, warum es ihn so sehr störte, dass Lena nicht netter zu ihm war.

»Bei dir blieb mir schon immer jegliche Freundlichkeit im Hals stecken«, gab Lena zurück. Sie stand schräg gegenüber von Felix, und ihre Stimme klang warm, was seltsam war, wenn man bedachte, welche Beleidigung sie gerade von sich gelassen hatte.

Erneut grübelte er darüber nach, ob das ein Zeichen dafür sein könnte, dass sie Gefühle für ihn entwickelt hatte. Ein Blitz durchfuhr seinen Körper bei diesem Gedanken. Oder bildete sich Felix nur etwas ein? Vielleicht war es auch einfach nur seine Behinderung, die sie verunsicherte und dazu trieb, ihre unsensiblen Sprüche abzugeben? Er sollte nicht so viel darüber nachdenken und keine Energie in etwas stecken, das er doch eigentlich gar nicht wollte. Lena war ja vermutlich immer und zu jedem so grob, weil sie ständig unsicher war, egal, ob sie in denjenigen verliebt war, oder ob derjenige blind war oder auch nicht. Immerhin behandelte sie Fiona und ihren Exmann auch nicht sehr freundlich.

Egal, wie oft Felix seinen Kopf darüber zerbrach, er musste am Ende seiner Grübelei zugeben, dass er es einfach nicht wissen konnte. Eigentlich wollte er auch nicht länger spekulieren und sich komische Dinge ausmalen, denn es waren nur Hoffnungen, die ihn am Ende enttäuschen würden. Es war schon schlimm genug, dass sein Bauch kitzelte, wenn Lena lachte oder wenn sie bei ihm stand und Felix den Hauch von Vanille wahrnehmen konnte.

»Du musst deine Angst bekämpfen, Felix«, fügte Lena nach einigen Sekunden energisch hinzu. »Nun zeig uns mal, wie toll du dich orientieren kannst!«

»Können wir mal wieder etwas tanzen, das mehr Spaß macht?«, fragte Felix genervt. Er hasste den Wiener Walzer, es war der schrecklichste Tanz, den er kannte. Bei diesem Tanz hatte er das Gefühl, sich überhaupt nicht orientieren zu können. Und dass Lena glaubte, es sei blind so einfach, sich um die eigene Achse zu drehen, während man Kreise über die Tanzfläche tanzte, störte ihn. Sonst mochte er es, wenn die Leute ihn nicht unterschätzten. Aber Lena machte genau das Gegenteil. Sie überschätzte ihn. »So etwas wie Samba?«

»Wie wäre es mit Salsa?«, schlug Lars lebhaft vor. »Mein persönlicher Lieblingstanz. Und er ist stationär.«

»Lasst uns einen Kompromiss machen«, warf Lena ein und trat einen Schritt auf Felix zu, sodass ihre Schultern sich berührten. »Felix tanzt jetzt noch einmal mit Fiona den Wiener Walzer. Dann machen wir eine Pause. Wir bringen euch ein bisschen Salsa bei, wiederholen die anderen Tänze, und zum Abschluss gibt es noch mal Wiener Walzer.«

Genervt schnaufte Felix.

»Komm schon, Felix«, meinte Lena und lehnte sich vorsichtig gegen ihn. Sie schubste ihn sachte an. »Sag mir bitte nicht, dass meine Mühe umsonst war. Ich möchte dich auf der Hochzeit den Wiener Walzer tanzen sehen.«

Für einen kurzen Augenblick genoss Felix den Kontakt ihrer Schultern. »Du bist doch gar nicht eingeladen«, antwortete er und schmunzelte. Und erfreute sich an dem warmen Gefühl in seinem Bauch.

»Wir haben eine Einladung erhalten. Was ja auch angebracht ist, immerhin geben wir euch kostenlosen Tanzunterricht. Findest du nicht auch?«, fragte Lena und klang amüsiert.

»Wie bitte?« Felix richtete sich auf.

»Hast du das nicht gewusst?« Lena lachte, und die Luft, die sie dabei ausströmte, streifte Felix' Wange, was wiederum in seinem Bauch das lästige Flattern verursachte. »Ich für meinen Teil habe bereits zugesagt.«

»Sarah und ich haben ebenfalls zugesagt«, warf Lars ein, was Felix verdeutlichte, dass es sich um die Wahrheit handelte und nicht um eine Täuschung von Lena.

»Okay«, sagte Felix und neigte sich etwas mehr gegen Lenas Schulter. Sie erwiderte den Druck. »Das macht mich jetzt nervös. Ihr werdet meine Vorführung kontrollieren.«

Als Lena schwieg, schüttelte Felix den Kopf über sich selber, weil ihm der Gedanke so unbehaglich erschien, dass ausgerechnet Lena ihn auf der Hochzeit sehen würde. Dabei sollte es doch um seine beiden Schwestern gehen.

»Bringt dich Fiona nach dem Tanzen nach Hause? Wie mobil bist du eigentlich?«, fragte Lena plötzlich.

Irritiert runzelte Felix die Stirn. Was bezweckte Lena mit diesem Themenwechsel? Hatte sie nicht vorgehabt, Felix gleich weitertanzen zu lassen? Oder war das bereits der Abschied, und Felix konnte nach Hause gehen und sich auf sein Sofa fallen lassen, um die Beine auszustrecken?

Lars und Fiona hatten sich von ihnen entfernt und redeten über irgendwelche früheren Bekannten. Dabei hatten sie heute noch nicht so viel geübt.

»Ich fahre mit der Straßenbahn oder dem Bus. Das ist kein Problem. Fiona holt mich manchmal mit dem Auto ab, wenn sie sowieso noch unterwegs ist.« Kurz war Felix versucht, seinen Kopf schief zu legen, um näher bei Lena zu sein, aber er konnte der Versuchung widerstehen. Langsam begann er, sich wirklich seltsam zu benehmen, und das gefiel ihm überhaupt nicht.

»Ich vermisse das Autofahren«, erzählte Felix weiter, als Lena nichts erwiderte. Das Schweigen zwischen ihnen empfand er manchmal als unangenehm, weil er das Gefühl hatte, dass Lena ihn dann betrachtete. Es war irgendwie seltsam, von jemandem beobachtet zu werden, während man selber nichts sehen konnte. »Es war immer unkompliziert. Man gewöhnt sich aber an die öffentlichen Verkehrsmittel.«

»Gerade wenn man etwas einkaufen will, stelle ich mir das ganz schön doof vor, kein Auto fahren zu können.« Lena schien ernsthaft an Felix' Alltagsleben interessiert zu sein. Das war Felix recht, solange sie ihn nicht dazu zwang, Walzer zu tanzen. Im Gegenteil, vielleicht könnte Felix sie sogar ablenken und sie den Wiener Doofwalzer vergessen lassen, wenn er ihr etwas erzählte.

»Naja, ich habe immer einen Rucksack dabei, und Getränke besorgt mir meist Fionas Mann«, erklärte Felix.

»Hast du keine Angst, dass du in die falsche Richtung einsteigst oder die Haltestelle verpasst?«, fragte Lena. Ihre Stimme hörte sich dabei nervös an, so als würde sie sich wirklich um ihn sorgen.

»Ich kenne die Abfahrtszeiten mittlerweile in- und auswendig, Lena. So was ist mir schon seit Ewigkeiten nicht mehr passiert. Und wenn ich mal irgendwo hinmuss, wo ich mich nicht auskenne, dann frag ich einfach den Busfahrer oder einen Passanten.« Als er sich vorstellte, wie abhängig er wäre, wenn ihm die Möglichkeit, mit Bus und Bahn zu pendeln nicht mehr zur Verfügung stehen würde, fröstelte er leicht. Am Anfang hatte es ihm große Überwindung abverlangt, sich aus seiner Komfortzone zu trauen, aber er war unglaublich dankbar für Jeden, der ihn damals zu den Haltestellen begleitet hatte, um ihm alles zu erklären.

»Ich dachte, ich bringe dich heute nach dem Tanzen nach Hause«, erwiderte Lena und hob die Schulter. Unter normalen Umständen hätte Felix das gar nicht bemerkt, aber jetzt konnte er die zuckende Bewegung spüren. »Ich würde vorschlagen, ihr tanzt jetzt noch ein wenig. Hey, Lars? Was ist mit euch? Tanzen?«, rief Lena und wandte sich dann wieder Felix zu. »Die stehen da und reden über Idioten, die mal unsere Freunde waren, ich glaub's ja nicht.«

Seufzend ging Felix in die Richtung, in der er seine Schwester vermutete. Jedes Mal, wenn Lena etwas sagte, was vielleicht eine Andeutung sein könnte, wich sie anschließend aus, wenn er nachhakte, oder wechselte abrupt das Thema. Er wurde nicht aus ihr schlau.

Zunächst übten sie weiter den Wiener Walzer, doch Felix gelang es nicht, seine Angst abzulegen. Auch wenn Fiona ihn führen durfte, hatte er große Panik davor, den Überblick zu verlieren und hinzufallen. Er würde seine Schwester mit sich ziehen. Ihr Sturz wäre womöglich sogar noch schwerer als seiner.

Irgendwann gaben sie auf und wiederholten die anderen Tänze. Auch wenn diese sehr gut gelangen, konnte Felix das Gefühl des Versagens nicht ablegen. Er war von sich selbst enttäuscht, und der Gedanke, dass Lena mehr von ihm erwartet hatte, nagte an ihm.

»So, und jetzt?«, fragte Fiona nach einem Cha-Cha-Cha.

»Wir können eine Pause machen«, erlaubte Lena großzügig, als sei sie mittlerweile zum Anführer der Vierergruppe geworden. Irgendwie stimmte das wohl auch. Immerhin mischte Lars sich nur ein, wenn er bei allzu heftigen Diskussionen schlichten musste.

»Lasst uns doch in die Pizzeria neben der Apotheke am Markt gehen, da, wo wir früher immer vor dem Kino gegessen haben «, schlug Fiona vor.

Darauf einigten sie sich schnell. Felix liebte das Restaurant, weil er sich dort gut auskannte und nicht darauf angewiesen war, dass ihm jemand half. Außerdem kannte er die Speisekarte auswendig und wusste schon, was er bestellen würde, ohne dass ihm jemand daraus vorlesen musste. Er war als Jugendlicher regelmäßig hier gewesen und anscheinend galt das auch für die anderen, denn während des Essens unterhielten sie sich aufgeregt darüber, wie wenig sich das Restaurant und das Essen verändert hatte. Nach der Pause brachte Lars Felix wieder auf die gewohnte Art den Grundschritt des Salsa bei, indem er mit den Fingern die Beinbewegungen auf Felix' Handfläche nachahmte.

Laut Lars war Salsa sogar ein Tanz, den man als Gruppe tanzen konnte. Anscheinend war er in den letzten Jahren immer beliebter geworden und gehörte inzwischen zum Standardrepertoire eines jeden Tänzers. Die Stimme von Lars war ausgeglichen und ruhig, aber Felix konnte sich dennoch nicht entspannen, weil Lena viel zu dicht neben ihm saß und Felix mal wieder auffiel, wie gut sie roch.

Auch beim Tanzen konnte er sich nur schlecht konzentrieren. Zwar tanzte er mit Fiona, aber Lena stand hinter ihm, um ihm beim Takt und der Schrittabfolge behilflich zu sein. Ihre Hände auf seinem Körper zu spüren, war für ihn plötzlich ganz seltsam. Auf einmal reagierte er mit Herzklopfen und hatte das Bedürfnis sich zurückzulehnen, um Lena näher zu kommen.

Doch Lena entfernte sich von ihm, sobald Felix den Grundschritt beherrschte, und Lars forderte ihn auf, den Salsa mit Fiona alleine zu üben, weil er der Überzeugung war, dass sie das gut hinbekommen konnten.

Langsam begann Felix, an seinem Verstand zu zweifeln. Immerhin war er viele Jahre davon ausgegangen, dass Lena eine arrogante und gefühlskalte Frau war. Spätestens seit er blind war, sollte er sich doch bewusst sein, dass er mit einer Frau wie ihr nicht klarkommen konnte. Warum ausgerechnet sie, die bereits zugegeben hatte, dass sie Felix' Bedürftigkeit nervend fand und sich selber nicht für die fürsorglichste Frau hielt?

Aber sie hatte auch gesagt, dass Felix die Mühe wert sei …

Zu Felix' Ärger konnte er sich nicht auf den Salsa mit Fiona einlassen. Bedauerlicherweise war er mit den Gedanken ganz weit weg. Anstatt auf die Füße zu achten, fragte er sich, ob er auch nur die kleinste Chance bei Lena haben könnte – nur für den Fall, dass er wirklich verliebt war. Gerade nach dem Desaster mit dem Wiener Walzer tat es seinem Selbstwertgefühl nicht gut, dass er mit dem Tanzschritt nicht klarkam.

»Felix!« Natürlich fiel auch Lena auf, dass Felix nicht bei der Sache war. »Was soll das? Verdammt, führ doch endlich mal!«

Genervt verdrehte Felix die Augen und packte Fiona fester, woraufhin sie erschrocken aufschrie.

Dann zuckte Felix zusammen, als ihn plötzlich jemand an der Hüfte anfasste, und ein erschrockenes Geräusch entwich seiner Kehle. Gerne hätte er es zurückgedrängt, weil es ihm peinlich war, schreckhaft wie ein Mädchen zu sein.

Erst nach einigen Sekunden konnte er einsortieren, dass Lena wieder hinter ihm stand und seine Taille umfasste.

»Scheiße, Lena«, rief er und blieb stehen. In letzter Zeit hatte Felix das Gefühl gehabt, dass weder Lena noch Lars sich anschlichen und ihn berührten, wenn er nicht damit rechnete. Selbst Lenas Kontaktaufnahmen waren behutsam gewesen.

»Hör auf mich anzufassen, ohne mich vorzuwarnen, okay?«

»Was hast du denn jetzt für Probleme?«, fragte Lena gereizt. »Wenn du richtig geführt hättest, dann müsste ich dich auch nicht anfassen.«

»Fass mich einfach nicht mehr an, wenn ich nicht damit rechne«, bat Felix müde.

»Es ist nicht so einfach, weil er die Berührungen nicht kommen sieht«, warf Fiona ein und drückte Felix' Hand. Sie kannte ihn einfach zu gut und wusste, wann er verzweifelt war.

»Du hilfst ihm damit nicht«, warf Lena ihr nun vor. »Du führst. Wenn *du* nicht führen würdest, wäre *er* gezwungen zu führen. Wie oft habe ich dir schon gesagt, dass du aufhören sollst zu führen?«

»Was ist denn so schlimm daran?«, fragte Fiona und klang plötzlich sehr erschöpft. Felix wusste, dass auch sie Angst vor der Hochzeit empfand. Genauso wie er hatte sie den Wiener Walzer total unterschätzt.

»Warum tanzt *du* nicht mit Felix, wenn du ständig behauptest, es besser machen zu können?«, schlug Lars bissig vor.

»Auf der Hochzeit muss er mit seiner Schwester tanzen, hast du das vergessen, *mein Schatz*?«, erinnerte Lena ihren ehemaligen Mann voller Hohn.

»Du sollst ja nur mit ihm üben. Und nenn mich nicht so!« Aus Lars' Stimme konnte Felix heraushören, dass es ihn verletzt hatte, von Lena spöttisch Schatz genannt zu werden. Vielleicht erinnerte ihn das an Streitereien, die sie vor der Trennung geführt hatten?

»Er scheint es zu hassen, wenn ich ihn anfasse«, sagte Lena entrüstet.

»Ich glaube, dass wir alle müde sind. Müde und gereizt. Wir sollten für heute Schluss machen«, meinte Felix eilig.

»Gute Idee«, pflichtete Lars ihm bei. »Sarah wird bereits auf mich warten.«

Felix war sicher, dass Lars Sarah nur erwähnte, um Lena zu ärgern. Er griff nach seinem Blindenstock, verabschiedete sich und lief zur Garderobe. Er wusste nicht, ob er Fionas Auto auf Anhieb finden würde, aber er erinnerte sich, dass es genau neben einer Straßenlaterne stand und die würde er finden. Er hatte keine Lust, auf Fiona zu warten, die lautstark mit Lena und Lars diskutierte.

Müdigkeit und Erschöpfung überkamen Felix mit einer Wucht, die ihn taumeln ließ. Außerdem war er enttäuscht und fast panisch. Verdammt, es waren nur noch zwei Samstage bis zur Hochzeit, und Lena war immer noch der Meinung, dass er nicht gut genug führen konnte.

»Felix? Warte … Ich …« Lena war ihm gefolgt. »Ich bring dich nach Hause«, meinte sie und klang dabei bevormundend.

»Fiona fährt mich«, entgegnete Felix und beugte sich nach vorne, um nach seiner Jacke zu greifen, die er auf den Stuhl neben dem Schirmständer gelegt hatte. Solange er sich nicht wirklich sicher sein konnte, ob Lena einfach nur Mitleid mit ihm hatte und er am Ende enttäuscht werden würde, wollte er Lena nicht noch näher an sich herankommen lassen.

Dann hielt er inne. Verlor er jetzt tatsächlich den Verstand, oder warum hatte er vergessen, wo seine Jacke war? Normalerweise merkte er sich ganz penibel, wo er seine Sachen ablegte. Jetzt würde ihm nichts anderes übrigbleiben, als die Stühle abzutasten. Doch Lena kam ihm zuvor.

»Ich weiß, dass du mit deiner Schwester fahren kannst«, erwiderte sie etwas ruhiger. »Ich möchte dich nach Hause bringen, weil ich das *möchte* und nicht, weil du meine Hilfe brauchst. Hier ist deine Jacke.«

Schweigend nahm Felix die Jacke in Empfang und zog sie an. Es ärgerte ihn maßlos, dass er sich insgeheim darüber freute, dass Lena ihn heimbringen wollte.

»Ich bring dich nur zur Tür, Felix, und werde direkt weiterfahren. Ich werde dich nicht belästigen«, fuhr Lena fort.

Anscheinend hatte Felix zu lange mit der Antwort gezögert. »In Ordnung«, sagte er leise. Die Müdigkeit nahm ihm jede Lust, mit ihr zu streiten. Er lief zur breiten Eingangstür und verabschiedete sich im Laufen von seiner Schwester und Lars. Später würde Fiona ihm bestimmt eine WhatsApp schreiben oder ihn gar beleidigt anrufen und ihm vorwerfen, dass er einfach abgehauen war, doch sie diskutierte immer noch mit Lars und schimpfte dabei hörbar auch über Lena. Das fand er nicht angemessen und auch nicht fair.

Lena folgte ihm, ohne sich zu verabschieden. Das fand Felix ebenfalls nicht in Ordnung.

Er seufzte und drehte sich um. »Wo steht dein Auto?«

»Direkt hier«, meinte Lena und überholte ihn. Ihre Schritte waren ruckartig. »Auf dem Beifahrersitz liegen CDs. Nimm sie einfach auf den Schoß.« Felix folgte ihrer Stimme. Er fand es mutig von ihr, dass sie einfach vorauslief, ohne ihn führen zu wollen, aber er war dankbar, dass sie ihm das zutraute. Glücklicherweise fand er sofort den Türgriff und stieg ein. In dem Auto roch es nach Minze, das Polster fühlte sich abgenutzt an.

Während der Fahrt redeten sie kein Wort, was Felix nervös machte. Wäre er nicht blind, könnte er wenigstens aus dem Fenster schauen, so blieb ihm nichts anderes übrig, als angespannt auf seinem Kaugummi zu kauen und in Gedanken die heute gelernten Schritte zu wiederholen. Aber leider konnte er sich nicht konzentrieren. Immer wieder grübelte er darüber nach, warum die Stimmung zwischen Fiona und Lena so schlecht war. Er wusste nicht, was damals wirklich zwischen den zwei Frauen vorgefallen war.

»Schön sieht es hier aus«, kommentierte Lena erstaunt, kurz nachdem sie angehalten hatte.

Trocken lachte Felix. »Hast du geglaubt, ich würde in einer Bruchbude leben?« Er selber wusste nicht, wie alles genau aussah. Er war erst einige Jahre nach seiner Erblindung hierher gezogen, weil er zuvor lieber bei Fiona geblieben war. Er hatte sich die ersten Jahre nicht zugetraut, alleine zu leben. Seine Wohnung war eine von drei Eigentumswohnungen in einem umgebauten, großen Einfamilienhaus.

»Und dunkel ist es«, fügte Lena hinzu. Obwohl sie versprochen hatte, ihn nicht weiter belästigen zu wollen, stieg sie ebenfalls aus.

Halb verärgert, halb amüsiert blieb Felix stehen. Seine Hand umfasste das Holz mit der Delle, neben dem das kleine Türchen war, das in den Vorgarten führte. »Was genau meinst du mit dunkel?« Ohne auf Lena zu warten, lief er weiter.

»Das Haus ist vollkommen dunkel.« Lena folgte ihm und klang erstaunlicherweise tatsächlich überrascht. »Nicht mal ein Außenlicht.«

»Hast du vergessen, wer hier lebt?«, erkundigte sich Felix und musste grinsen.

»Aber du lebst doch nicht alleine in dem Haus, oder?«, fragte Lena erstaunt.

»Es leben noch zwei Pärchen hier, die sind aber beide vereist. Dass es so dunkel ist, macht mir ja nichts aus. Ich habe keine Ahnung, ob wir sonst eine Straßenlaterne brennen haben«, erzählte Felix und hob die Schultern.

»Bist du nicht verpflichtet, die Außenbeleuchtung neben der Haustür anzuschalten?«, hakte Lena skeptisch nach.

Felix runzelte die Stirn. Er hatte nie darüber nachgedacht. Ehrlich gesagt wusste er gar nicht, ob sie überhaupt über so etwas verfügten, und wo der Schalter dafür war.

»Wirklich sehr dunkel«, kommentierte Lena und klang wenig begeistert. Trotzdem folgte sie ihm. Als sie sich von dem Auto entfernte, erklang ein kurzes Piepsen und Klacken, was vermutlich bedeutete, dass das Auto nun verschlossen war.

Felix grinste, ging aber nicht weiter auf Lenas Erstaunen ein. Hier war er zu Hause, und es freute ihn, dass er Lena zeigen konnte, wie normal er sich bewegen konnte, ohne sich angestrengt orientieren zu müssen. Beschwingt lief er vor und sprang die Treppenstufen zur Haustür nach oben. Normalerweise hätte er das nicht getan, weil seine Beine von der Tanzerei genug beansprucht waren, aber seltsamerweise hatte er das dringende Bedürfnis, Lena zu zeigen, wie unbeschwert er in seinem eigenen Bereich war. Er fand das Schlüsselloch sofort und drehte den Schlüssel um. Kurz zögerte er, dann ging er über die Schwelle und drehte sich um. Was sollte er jetzt tun? Sie einladen reinzukommen?

»Machst du jetzt auch kein Licht an?«, wollte Lena wissen.

Erstaunt schüttelte Felix den Kopf. »Warum? Brauch ich doch nicht. Ich lebe tatsächlich ganz ohne Licht.«

»Ich finde es irgendwie seltsam, dass du abends kein Licht anmachst. Ja, natürlich ist es logisch, weil du es eh nicht sehen würdest, aber es ist halt … ungewohnt.« Lena schien wirklich verblüfft zu sein.

Darauf antwortete Felix nicht, sondern lehnte sich gegen den Türrahmen. Obwohl ihm Lenas Anwesenheit gefiel und sein Herz bis zum Hals schlug, hatte er das Bedürfnis, nach drinnen zu gehen und sich aufs Sofa zu legen. Er wusste nicht, warum seine Stimmung so schnell umgeschlagen war. Aber eigentlich müsste es ihn nicht verwundern. Seit er Lena wiederbegegnet war und tanzen lernte, war er sowieso recht anfällig und launisch. Vielleicht war er auch einfach nur erschöpft und ängstlich wegen der Hochzeit. Oder er war verliebt und damit ziemlich überfordert? Heute würde er seine Gefühle bestimmt nicht mehr analysieren können.

»Die Brille«, begann Lena. »Du hast versprochen, sie auszuziehen.«

Trotz seiner Müdigkeit musste Felix lächeln. »Ich bin überhaupt keine Vereinbarung eingegangen.«

»Sag schon, Felix. Hast du … hast du vielleicht gar keine Augen mehr?« Lena war ihm nah. Viel zu nah.

»Meine Augen sind in Ordnung, Lena«, sagte Felix. »Sie sind einfach ... leblos. Sie bewegen sich nicht sehr oft. Sie liegen einfach ungenutzt in meinen Augenhöhlen und starren auf einen imaginären Punkt. Nichts wirklich Besonderes, was du unbedingt sehen musst.«

»Warum dann die Sonnenbrille, Felix?« Immer noch war Lena ihm so nah. Er wollte sich gegen sie lehnen, seine Arme um ihre Schultern schlingen, ihren Duft einatmen. Sie an sich ziehen und nie wieder loslassen.

»Mich irritiert es, wenn Leute bei einer Unterhaltung stocken. Die Menschen sind es einfach nicht gewöhnt, in regungslose Augen zu starren.« Ratlos hob Felix die Schultern. Wirklich gut erklären konnte er es nicht. »Ich mag es einfach nicht.«

»Aber wenn du immer die Sonnenbrille trägst, dann werden sich die Leute nie daran gewöhnen«, protestierte Lena. Ihren Atem konnte Felix als warmen Lufthauch auf seinem Gesicht spüren. Tröstlich. So kam es ihm zumindest vor.

Ob Lena seitlich oder ihm direkt gegenüber stand? Trotz seiner Neugierde traute Felix sich nicht, seine Hand auszustrecken, um es zu überprüfen. Was, wenn Lena diese Berührung als ein Zeichen ansehen würde?

»Akzeptier es einfach, Lena.« Seufzend richtete er sich auf. Er wollte nun ins Bett gehen und darüber nachdenken, was er für Lena empfand. Und er wollte überlegen, wie er Fiona davon überzeugen konnte, dass das mit dem Tanzen auf der Hochzeit eine blöde Idee war.

»Ziehst du sie nie ab?«, hakte Lena nach.

»Doch«, antwortete Felix leicht ungeduldig. »Bei guten Freunden manchmal, je nachdem, ob ich daran denke, bei meiner Familie fast immer. Manchmal vergesse ich aber auch, dass ich sie aufhabe, und das stört keinen. Wenn ich alleine bin, ziehe ich sie in der Regel ab. Besonders, wenn ich – wie jetzt – schlafen gehe. Ich bin müde, Lena.« Er trat einen Schritt zurück.

»Wirst du sie für mich abnehmen?«, erkundigte sich Lena hastig.

Felix hielt inne. »Warum sollte ich das tun?«, wollte er überrascht wissen. »Warum möchtest du das unbedingt sehen? Wieso ist dir das so wichtig? Ich kann deinen Augenkontakt doch sowieso nicht erwidern.«

»Das weiß ich«, antwortete Lena eilig. »Aber deine Augen gehören zu dir. Egal, wie leblos sie aussehen.«

Erschöpft schüttelte Felix den Kopf. Wahrscheinlich verstand Lena nicht, wie unangenehm es ihm war. Die Augen waren nicht deformiert oder hässlich, aber sie lebten einfach nicht mehr. Lena verstand ja auch nicht, warum er nicht wollte, dass sie ihn ohne Vorwarnung berührte. Lena verstand vieles nicht.

Diesmal interpretierte Lena sein Schweigen richtig. »Gute Nacht, Felix«, murmelte sie. Eine Hand streifte kurz Felix' unteren Arm, dann hörte er, wie sie die Treppenstufen nach unten lief.

Verwirrt schob er die Tür zu. Als er den Flur entlangging, war er froh, dass er jetzt alleine war. Zu viel passierte in letzter Zeit, zu viel, was er nicht erklären konnte.

Foxtrott

»Der Foxtrott ist ungefähr vor hundert Jahren in Nordamerika entstanden.« Felix saß auf dem Boden, Lars hatte wieder die Möbel zur Seite geschoben, um für ihn und Fiona mehr Platz zu machen. Lars hockte vor ihm und hielt seine Hand in seiner, was sich seltsam anfühlte. Doch so vermittelte er ihm nach wie vor die Tanzschritte. Es hatte sich als die effektivste Methode herausgestellt.

Weil der Raum in der Tanzschule belegt war, waren sie wieder bei Lars im Wohnzimmer und mussten mit dem kleinen Raum vorliebnehmen. Lena hoffte, dass sie nochmal in den Übungsraum der Tanzschule gehen konnten, aber bisher hatte sie die befreundete Tanzlehrerin noch nicht erreicht.

Lena und Fiona standen etwas abseits und diskutierten über irgendwas. Von der damaligen innigen Beziehung war nichts mehr übrig. Zwar gaben sie beide vor, sie seien froh, wieder Kontakt zu haben, aber sie wirkten im Umgang miteinander sehr steif und distanziert.

»Es gibt zwei Abwandlungen vom Foxtrott: Slowfox und Quickstep. Aber um die Varianten werden wir uns nicht kümmern, weil uns die Zeit davonläuft«, fuhr Lars fort.

Düster nickte Felix. Schon in zwei Wochen würde Flavia heiraten. Die Heiratsvorbereitungen waren fast abgeschlossen. Nur der Wiener Walzer klappte immer noch nicht. Wenn er nur daran dachte, bekam Felix feuchte Hände. »Wäre es nicht besser, wenn wir den Wiener Walzer üben?«, fragte er irritiert und biss auf die Innenseite seiner Wange.

Im Grunde war er immer erfreut, wenn er etwas Neues lernen konnte – vielleicht auch, weil dann Lena hinter ihm stand und ihn anfasste – aber inzwischen hatte er richtig Angst davor, auf der Hochzeit eine unsichere Vorführung abzugeben. Der Wiener Walzer funktionierte hinten und vorne nicht, und mit Sicherheit sahen Fiona und er schrecklich unbeholfen aus. Zumindest waren Lenas bissige Kommentare nicht sehr ermutigend.

»Je häufiger du den Wiener Walzer mit Fiona tanzt, desto einstudierter werden eure Schritte.« Lenas Stimme erklang von weiter oben, also stand sie wohl. Beim besten Willen konnte Felix sich auch nicht vorstellen, dass sie sich auf den Boden setzte. »Ihr seid ziemlich verkrampft, deswegen mussten Lars und ich uns etwas einfallen lassen.«

»Wir glauben, dass du sicherer werden kannst, wenn du immer wieder etwas Neues lernst und Fiona immer wieder führen musst«, sprach Lars weiter und ließ Felix' Hand los.

»Und Fiona lernt dann hoffentlich auch mal, sich zu entspannen und zu vertrauen«, warf Lena ein. »Du musst ihr das Gefühl der Sicherheit geben. Ihr tanzt immer so …«

»Es reicht, Lena.« Lars' Stimme war zwar freundlich, aber Lena hörte sofort auf, was Felix verwunderte. Bisher hatte sie wenig Respekt vor ihrem Exmann gezeigt. Vielleicht hatten die beiden in den letzten Tagen viel über ihn und Fiona und den Tanzunterricht gesprochen. Unbehagen überkam ihn bei dem Gedanken.

Lars richtete das Wort wieder an Felix. »Der Foxtrott ist ziemlich unkompliziert, Felix. Gibst du mir deine Hand?« Ohne eine Antwort abzuwarten, nahm er sie in seine und zeigte ihm den Grundschritt wie gewohnt mit seinen Fingern. »Einmal vor und einmal zurück«, meinte er leise und klopfte Felix mit der freien Hand auf die Schulter, so als wolle er ihn beruhigen.

»Aber du wechselst den Schritt nach hinten und den nach vorne nicht regelmäßig ab, sondern führst Fiona in einem unregelmäßigen Tempo«, befahl Lena.

Lars seufzte. »Hör nicht auf sie«, bat er. »Ihr tanzt jetzt erstmal so, wie ich es dir gezeigt habe. Es hört sich jetzt komplizierter an als es ist.« Er zog Felix nach oben und ließ ihn dann wieder los, vermutlich, um zur Stereoanlage zu gehen.

Kurz darauf erklang Musik, und Felix bemerkte die Anwesenheit seiner Schwester. Er griff nach ihr und stellte sich in die Tanzhaltung, ohne etwas zu sagen. Er hatte schlechte Laune, und er wusste, dass auch Fiona verunsichert war, weil sie einen neuen Tanz lernen sollten.

»Gut«, sagte sie. »Ich bin da. Wir können starten.« Sie legte Felix ebenfalls die Hand auf die Schulter und umfasste seine Finger fest, so als würde das irgendwem helfen.

»Darf ich?«, fragte Lena von hinten. Seit Felix sie in der letzten Woche kritisiert hatte, fragte sie inzwischen wieder um Erlaubnis. Mit einem spöttischen Unterton hatte sie Felix sogar um Erlaubnis gefragt, als sie ihm vorhin bei der Begrüßung die Hand geben wollte. Typisch für sie. Es war Felix bewusst, dass sie beleidigt war, weil er gewagt hatte, von ihr einzufordern, ihn nicht ständig überraschend zu berühren.

»Natürlich«, antwortete Felix und lachte trocken auf. »Sei nicht so albern.«

»Du bist ziemlich kompliziert«, murmelte Lena. »Wann soll ich denn um Erlaubnis fragen und wann nicht?« Zaghaft legte sie Felix die eine Hand auf die Schulter und die andere auf seine Taille.

Seine Laune verbesserte sich ein etwas. Amüsiert schüttelte Felix den Kopf. Nur selten waren ihm Menschen begegnet, die ihn fast schon rücksichtslos behandelten. Oftmals machten seine Mitmenschen ein riesiges Drama um seine Behinderung, sodass es Felix peinlich wurde. Lenas Art und Weise war manchmal etwas beängstigend, aber meistens sehr befreiend. »Vielleicht fragst du einfach, wenn du genau weißt, dass ich nicht mit einer Berührung rechne. Dann wäre es echt nett, wenn du mich vorher ansprechen würdest.«

Er konnte genau spüren, wie Lenas Hand auf seiner Taille einige Zentimeter verschoben wurde. Sofort hatte er das Verlangen, nach ihrer Hand zu greifen. Es genügte ihm nicht mehr, Lenas Hand auf dem Stoff seines Oberteils zu spüren, er wollte sie *richtig* spüren.

Das war ein sehr verstörender Gedanke. Doch er schoss ihm immer wieder durch den Kopf.

Nachdem Felix zwischen Fiona und Lena den Grundschritt – Figuren gab es vorerst keine – gelernt hatte, tanzte er mit Fiona alleine, während Lena unfreundliche und Lars freundliche Kommentare abgaben.

»Keine Figuren. Ich bin so froh«, meinte Fiona erleichtert.

Da konnte Felix ihr nur recht geben, denn der Grundschritt war schwer. Oft genug kamen sie durcheinander, und Fiona stolperte über Felix' Füße. Es gab zwei verschiedene Grundschritte, einer, bei dem Felix nach vorne treten musste, und einer, bei dem Felix nach hinten lief, und wenn Felix Fiona nicht korrekt signalisierte, welchen er wählte, kamen sie ins Strudeln.

Irgendwann einigten sie sich stillschweigend darauf, ein bestimmtes Muster zu wählen, doch das gefiel Lena nicht, weil es ihrer Meinung nach steif wirkte. Sie wollte unbedingt, dass Felix die Schrittabfolge variabel tanzte und er somit das Führen und Fiona das Folgen trainieren konnte.

Zusätzlich zu der Problematik war es ein Tanz, der die ganze Tanzfläche ausnutzte, und Felix konnte sich nicht auf sein Raumvorstellungsvermögen konzentrieren, weil er mit den Schritten beschäftigt war. Anscheinend hatten Lars und Lena diesen Tanz bewusst gewählt, um ihm zu zeigen, dass er keine Angst vor nichtstationären Tänzen zu haben brauchte. Leider war es aber eher kontraproduktiv, denn je mehr Fehler Felix machte, desto unsicherer wurde er, was zu weiteren Fehlern führte.

Es war Lenas Meinung nach eine komplette Katastrophe und laut Lars noch ausbaufähig.

Nach einer kurzen Trinkpause tanzten sie schließlich den Wiener Walzer. Felix wusste nicht, wie unsicher er für außenstehende Personen wirkte, aber er wusste, dass er kein gutes Gefühl dabei hatte, Fiona herumzuwirbeln. Wenn sie fielen, würden sie sich blaue Flecken holen, und bei der Hochzeit wäre es mehr als peinlich, wenn Felix Fiona irgendwohin werfen würde. Und wenn sie unglücklich stürzten, könnten sie sich Knochen brechen.

Erst nachdem ihnen beiden schwindelig wurde, tanzten sie zwischendurch einen Langsamen Walzer, und am Ende bat Lars Felix darum, mit Fiona erneut einen Foxtrott zu tanzen. Sowohl er als auch Lena waren der Meinung, dass es besser wäre, immer unterschiedliche Tänze zu üben, weil es dann nicht so einstudiert aussehe.

Erstaunlicherweise fühlte Felix sich tatsächlich etwas besser. Plötzlich klappten die Schritte, und Felix hatte den Eindruck, dass Fiona rascher auf seine Handbewegungen reagierte und ihm folgte.

»Super!«, lobte Lars und klatschte in die Hände. Er klang begeistert und ein wenig erleichtert, so als hätte er insgeheim den Foxtrott bereits aufgegeben.

»Es ist ein wenig besser, wenn ihr nicht so viel über die Schritte nachdenkt und einfach tanzt«, meinte Lena, was aus ihrem Mund wohl als Lob interpretiert werden konnte.

»Du siehst bei einigen Tänzen immer so schrecklich verspannt aus«, sagte Lars leise, nachdem Felix sich ein klein wenig entfernt hatte. Wenn er mit dem Tanzen fertig war, musste er sich immer wieder neu orientieren. Die Stimme von Lars half ihm dabei, und er folgte ihr. »Aber der Foxtrott scheint dir eher zu liegen, genauso wie der Rumba«, fügte Lars hinzu.

Grinsend antwortete Felix: »Der Foxtrott ist erheblich einfacher als ich zuerst dachte. Und Rumba macht mir einfach Spaß. Ich kann mich entspannen, ohne Angst haben zu müssen, aus Versehen von der Tanzfläche zu tanzen.«

»Lass dir von Lena nichts einreden. Ihr seid wirklich gut«, behauptete Lars.

»Bist du dir da sicher?« Felix glaubte ihm nicht. Zwar konnte er es nicht so gut beurteilen, doch Fiona hatte bereits mehrmals angedeutet, dass sie Angst hätte, sich von ihm führen zu lassen, besonders wenn es sich um schnelle Tänze handelte. »Ich glaube Lena, dass ich unsicher aussehe, weil ich mich auch so fühle.«

»Unter den gegebenen Umständen, Felix, seid ihr wirklich gut.« Energisch klopfte Lars ihm auf die Schulter.

Felix schnaubte. »Umstände? Du meinst, für einen Blinden …«

»Dafür und dafür, dass ihr beide erst vor sechs Wochen angefangen habt zu tanzen, Felix, tanzt ihr sehr gut. Das darfst du nicht vergessen, auch wenn Lena das in ihrem Perfektionismus leider oft verdrängt. Schau doch mal, Fiona ist nicht blind, aber sie tanzt auch unsicher und sieht verkrampft aus«, betonte Lars.

Das tröstete Felix nicht wirklich. Es war egal, warum sie ein schreckliches Bild abgaben, wichtig war, dass sie sich nicht blamieren durften. Er seufzte.

»Lena und ich tanzen seit unserer Jugend. Als wir noch verheiratet waren, sind wir mehrmals die Woche in die Tanzschule gegangen. Ich glaube nicht, dass ihr diese Natürlichkeit erlernen könnt, wenn ihr sechs Wochen übt«, fügte Lars hinzu.

»Ist das mit dem Führen kein Problem?« Felix fand es interessant, mehr über die Vergangenheit von Lars und Lena zu erfahren. Gleichzeitig wollte er aber auch nicht den Eindruck vermitteln, neugierig zu sein.

»Felix, du führst doch. Ich würde dich anlügen, wenn ich dir sage, dass du dich vollkommen sicher verhältst. Man merkt dir an, dass Fiona für dich mit sehen muss, besonders bei einem Tanz wie dem Wiener Walzer, aber hier zum Beispiel, beim Foxtrott, merkt man dir gar nichts an«, erklärte Lars.

Felix brummte frustriert. Er hörte heraus, dass er für einen Blinden gut tanzte, er wollte aber wirklich gut tanzen, sonst würden die ganzen Verwandten ihn nur dafür bewundern, dass er es unter den gegebenen Umständen gut *machte*, nicht aber dafür, dass er es gut *konnte*. Einige seiner Verwandten bemitleideten ihn immerzu, und er wollte den Eindruck eines Opfers nicht noch befeuern.

»Ich hoffe, dich nimmt Lenas Kritik nicht so sehr mit. Lass dich nicht unterkriegen. Wenn du sie nur sehen würdest, Felix. Sie sieht so bewundernd aus, wenn sie dich ansieht. Sie weiß, dass du gut bist, und das zeigt sie auf ihre Weise. Ich kenne sie. Mit Worten kann sie nicht gut umgehen, aber in ihren Augen kann ich Stolz erkennen, und sie lächelt, wenn du tanzt.« Lars seufzte ebenfalls und drückte seine Hand, was mit Sicherheit eine aufmunternde Geste sein sollte.

»Ich kann sie aber nicht sehen, Lars«, protestierte Felix leicht gereizt. »Ich kann sie lediglich hören, und ich höre immer nur, dass ich zu unsicher wirke und Fiona nicht wie eine Dame führe. Das ist nicht sehr aufbauend.«

»Lena kann mit Worten eben nicht gut umgehen.«

»Und ich kann keine Gesten oder Mimik sehen.« Überfordert schüttelte Felix den Kopf und war ratlos, wie die Kommunikation mit Lena funktionieren könnte, wenn diese sich nicht traute, Worte zu nutzen. »Und im Gegensatz zu mir«, fügte er verärgert hinzu, »kann sie sich Mühe geben. Ich werde niemals ihr Gesicht sehen können, sie könnte aber über ihren Schatten springen und einfach ihren Mund benutzen.«

»Ich weiß«, gab Lars ihm recht. »Auch ich finde es traurig. Sie ist so verschlossen, so sarkastisch. Das war schon zu unserer Ehe so und hat mir viel Kummer gemacht. Nach unserer Ehe wurde es noch schlimmer. Sie hat unglaublich viele Menschen wegen ihrer Art verloren. Viele ertragen sie nicht lange um sich.« Die Stimme von Lars klang resigniert.

»Es ist ja nicht deine Schuld«, betonte Felix. »Außerdem komme ich eigentlich ganz gut klar, weil ich weiß, dass man ihren Sarkasmus nicht an sich heranlassen darf. Nur was ihre Kritik an meinem Tanzstil angeht, da gelingt es mir einfach nicht, weil ich wirklich glaube, dass ich schlecht bin. Ich habe Angst, den Wiener Walzer nicht zu schaffen.«

»Ihr tanzt nicht schlecht«, widersprach Lars. »Wirklich nicht. Ja, ihr seid etwas unsicher, aber ihr habt auch noch nicht viel Praxis. Ihr solltet einfach viel tanzen, damit ihr Routine bekommt. Und den Wiener Walzer werden wir schon noch hinbekommen.«

Felix hob unschlüssig die Schultern.

»Ja, du kannst es nicht sehen, aber Lena ist stolz auf dich. Sie ist eine Perfektionistin und versucht euch zu höherer Leistung zu animieren, aber sie ist auch richtig gut. Nur weil sie Unsicherheiten erkennt, heißt das noch lange nicht, dass das auch eure Verwandten tun, die seit zwanzig Jahren keinen Tanzkurs mehr besucht haben. Hast du es mal aus diesem Standpunkt heraus betrachtet?«

»Nein, aber ich denke, du könntest recht haben.« Schmunzelnd deutete Felix ein Nicken an.

Lars klopfte ihm fest auf die Schulter.

Bevor sie weiter trainierten, entschieden sie, etwas essen zu gehen. Sie gingen in das Restaurant, in dem sie schon einmal gegessen hatten. Nach einem kleinen Abendessen würden sie gestärkt und ausgeruht sein. Felix machte sich Gedanken, dass Lars statt bei seiner Frau zu sein, so viel Zeit mit ihnen, inklusive seiner Exfrau, verbrachte. Doch Sarah betonte, dass sie sowieso zu einer Freundin gehen wollte und klang dabei keineswegs genervt.

»Wo sollen wir sitzen?«, fragte Lena und blieb stehen, sodass Felix sie fast umgerannt hätte.

Sie waren alleine, was Felix nervös machte. Doch Lars musste noch zu einem Bankautomat und Fiona auf die Toilette.

»Ist der Vierertisch in der Ecke noch frei?«, erkundigte er sich. Als er sich vorbeugte, strömte ihm Lenas Duft entgegen.

»Er ist frei«, sagte Lena. »Komm, wir beeilen wir uns, damit wir den schönen Platz am Fenster bekommen.«

»Was bringt uns denn der Platz am Fenster?«, fragte Felix neugierig.

Eilig umfasste Lena seine Schultern und lief schneller. Bei dem Tempo, das Lena vorgab, verlor Felix rasch den Überblick, besonders weil Lena viele Wendungen machte und sich an den Tischen vorbeischlängelte, anstatt den Hauptweg durch das Lokal zu nehmen. Aber er folgte, ohne zu protestieren. Eigentlich war er dankbar dafür, dass Lena ihn nicht so fürsorglich behandelte wie andere. Ein wenig Rücksichtnahme wäre zwar manchmal angebracht, aber obwohl Lena gerne kritisierte, konnte sie selber nicht gut mit Kritik umgehen, und deswegen verkniff sich Felix eine Bemerkung.

»Eine schöne Aussicht«, antwortete Lena. »Man sieht die Gasse drüben und die Lichter von den anderen Läden.«

»Na dann lohnt sich das auf jeden Fall.« Schmunzelnd ließ sich Felix weiterziehen. »Ich denke … verdammt …«

Stöhnend blieb er stehen und rieb sich das Knie. Plötzlich war ihm nicht mehr nach Schmunzeln zumute. Das Geräusch von klapperndem Geschirr wurde leiser, was bedeutete, dass die Leute zu ihnen starrten. Natürlich war er im Mittelpunkt. Die Leute gafften gerne, und bei Blinden hatten sie den Eindruck, das ganz offen tun zu dürfen, weil sie glaubten, Felix würde es nicht bemerken. Doch das stimmte nicht, denn Felix spürte immer, wenn man ihn anstarrte.

»Was war das?«, fragte er leise und ließ zu, dass Lena ihre Hand in seine Armbeuge legte, weil Lena dadurch viel besser führen konnte, als wenn sie ihn nur an der Hand hinter sich herzog.

»Ein Stuhl«, murmelte Lena. Es hörte sich so an, als hätte sie ein schlechtes Gewissen. Jetzt führte sie Felix sehr viel behutsamer zum Tisch und drückte ihn mit beiden Händen auf die Bank.

Als sie saßen, rieb Felix sich weiter über das Knie. »Warum bin ich gegen einen Stuhl gerannt?«, fragte er gereizt.

»Den hat irgend ein Idiot da hingestellt.« Auch Lena hörte sich wütend an.

»Oh«, meinte Felix und konnte nicht verhindern, dass Spott in seiner Stimme mitschwang, »was für ein Wunder. In einem Restaurant stehen ja normalerweise niemals Stühle herum.«

»Wenn du damit sagen willst, dass ich schuld bin«, betonte Lena und klang plötzlich gar nicht mehr so sicher, wie sie zuvor geklungen hatte, »dann muss ich dir sagen, dass *ich* diesen Stuhl nicht dort hingestellt habe.«

Innerlich musste Felix grinsen. Sein Knie schmerzte bereits nicht mehr so sehr, und er hatte keine Lust mehr mit Lena zu streiten. Immerhin hatte sie zugegeben, dass sie rücksichtslos war und sich nicht gut um andere Menschen kümmern konnte. Es war also nichts, worüber Felix hätte überrascht sein müssen. »Du könntest mir nächstes Mal vorher sagen, dass ein Stuhl dort steht, bevor ich hineinlaufe«, schlug er vor.

Lena schwieg, aber Felix meinte, ein leises Stöhnen zu hören.

Kurz darauf schlug seine Heiterkeit in Irritation um. Ihm wurde klar, wie bedürftig er sich selbst hinstellte. Mit seinem Blindenstock war er viel sicherer unterwegs, als wenn er sich von Lena durch das Lokal führen ließ. Trotzdem hatte er darauf verzichtet. Nur weil er es mochte, wenn sie ihre Finger auf seinen Rücken legte? Er musste verrückt geworden sein. Wie hatte er sich in solch eine Abhängigkeit begeben können? Gierte er so sehr nach ein wenig Körperkontakt? Das sollte der Grund sein, warum er neuerdings schlicht vergaß, seinen Blindenstock zu nutzen und stattdessen in solch peinliche Situationen schlitterte?

Zum Glück musste er nicht länger darüber nachdenken, denn Fiona und Lars setzten sich zu ihnen an den Tisch. Sie bestellten etwas zu essen und Bier, auch wenn Felix sicher war, dass das seinen Tanzstil nicht unbedingt verbessern würde.

Nachdem die Kellnerin ihnen die Getränke auf den Tisch gestellt hatte, räusperte er sich. »Da ihr mir so tapfer das Tanzen beigebracht habt«, sagte er und biss sich auf die Lippen, während er seine Jacke in die Hand nahm und nach den Karten tastete, die er in die Tasche gesteckt hatte, »möchte ich euch gerne etwas zurückgeben.«

Warum er so nervös war, konnte er selbst nicht verstehen. Ursprünglich war es Fionas Idee gewesen, aber von Anfang an hatte es ihn begeistert und die Eintrittskarten waren schnell besorgt.

Rasch schob er die Karten in die Richtung, wo Lars und Lena saßen. Er atmete hastig aus, nachdem er festgestellt hatte, dass er die Luft anhielt. Seine Hände fühlten sich verschwitzt an.

»Was ist das?«, fragte Lena und klang neugierig.

»Ich habe auch die Übersetzungstabelle«, meinte Felix und schob sie ebenfalls über den Tisch. Warum hatte er nicht sofort daran gedacht? Er ärgerte sich über sein fahriges Verhalten.

»Das ist also die Blindenschrift?«, fragte Lars wissbegierig. »Hey Lena, lass mich auch mal in die Übersetzungstabelle sehen.«

»E – i – n ... Ein ... l a d ... Einladung«, las Lena laut vor.

»Du darfst nicht hinschauen, Lena«, betonte Fiona amüsiert. »Du musst es fühlen. Mit den Fingerspitzen. Versuch es doch wenigstens mal.«

»Das ist aber ganz schön schwer«, stieß Lars verblüfft fest. Anscheinend hatte er sich die Karten geangelt.

Von Lena war nichts mehr zu hören. Sehr zum Bedauern von Felix. Hoffentlich fand sie es interessant.

»Einladung z ... zu ... zum ... Äh, das war jetzt geraten. Das ist echt schwer.« Lars hörte sich erstaunt an.

»Lesen sie blind?«, fragte Felix an seine Schwester gewandt.

»Lars schon, Lena nicht«, teilte Fiona ihm mit. Sie lachte laut. »Das verwundert sicher niemanden, immerhin bildet sie sich ein, sie müsse in allem perfekt sein und dürfte sich keine Fehler erlauben und muss deswegen schummeln.«

»Hey, Klappe«, schnarrte Lena sofort.

»Lena, es wird nicht geschummelt«, warf Felix ein und musste ebenfalls lachen. Seltsamerweise schwankte seine Laune immer hin und her, wenn er mit Lena zusammen war. »Du musst fühlen, Lena. Komm, versuch es wenigstens einmal.

Hier ... warte ... « Er tastete mit seiner Hand nach Lenas und legte einen Finger auf ihren schlanken, kühlen Zeigefinger.

Sofort begann die Haut zu kribbeln, als er Lena so berührte. Eigentlich hatte er sich vorgenommen, über diese verwirrenden Gefühle erst nach der Hochzeit nachzudenken. Aber er konnte nicht verhindern, dass er es genoss, Lenas Hand zu halten.

»Du musst mit den Fingerkuppen fühlen«, betonte er und rutschte mit seinem Stuhl näher an Lena heran, damit er bequemer ihre Hand führen konnte. Ihre Finger waren angenehm kühl und sehr zartgliedrig. Alles an dieser Berührung wollte er sich einprägen, damit er es nie wieder vergaß. Obwohl er auch mit offenen Augen nichts sehen konnte, schloss er sie für einen Augenblick und erlaubte sich, eine Weile ganz in dem Moment zu versinken. Es war eine alte Angewohnheit, die er sich bisher nicht abgewöhnt hatte. »Mach die Augen zu, Lena«, fügte er leise hinzu.

Während er Lenas Finger auf den ersten Buchstaben drückte, sog er ihren Geruch ein, den er jetzt noch intensiver als sonst wahrnehmen konnte. Es fiel ihm schwer, sich zu konzentrieren, aber er schüttelte nach wenigen Sekunden den leichten Schwindel ab, den er empfand, und richtete seine Konzentration auf ihre Finger.

»Hier ... spürst du die Erhebungen?«, fragte er und bemerkte mit Erstaunen, dass seine Stimme ganz rau klang. Schnell räusperte er sich. Dann bewegte er seine Hand über die Karte mit der Blindenschrift und rieb Lenas Finger über die Buchstaben.

»Ja, tu ich«, sagte Lena. »Aber es fühlt sich alles so ähnlich an.«

»Ich weiß. Am Anfang ist es schwer«, gab Felix zu und ließ Lenas Finger auf einem Buchstaben verweilen.

»Woher weiß ich, wann der Buchstabe anfängt und wann er aufhört?«, erkundigte Lena sich und atmete tief ein. Ihre Stimme klang ein wenig verärgert oder auch ungeduldig. Wenn sie ihren Perfektionismus auch auf sich selber anwendete, war es für sie sicherlich nicht leicht zu ertragen, wenn sie etwas erst üben musste. Gut, dass sie nicht in Felix' Lage war, denn er hatte nach dem Verlust seines Augenlichts viele Dinge neu erlernen müssen, und manches war sehr schwer gewesen, sich wieder anzueignen.

Oder fand sie seine Aktion einfach nur langweilig oder gar peinlich?

»Ein Buchstabe besteht immer aus zwei Spalten mit je drei Punkten«, erklärte er und versuchte diesen dämlichen Gedanken aus seinem Kopf loszuwerden. Er lehnte sich etwas näher an Lena. Es lenkte ihn nicht mehr so sehr ab, Lena nahe zu sein. Sein Wunsch, ihr zu zeigen, wie er las, war kurioserweise so groß, dass er total vergaß, diese Nähe zu genießen. »Ich weiß, dass es nicht so leicht ist.«

»Wieso ist alles so eng?« Lenas Bewegung war holprig und ruckartig.

»Konzentriere dich«, bat Felix ruhig und beugte seinen Kopf, um Lenas Ohrläppchen an seiner Stirn fühlen zu können. Es war kalt, genauso wie Lenas Finger. »Schau, hier zum Beispiel ist ein 'A', weil nur der linke obere Punkt erhöht ist.«

»Ich dachte, ich soll nicht schauen«, brummte Lena.

Ruckartig drehte sie ihren Kopf, und Felix konnte einen Hauch ihres Atems an seiner Stirn fühlen. Nun war sich Felix sicher, dass sie tatsächlich nicht zu der Karte schaute. Felix schauderte, er hatte Schwierigkeiten, sich bei der ungewohnten Nähe angemessen zu verhalten. Bis zum Hals klopfte sein Herz.

»Sinnbildlich gesprochen natürlich«, murmelte er. »Das ist das 'L', weil alle linken Punkte leicht erhöht sind.«

Dann führte er Lenas Hand weiter über die Buchstaben, verharrte bei jedem einen Augenblick und ließ Lena tasten. Er selber konnte inzwischen viel schneller lesen, aber er wollte, dass Lena verstand, wie viel komplizierter sein Leben geworden war. Oder wie sehr er sich hatte umstellen müssen. Vieles war mit der Zeit wieder leichter geworden, aber kurz nach dem Unfall war alles so verdammt schwer gewesen.

Auch wenn Lena einmal behauptet hatte, sie würde niemals mit einer blinden Person zusammen sein können, tat sie häufig so, als wäre eine Erblindung so hinderlich wie ein Pickel auf der Stirn, der zwar juckte, aber generell kaum auffiel.

Vielleicht spürte Lena diese Schwingungen zwischen ihnen ebenfalls und versuchte sich selber etwas vorzumachen, indem sie sich sagte, Felix sei gar nicht richtig blind oder so was in der Art. Eventuell irritierte sie, dass sie sich einerseits von Felix angezogen fühlte, andererseits aber Angst davor hatte, ihm näherzukommen, weil sie mit einer behinderten Person nicht umgehen konnte oder wollte.

Lautlos seufzte Felix und verdrehte innerlich die Augen. Offenbar begann er langsam wirklich zu spinnen. Nur weil ihm schwindelig wurde, wenn Lena bei ihm war, spürte sie ja nicht zwangsläufig dasselbe. Und das war mit Sicherheit auch besser so, denn alles andere wäre zu kompliziert.

»Liest du auf diese Art ganze Bücher?«, erkundigte Lena sich etwas entspannter.

Felix spürte deutlich, dass sie ihr Bein gegen seines drückte, aber als sie es wieder wegzog, wusste er, dass es Zufall gewesen war. Aber ihre Finger waren immer noch miteinander verhakt, auch wenn sie vergessen hatten, sich weiter über das Pergament zu tasten. Außerdem konnte Felix auf seiner Stirn spüren, wie ruhig und tief Lena atmete. Nur noch einen Millimeter, und Lenas Mund würde auf seiner Haut kleben.

»Ja. Und zwar am liebsten grausame Krimis«, erzählte Felix und war erleichtert, dass seine Stimme fröhlich und ungezwungen war. Seine verwirrenden Gefühle und Gedanken konnte man sicherlich nicht heraushören.

»Wirklich?« Lena klang ungläubig.

»Ich mag skandinavische Krimis.« Wie gerne er Lena alles von sich und seinem Leben erzählt hätte. Aber sie waren nicht alleine. Er fühlte sich beobachtet, auch wenn er nicht mit Sicherheit sagen konnte, ob sie angestarrt wurden. Langsam ließ er Lenas Hand los und richtete sich auf. Er rutschte von ihr weg. Für einige Minuten hatte er vergessen, dass Lars und Fiona ihnen gegenübersaßen. Fiona erklärte Lars zwar ebenfalls die Blindenschrift, aber er war sich dennoch sicher, dass sie bemerkt hatten, wie nah sich Felix und Lena gekommen waren.

Nun nahm wieder die Verunsicherung die Oberhand.

Wie betäubt zog Felix die Übersetzungskarte und die Einladungen zu sich heran und las vor, indem er seine Finger routiniert über die Buchstaben streifen ließ. Ihm war bewusst, dass Lars und Lena beeindruckt sein würden. Bisher hatte er damit auf jeden Fall einen erstaunten Effekt erzielt, wie schnell er lesen konnte. Für ihn selber war das nichts Erstaunliches mehr, und auch Fiona fand es nicht mehr spannend. Es war Alltag geworden.

Als er fertig vorgelesen hatte, spürte er, dass seine Wangen rot sein mussten. Plötzlich war er sich nicht mehr so sicher, ob Lars und Lena sich überhaupt freuten. Zwar hatte Fiona ihn davon überzeugt, dass es ein schönes Dankeschön wäre, aber vielleicht empfanden Lars und Lena auch Erleichterung darüber, dass sie Fiona und ihn endlich los waren.

»Das ist ein Museum, das von Blinden organisiert wird?«, hakte Lars nach.

»Es ist wahnsinnig interessant«, schwärmte Fiona. »Das ganze Museum ist abgedunkelt, und du musst dich in alltäglichen Situationen zurechtfinden. Es ist eigentlich gar kein Museum. Eher ... Keine Ahnung. Eher eine Art Ausstellung.« Sie hielt kurz inne, vielleicht weil sie glaubte, Felix würde das besser erklären können, aber sie gab ihm nicht genug Zeit, um auf ihr Schweigen reagieren zu können. »Die Angestellten sind blind und leiten uns an«, fuhr sie fort. »Felix wird uns natürlich auch helfen, weil er mit so etwas viel besser zurechtkommt, und außerdem war er schon einige Male da.« Immer wieder begeisterte es Fiona nach einem Besuch, und das hörte man jetzt aus ihrer schwärmerischen Stimme heraus.

»Du kannst natürlich gerne Sarah mitbringen. Fiona würde dann auch Philipp mitbringen«, betonte Felix, als Fiona ihren Vortrag beendet hatte. Ihm war es peinlich, wie sehr Fiona für den Ausflug Werbung machte.

Während Lars weitere Fragen stellte, schwieg Lena. Lars wirkte sehr erfreut über die Einladung und klang interessiert. Felix versuchte seine Enttäuschung herunterzuschlucken, dass er wohl nicht Lenas Geschmack getroffen hatte, und beantwortete brav Lars' Fragen.

»Und wann?«, fragte Lars.

»Vielleicht nach der Hochzeit«, meinte Felix. »Also im September irgendwann. Oder?«

»Also, ich finde das wahnsinnig toll, und meiner Meinung nach ist das ein ganz toller Abschluss für unsere Tanzgruppe. Ich denke, Sarah wird auch begeistert sein«, antwortete Lars aufgeregt. »Was gibt es denn da alles?«

»Eine Schifffahrt, Zähne putzen, ein Spaziergang durch den Park, das Überqueren einer Straße«, zählte Fiona auf. »Also wirklich ganz alltägliche Dinge, die für uns so gedankenlos gemacht werden und für andere kompliziert sind.«

Nun war Felix dankbar, dass Fiona das Antworten übernommen hatte, und drückte sich gegen die Stuhllehne. Vielleicht war es doch eine blöde Idee? Er war davon ausgegangen, dass es Lena interessierte, aber dieser Eindruck war wohl falsch. Plötzlich fühlte sich sein Mund ganz trocken an. Es war so schwer, Lena einzuschätzen und sie zu durchschauen.

»Das ist eine gute Idee«, sagte Lena unerwartet leise.

Vor Schreck zuckte Felix zusammen und drehte seinen Kopf. Er hatte nicht damit gerechnet, dass Lena sich ebenfalls gegen die Lehne gedrückt hatte und ihm wieder ganz nahe war.

»Wirklich?«, fragte Felix, und sein Herz klopfte plötzlich im doppelten Rhythmus.

»Ja, ich freue mich darauf«, betonte Lena. »Ich gehe davon aus, dass du mit mir dort herumlaufen wirst.«

Felix konnte sich gerade noch davon abhalten zu grinsen, aber er war sich sicher, dass er errötete. »Warum?«, fragte er.

»Wenn Philipp und Sarah mitkommen, werden wir zwei übrig bleiben«, antwortete Lena.

Sein Puls beschleunigte sich. Felix war glücklich mit dieser Antwort. »Ja, wahrscheinlich«, stimmte er zu. »Da müssen wir zusammenbleiben.«

»Wohl oder übel. Du, sag mal, Felix?« Lena räusperte sich.

»Was, Lena?«, fragte Felix und neigte sein Gesicht so, dass er Lenas Atem auf seiner Haut fühlen konnte.

»Du wirst mich dann gegen sämtliche Stühle rennen und mich die Treppe hinabstürzen lassen, oder?« Lenas Stimme klang weich. »Als Rache, meine ich.«

Aus heiterem Himmel fragte sich Felix, ob Lena sich rein äußerlich verändert hatte. Gerne hätte er gewusst, wie Lena nun aussah. Ob sie immer noch dieses spitze, blasse Gesicht hatte wie früher? Hatte sie bereits kleine Falten? Felix wusste nicht einmal, ob sie noch dieselbe Haarfarbe hatte.

Normalerweise machte er sich ein Bild, indem er seinen Bekannten zuhörte. Manchmal fragte er auch nach der Länge der Haare oder anderen markanten Markenzeichen. Oder seine Kumpels begannen von selbst zu erzählen, wie ehemalige Klassenkameraden oder flüchtige Bekannte inzwischen aussahen. Entgegen den weit verbreiteten Gerüchten, hatte er bei Menschen, die ihm nicht so nah waren, nicht das Bedürfnis, sie ständig im Gesicht anzufassen. Im Gegenteil, es war sogar etwas, das er selber ziemlich sinnlos fand. Er wusste, wie seine Freunde und Familienangehörigen aussahen, und wenn sie sich stark veränderten, zum Beispiel nach einem Friseurbesuch, erzählten sie es ihm meist beiläufig. Doch eigentlich war es ihm schlicht nicht so wichtig, ob nun seine Tante lange oder kurze Haare hatte oder ob Freunde zu- oder abgenommen hatten. Wie eine Person aussah, war ihm auch schon vorher nicht sehr wichtig gewesen. Dass die Person ehrlich und loyal war und Lebensfreude ausstrahlte, war das, was für ihn zählte. Dass seine Schwestern in seinen Augen vermutlich immer etwas jünger aussahen, als sie es wirklich waren, war nun mal ein Nebeneffekt, mit dem er leben musste. Seine jüngere Schwester war noch ein Kind gewesen, als er erblindet war. Jetzt war sie eine erwachsene Frau. Trotzdem wusste er ungefähr, wie groß sie inzwischen war, und durch die Veränderung ihrer Stimme während ihrer Jugend, hatte sich das Bild, das er von ihr hatte, automatisch etwas angepasst.

Doch bei Lena hatte er das Verlangen zu erfahren, wie sie jetzt aussah. Und etwas in ihm machte deutlich, dass es für ihn nicht genügen würde, sollte Fiona ihr Aussehen einfach beschreiben. Er wollte erfahren, wie sie aussah. Wollte wirklich begreifen, ob und wie sehr sie sich verändert hatte. Wortwörtlich.

Normalerweise hätte Felix einfach fragen können, ob er durch die tastenden Finger auf dem Gesicht einen Eindruck erhalten könnte. Manchmal hatte er auch einen Kumpel zu sich herangezogen und locker gesagt: »Alter, lass mich mal sehen.« Selten, weil es ihm nicht wichtig war, aber es war schon vorgekommen.

Doch bei Lena war alles anders. Jede Berührung schien so intim, und Felix war sich nicht sicher, ob er Lena auf diese Art betrachten durfte, ohne falsche Signale zu geben. Er wollte nicht, dass Lena ihm näher kam und ihn dann fallen ließ, weil er eine Belastung war. Er wollte das nicht noch einmal erleben.

»Ich meine, es wäre wohl fair«, fuhr Lena fort, als Felix schwieg.

Verlegen räusperte Felix sich und schob die Sehnsucht, Lena sehen zu können, von sich weg. Er nickte langsam. »Ja«, sagte er gedehnt. »Das wäre dann nur fair.«

»Ich hätte es verdient«, bestätigte Lena und lachte. Ihr Lachen klang so schön, dass Felix schauderte. Als Lena fortfuhr, klang sie ernster. »Aber du machst es nicht, oder?«

»Wir werden sehen«, erwiderte Felix und konnte ein Grinsen nicht verhindern.

Paso Doble

In der Woche vor der Hochzeit tanzten sie bis zur Erschöpfung Wiener Walzer. Fast täglich ging Felix nach der Arbeit zu seiner Schwester und ließ sich erst sehr spät von Philipp nach Hause fahren. Dann ging er meist sofort ins Bett, weil er sich ausgelaugt fühlte. Zum Glück konnte er zwei Gleittage machen, und auch Fiona gelang es, sich freizunehmen. Es blieb jedoch eine große Herausforderung, in dem kleinen Wohnzimmer von Fiona und Philipp zu tanzen. Für den Wiener Walzer benötigten sie viel Platz. Felix hoffte, dass er an dem Tag der Hochzeit am Vormittag noch mit Fiona üben konnte, und zwar in dem Raum, in dem auch die Feierlichkeiten stattfinden würden. Er musste dort üben, wo er tanzen sollte, sonst kannte er die Umgebung nicht gut genug, um sich entspannen zu können.

Bei ihrem letzten Treffen mit Lena und Lars gingen sie wieder in den Übungsraum der Tanzschule, wo sie bereits schon einmal den Wiener Walzer getanzt hatten. Natürlich war Lena nicht zufrieden – zumindest sagte sie nichts. Auch Lars schwieg, was ebenfalls kein gutes Zeichen war.

Vollkommen außer Atem blieben Fiona und er schließlich stehen. Eine Stunde lang hatten sie ohne Unterbrechung getanzt, und weil sie nicht zufrieden waren, waren sie auch noch in Streit geraten und hatten sich gegenseitig Fehler vorgeworfen.

Zum Glück hatten sie sich wieder versöhnt, denn es war albern, sich auch noch zusätzlich gegenseitig fertigzumachen.

»Wie sehen sie aus?«, flüsterte Felix in Fionas Ohr, weil ihm nicht klar war, wie nahe Lars und Lena standen.

»Nicht so unzufrieden wie letzte Woche«, wisperte Fiona zurück. »Aber auch nicht wirklich zufrieden.«

»Hier ist etwas zu trinken«, sagte Lars, bevor er Felix eine Flasche in die Hand drückte. »Willst du ein Glas?«

»Danke«, murmelte er resigniert und wischte sich den Schweiß von der Stirn. »Schon okay.«

»Und?«, fragte Fiona nervös und trippelte unruhig auf ihren Füßen herum, was Felix verwunderlich fand. Seine Beine taten so sehr weh, dass er keine unnötige Bewegung machen wollte.

»Es war nicht so schlecht«, antwortete Lars. Seine Stimme klang warm, was Felix dazu veranlasste aufzuatmen.

»Es war zumindest keine so große Katastrophe wie letzte Woche«, ergänzte Lena.

Das kam einem Kompliment fast gleich, dachte Felix und verdrehte die Augen. Sobald er wieder zu Atem gekommen war, trank er einen großen Schluck und erkannte, dass es kein Wasser wie angenommen war, sondern Apfelsaftschorle. Auch gut. Sogar besser.

»Ich erkenne dich nicht mehr, Lena! Du bist unausstehlich geworden«, fauchte Fiona und ging einen raschen Schritt nach vorne. »Heute ist unsere letzte Unterrichtsstunde. Du hilfst uns nicht mit dieser Miesmacherei.«

Sofort streckte Felix die Hand aus und legte sie auf die Schulter seiner Schwester. Dass sie verspannt war, konnte er sogar durch den Stoff hindurch fühlen.

»Ich habe doch gesagt, dass es keine Katastrophe ist«, erwiderte Lena kühl.

»Dich möchte ich gerne mal tanzen sehen«, gab Fiona wütend zurück. Energisch schüttelte sie Felix' Hand ab, weil sie jetzt offenbar keinen Trost brauchte oder wollte.

Sie musste ihrer Verärgerung freien Lauf lassen, die sich all die Wochen aufgestaut hatte. Er hatte gespürt, dass zwischen den ehemaligen Freundinnen etwas stand, aber er hatte seine Schwester nie danach gefragt. Felix kannte sie gut genug, und er konnte ihre Gefühle einschätzen, ohne ihr ins Gesicht blicken zu müssen. Sie war einfach viel leichter zu verstehen als Lena, die wie ein großer Sack voller Rätsel und Widersprüche war.

»Es ist immer nur Lars, der hier tanzt, um uns etwas zu zeigen. Von dir höre ich nur große Reden, aber ich sehe nichts von deinem angeblich so tollen Talent!«

Lenas Lachen klang distanziert und nicht verletzt, obwohl es ihr doch eigentlich zu schaffen machen müsste, wie schlecht die Beziehung zu ihrer ehemals besten Freundin geworden war. »Lars, wie siehst du das? Wollen wir es ihr zeigen?«

»Fiona, ihr seid wirklich nicht schlecht«, betonte Lars. »Lena ist manchmal eine Idiotin. Hör doch einfach nicht auf sie.«

»Ich will es sehen.« Fionas Stimme hörte sich entschlossen an.

»Komm, Lars.« Lena wirkte ungeduldig, so als ob sie unbedingt etwas beweisen musste. Dann räusperte sie sich. »Felix?«, fragte sie.

»Wie bitte?«, fragte Felix und runzelte verwirrt die Stirn. Für einen kurzen Moment dachte er, sie wollte mit ihm tanzen statt mit Lars.

»Na ja … Also …«, stammelte Lena. »Du weißt schon, was ich meine …« Sie verstummte.

»Sie meint, dass du es nicht sehen wirst«, sagte Lars und klang dabei genervt.

»Ach so«, sagte Felix überrumpelt, und prompt wurden seine Wangen heiß. Es war selten, dass Lena so rücksichtsvoll war, und genau diese Art von Rücksichtnahme war Felix ziemlich peinlich. »Ja«, pflichtete er rasch bei, »das ist schade, ihr tanzt bestimmt sehr gut.« Dann hob er die Schultern. »Ich würde mich freuen, wenn ihr Fiona zeigt, wie ihr tanzt.«

Zwar war es lieb von Lena, dass sie daran gedacht hatte zu fragen, aber eigentlich war es eine völlig falsche Rücksichtnahme. Warum sollte Fiona darunter leiden, dass Felix nicht mehr sehen konnte? Lena war manchmal übertrieben rücksichtsvoll, und dann wieder ließ sie Felix in Stühle laufen. Sie war so unsicher im Umgang mit seiner Behinderung, obwohl sie sich inzwischen schon seit einiger Zeit regelmäßig trafen. Selten hatte sich jemand so schwer damit getan.

»Dann aber einen Paso Doble«, meinte Lars entschieden. »Wir tanzen so selten miteinander, das möchte ich ausnutzen.«

Lena strich mit ihrer Hand über Felix' Arm, als sie sich umwandte, und hinterließ damit ein Kribbeln auf seiner Haut.

»Das ist immer noch dein Lieblingstanz?«, fragte Lena und klang überrascht.

»Ich liebe diesen Tanz, auch wenn er so wenig variabel ist«, gestand Lars. »Immer noch. Schade, dass Sarah ihn nicht tanzen kann. Wir zwei tanzen ja eigentlich nie miteinander.«

»Was ist denn so toll an dem?« Fiona klang wieder ein wenig ruhiger, doch die Verärgerung auf Lena konnte Felix immer noch wahrnehmen.

»Besonders am Paso Doble ist die tänzerische Interpretation eines Stierkampfes. Ich tanze den Torero, Lena symbolisiert das rote Tuch, das ich vor mir her schwinge«, erzählte Lars, und seine Stimme war lebhaft und begeistert.

»Warum magst du ihn denn?«, fragte Fiona.

»Das kann ich dir gar nicht genau sagen«, antwortete Lars. Sein Tonfall ließ Felix annehmen, dass er zufrieden aussehen musste. Vielleicht lächelte er, und seine Augen strahlten vermutlich. »Vielleicht, weil Lena wirklich gut darin ist, mit Lena habe ich immer sehr gerne getanzt. Als wir uns trennten, war das gemeinsame Tanzen etwas von vielen Dingen, das ich schmerzlich vermisst habe.«

»Komm schon.« Nun klang Lena gereizt, und Felix seufzte leise. Sie schien wirklich nicht sehr gut mit Gefühlen und Emotionen umgehen zu können. Wann immer es ihr zu eng wurde, flüchtete sie oder errichtete eine Mauer vor sich.

Während die beiden tanzten, lehnte Fiona sich leicht gegen Felix und versuchte ihm mitzuteilen, was Lars und Lena genau tanzten. Irgendwann bat Felix darum, dass sie aufhörte. Er konnte aus ihren Beschreibungen nichts holen, und sie sollte den Tanz genießen. Immerhin tanzten Lena und Lars für sie.

Für ihn war das eher Verschwendung von kostbarer Zeit. Viel besser wäre es gewesen, wenn Fiona und er weiter getanzt hätten. Sie brauchten unbedingt mehr Übung. Aber Fiona fand darin wohl eine Art von Entspannung, und somit war es auch notwendig, denn wenn sie beide die Nerven verloren, würden sie erst recht einen erbärmlichen Eindruck auf der Tanzfläche machen.

Gedankenverloren trank Felix von seiner Schorle und ärgerte sich, als seine Gedanken zu Lena gingen, anstatt dass er über den Walzer nachdachte, was wirklich dringend notwendig wäre.

Als Lena und Lars zurückkamen, lobte Fiona Lars sehr überschwänglich. Da Felix wusste, dass sie Lena ganz bewusst ignorierte, weil sie immer noch ein wenig verärgert war, musste er grinsen. Lena brummte etwas und marschierte davon. Dabei rempelte sie Felix an. Anscheinend ärgerte sie sein Grinsen mehr als Fionas Ignoranz. Und das freute Felix irgendwie, obwohl das ziemlich sonderbar war. Nach einer kurzen Pause tanzten Felix und Fiona erneut, während Lars und Lena zusahen.

»Das reicht«, zischte Lena auf einmal wütend. Dann wurde Fiona ruckartig aus Felix' Armen gerissen, und Lena zerrte Felix herum, sodass er vollkommen die Orientierung verlor.

»Verdammt, du spinnst«, rief er zornig und versuchte, sich aus Lenas Umklammerung zu lösen. Auch Fiona stieß wüste Beschimpfungen aus. Wahrscheinlich war auch sie total überrascht. Doch darauf, was Fiona schrie, konnte sich Felix nicht konzentrieren, denn Lena zog ihn unbarmherzig mit über die Tanzfläche. Nun wusste Felix überhaupt nicht mehr, wo er war. Am Rand der Fläche? In der Mitte? Wo war Lars, und warum hörte sich Fiona so entfernt an? Hatte Lena ihn so weit weggezogen? Obwohl es ihm total zuwider war, umfasste er Lenas Arm, als diese ihn zu sich drehte. Momentan war sie Felix' einziger

Anhaltspunkt, und Felix hatte keine Lust, ohne seinen Blindenstock über die Tanzfläche zu laufen, wenn er nicht einmal wusste, wo er ungefähr war.

»Felix.« Lena atmete schwer. Ob aus Wut oder weil sie sich so sehr angestrengt hatte, Felix durch die Gegend zu ziehen, konnte Felix nicht erkennen.

»Was?«, fauchte er.

»Ich weiß, dass ich dich erst anfassen darf, wenn ich dich vorher gewarnt habe«, erklärte Lena leise, »aber ich habe es jetzt vor lauter Wut vergessen.«

»Aha«, meinte Felix verärgert. Ihm war es ein Rätsel, wie er zuvor über Lenas unbeholfene Art mit seiner Blindheit umzugehen, innerlich hatte schmunzeln können. Es war nicht mehr witzig. Am laufenden Band beleidigte Lena ihn und war unfreundlich zu Fiona, die immerhin mal gut mit ihr befreundet gewesen war. Und dann benahm Lena sich ihm gegenüber rücksichtslos und egoistisch. Nicht einen winzigen Schritt schien sie auf Felix zugehen zu wollen.

»Was ist dein Lieblingstanz?«, fragte Lena eilig und schien kein schlechtes Gewissen zu haben.

»Wie bitte?« Für einen Moment vergaß Felix, sauer zu sein.

»Lieblingstanz«, wiederholte Lena und strich mit dem Daumen über Felix' Handfläche, als sie seine Hand in die Luft hob.

»Samba«, antwortete Felix prompt. Sein erster Impuls war es gewesen, den Rumba zu nennen. Aber der Tanz war so romantisch … Er wusste nicht, ob er sich seinem Ärger über Lena hingeben oder sich darauf freuen wollte, dass sie mit ihm tanzen würde. Ihre Art und Weise war unerträglich und rücksichtslos, aber mit ihr zu tanzen wäre sicherlich ein wunderbares Erlebnis für ihn.

»Gut«, erklärte Lena und nahm die Haltung der Frau ein. Felix erwiderte die Haltung automatisch. In den letzten Wochen hatte er so viel getanzt, dass es ihm nur natürlich erschien. »Dann tanzen wir jetzt Samba. Du führst, ist das klar? Ich bin nur ein Mädchen, das geführt werden muss. Okay?«

»Du kannst dich führen lassen?«, erwiderte Felix und presste seine Lippen fest zusammen, immer noch unschlüssig, was er von der Situation halten sollte.

»Auf der Tanzfläche lasse ich mich immer führen«, teilte Lena ihm mit. »Fang jetzt an.«

»Gut«, sagte Felix zögerlich und begann im Grundschritt. Doch Lena stellte sich an, als sei sie jemand, der von Tanzen keinerlei Ahnung hatte.

»Machst du das mit Absicht?«, fragte Felix barsch, nachdem Lena in die falsche Richtung getanzt war.

»Wenn du richtig führen würdest, würde das nicht passieren«, erklärte Lena ungeduldig. »Mach jetzt, Felix. Los, hopp hopp.«

Tapfer nickte Felix und begann erneut. Aber es klappte nicht sonderlich gut, denn Lena wehrte sich gegen die Schritte.

»Es macht nicht sehr viel Spaß, mit dir zu tanzen«, stellte Felix fest.

»Gut«, antwortete Lena unbekümmert. »Ich werde auch nie wieder mit dir tanzen.«

»Weil ich grottenschlecht bin?« Laut seufzte Felix auf. Er war so frustriert. Und müde. Und resigniert. »Oder einfach, weil du stur bist? Was ist dein verdammtes Problem?«

»Ich habe kein Problem. Außer, dass *du* nicht führst.«

Genervt schüttelte Felix den Kopf und entschied, dass er auf diesen Unsinn nicht antworten würde. Stattdessen begann er wieder zu tanzen und versuchte zaghaft eine Figur, doch Lena weigerte sich, ihm zu folgen.

»Wenn du meine Führung annehmen würdest«, erklärte Felix zornig, »dann könnte ich dich auch führen.« Fast aggressiv führte er Lena erneut in eine Figur hinein. Diesmal machte Lena gnädigerweise sogar mit.

»Scheinbar bist du besser, wenn du wütend bist«, kommentierte sie, als sie Felix wieder gegenüberstand.

Auch jetzt schwieg Felix und forderte verbissen ein Damensolo. Es erschien ihm wie ein Wunder, dass Lena sich mit bewegte.

»Warum setzt du deine Brille nicht ab?«, erkundigte Lena sich.

Verärgert runzelte Felix die Stirn. »Das habe ich dir schon erklärt, oder?«, fragte er gereizt. Ruckartig öffnete er in eine Promenade.

»Ja, du sagtest, du magst es nicht, wenn die Leute innehalten, weil deine Augen so leblos sind«, wiederholte Lena und folgte ihm, als er sie wieder in die Tanzhaltung zurückholte. »Aber ich wäre ja jetzt vorbereitet und würde mich weiterhin auf den Tanz konzentrieren.«

»Ich sehe dennoch keinen Grund, meine Brille abzusetzen«, antwortete Felix. Begriff Lena denn gar nicht, wie intim ihre Forderung war? Oder wie unangenehm es Felix sein würde? Und wie unpassend die Situation für diese sehr persönliche Sache wäre? Verstand sie nicht, dass sie Felix mit dieser Fragerei auf die Palme brachte? Oder war es Absicht, weil sie glaubte, Felix könnte verärgert besser führen?

»Ich möchte meinem Tanzpartner gerne in die Augen sehen«, protestierte Lena und folgte ihm in eine komplizierte Schrittfolge.

»Dann sieh einfach zu meiner Sonnenbrille«, schlug Felix vor und holte Lena wieder zu sich heran. »Ich habe dir schon einmal gesagt, dass dir der Blick in meine Augen nichts bringen wird, weil ich ihn nicht erwidern kann.«

Daraufhin schwieg Lena für eine Weile. Ihre Bereitschaft, Felix in die Figuren zu folgen wurde weniger. Es war fast so, als würde Felix mit einem schweren, nassen Sack tanzen. So zumindest kam es ihm vor.

»Ich brauche keine aktive Blickerwiderung von dir«, begann Lena erneut. »Es ist wirklich schade, denn normalerweise sehe ich meinen Tanzpartnern gerne in die Augen.«

Energisch hob Felix den Arm und schob Lena in eine Umdrehung. »Schade«, entgegnete er zischend, als er Lena wieder zu sich geholt hatte, »dass dein Herz in den letzten Jahren zu Stein geworden ist, denn normalerweise tanze ich sehr gerne mit lebendigen Tanzpartnern.«

Ohne eine Erwiderung abzuwarten, schob Felix Lena in eine weitere Figur, sodass Lena vor ihm war. Er legte seine Hand an Lenas Taille, um sie vor sich in die gewünschte Richtung zu dirigieren, dann zog er sie wieder zu sich heran und beendete den Tanz, indem er Lena um sich herum führte und beim Ende des Liedes ein weiteres Damensolo forderte.

»Das war nicht schlecht«, sagte Lena leise, ohne die Tanzhaltung zu verlassen. »Man muss dich reizen, dann wirst du besser.«

Felix' Atem ging unkontrolliert. Er war sich nicht sicher, ob er zornig war oder innerlich triumphierte. Als er bemerkte, wie eng er bei Lena stand, räusperte er sich verlegen. Ihre Hüften berührten einander, und Felix konnte Lenas Atem wieder auf seiner Stirn spüren. Ihr schlanker Körper schien so gut in seine Arme zu passen. Was wäre, wenn … Bevor er den Gedanken zu Ende führen konnte, versteifte er sich. Wie konnte er jetzt darüber nachdenken, sie zu küssen?

Doch als er zurückweichen wollte, legte Lena ihre Hände eilig um Felix' Körper und schob ihren Kopf nach vorne, sodass seine Lippen ihre Haut berührten. Erst als er mit seinen Händen ihren Nacken berührte, erkannte er, dass seine Lippen ihre Schläfen ertasteten. Sie stand etwas seitlich zu ihm und hatte den Kopf gedreht.

Außerdem war sie einen halben Kopf kleiner als er. Eine Tatsache, die er fast vergessen hatte.

Doch er wollte kein Kitzeln in seinem Bauch spüren. Nicht bei ihr. Nicht, wenn alles so schrecklich zwischen ihnen war. Niemals würden Lena und er miteinander zurechtkommen. Panik stieg in ihm hoch. Wenn er jetzt keine Grenze zog …

Er würde sich fallen lassen und wieder alles verlieren, so wie es bei seiner Ex-Freundin gewesen war. Sylvia … Sie war gegangen, weil sie mit seiner Behinderung nicht klargekommen war. Sie war gegangen, kurz nachdem er alles verloren hatte. Sein Augenlicht. Seine Eltern. Sie noch zusätzlich zu verlieren, hatte ihn in ein tiefes Loch fallen lassen. Und alles um ihn herum war dunkel gewesen. Bis heute war alles dunkel um ihn geblieben.

Schweigend versuchte er, sich aus der Umklammerung zu winden, doch Lena folgte ihm einfach, als er einen Schritt zurückging.

»Was?«, fragte er aufgebracht.

»Das war nicht schlecht«, wiederholte Lena. »Du hast gut geführt.«

»Lass mich bitte los«, bat Felix und trat zurück.

Diesmal ließ Lena ihn gehen, legte aber ihre Hand als Kontaktpunkt in seine Armbeuge, als Felix dorthin lief, wo er Lars und Fiona vermutete. Er war aufgewühlt wegen dieser angedeuteten, aber nicht zu Ende gebrachten Umarmung und diesem seltsamen Hauch von Kuss. Ihre Berührung machte ihm in dem Moment schwer zu schaffen. Er wollte jetzt am liebsten alleine sein, wusste aber, dass er ohne ihre Hilfe niemals den Weg zurückfinden würde.

Normalerweise versuchte er, sich immer zu merken, wo er stand und wohin er laufen musste, um den Raum zu verlassen, aber beim Tanzen fiel ihm das schwer. Nicht nur, weil er sich auf das Tanzen konzentrieren musste, sondern auch, weil er so oft die Richtung wechselte.

Indem sie sanften Druck auf Felix' Oberarm ausübte, korrigierte Lena ihn leicht. Eine unauffällige Hilfe, ohne Felix das Gefühl zu geben, hilflos und abhängig zu sein. Sie gab ihm Halt, ohne seine Privatsphäre zu stören. Es beruhigte Felix. Irritiert fragte er sich, ob er vielleicht verpasst hatte, dass Lena im Umgang mit seiner Erblindung doch etwas gelernt hatte.

Laut lachend kamen Lars und Fiona ihnen entgegen. Lebhaft klopfte Lars ihm auf die Schulter, während Fiona ihn behutsam in die Arme zog und dabei Lars irgendwie zwischen ihnen einquetschte.

»Das war super, Felix«, jubelte Lars. »Du hast sie geführt. Du warst absolut kraftvoll und dynamisch.«

»Es hat ganz toll ausgesehen«, fügte Fiona hinzu. Sie hatte diese Stimmlage, die sie sonst nur hatte, wenn sie von ihrer jüngeren Schwester sprach, die sie mehr oder weniger aufgezogen hatte, nachdem ihre Eltern verstorben waren. Voller Wärme und Liebe.

»Ich habe doch gewusst, dass es etwas bringt, wenn ihr miteinander tanzt«, betonte Lars. Er hatte es geschafft, sich aus der Umarmung von Fiona und Felix herauszuwinden. »Ich habe es Lena immer wieder gesagt. Sie muss mehr mit dir tanzen, aber sie hat sich immer geweigert.«

»Es war wirklich toll«, wiederholte Fiona, »du hast es Lena richtig gezeigt. Ich bin so stolz auf dich.«

»Und so machst du es nächste Woche mit Fiona«, bat Lars, nahm seine Hand und drückte sie.

»Der Samba ist anders als der Wiener Walzer«, meinte Felix grinsend. Er war stolz und konnte es nicht verhindern, das auch zu zeigen. Er verdrängte die merkwürdige Umarmung und genoss es, dass ihn jeder feierte. Erst jetzt wurde ihm bewusst, wie gut sein Tanz ausgesehen haben musste. »Und Fiona ist anders als Lena. Sie ist einfach netter.«

»Nein«, meinte Lars hastig und zog ihn zu sich. »Hör mir zu, Felix. Du übst diese Woche mit Fiona. Tanz ruhig den Samba. Du beherrschst den Wiener Walzer. Was dir fehlt, ist das energische Führen. Versuche es mit Fiona. Oder am besten mit jeder Frau, der du begegnest. Es ist immer gut, mit jemandem zu üben, mit dem du sonst nicht so oft tanzt. Zur Not tanz einfach mit Philipp. Das tut es auch.«

»Ich kann zwei Freundinnen fragen«, sagte Felix und ließ sich von Lars mitziehen. »Oder meine Oma.«

»Ja, unbedingt. Nur nimm keine Tanzpartnerin, die bereits gut tanzen kann. Manchmal neigt man dann dazu, die Führung zu sehr zu übernehmen. Nicht jeder kann sich so zurücknehmen wie Lena«, riet Lars. »Ich freue mich wirklich sehr auf nächste Woche. Ich bin so wahnsinnig stolz auf dich. Auf euch beide. Ihr habt unglaublich viel gelernt in dieser kurzen Zeit.«

»Danke«, murmelte Felix gerührt. »Ohne euch … ohne dich, wäre ich nie so weit gekommen. Danke, dass du die Herausforderung angenommen hast.«

»Immer wieder gerne, Felix«, sagte Lars. »Ich freue mich übrigens sehr auf das Museum. Und Sarah freut sich auch.«

»Ich auch«, sagte Felix.

Lars klopfte ihm ein letztes Mal auf die Schulter und wandte sich dann an Fiona, um auch sie zu loben und Mut zuzusprechen.

Felix wartete einen Moment. Er würde sich von Fiona nach Hause fahren lassen. Doch Fiona und Lars redeten aufgeregt miteinander. Unschlüssig zog er sich seine Jacke an. Er griff nach dem Blindenstock, den er vor dem Tanzen rechts neben dem Stuhl gegen die Wand gelehnt hatte. Trotz seiner Verärgerung hätte er sich gerne von Lena verabschiedet.

»Wollen wir fahren?«

»Was?«, fragte Felix verwirrt und drehte sich um.

»Ich fahre dich nach Hause«, kündigte Lena an. »Dann muss Fiona keinen Umweg machen.«

Schulterzuckend lief Felix ihr hinterher. »Wo steht dein Auto? Rechts oder links von Fionas Auto?«

»Hier.« Ein klopfendes Geräusch auf Metall war zu hören. Scheinbar hatte Lena auf das Blech ihres Autos geklopft. War sie nicht mit der Zeit immer erfinderischer geworden?

Felix seufzte leicht, ging um Lenas Auto herum und tastete sich nach vorne zur Tür auf der Beifahrerseite, ohne weiter darüber nachzudenken, ob er nicht besser mit seiner Schwester fahren sollte. Darüber nachzudenken hätte sicherlich auch nicht viel gebracht, denn Felix war verwirrt. Was bedeutete diese ganze Sache?

Wie beim letzten Mal schwiegen sie fast die ganze Fahrt über. Nur hin und wieder kommentierte Lena die Musik, die im Radio lief, und Felix nickte, ohne sich weiter zu äußern. Erst nachdem sie angekommen und angehalten waren, räusperte Lena sich.

»Lars hat dir gute Tipps gegeben«, betonte sie. »Versuch viel mit anderen Frauen zu tanzen, damit du dich nicht zu sehr an Fiona gewöhnst.«

»Gut«, meinte Felix knapp. Er stieg aus und fragte sich, ob Lena wie beim letzten Mal auch aussteigen würde. Oder würde sie einfach sitzen bleiben? Rasch lief er zum Gartentürchen und hörte, dass Lena ihm folgte. Er kam beim ersten Pfosten des Zauns an und atmete erleichtert auf. Endlich fühlte er sich wieder sicher. Er war zu Hause.

»Hör mal, Felix«, sagte Lena laut, als Felix die Treppenstufen zum Haus nach oben ging, »das mit der Brille war nicht so böse gemeint, wie du es aufgefasst hast.«

Felix seufzte. »Du musst es akzeptieren, Lena. Ich fühle mich mit Brille wohler. Ich habe schon genug Einschränkungen, mit denen ich leben muss. Ich möchte nicht auch noch auf meine Brille verzichten müssen, nur weil andere das von mir verlangen.«

»Das musst du auch nicht, Felix«, erwiderte Lena. »Sonnenbrillen sind ja cool.«

Gegen seinen Willen musste Felix schmunzeln. »Warum hast du dann mit mir diskutiert?«

»Vielleicht, um dich zu ärgern«, antwortete Lena. »Ich wollte die Dominanz aus dir herauskitzeln, und ich weiß, wie ich dich provozieren kann. Darin bin ich gut«, fügte sie etwas leiser hinzu.

»Das ergibt Sinn.« Grinsend hielt Felix Lena die Hand hin, um sich zu verabschieden.

»Aber ich hatte trotzdem plötzlich Sehnsucht danach, deine Augen zu sehen«, gestand Lena, und Felix bekam eine Gänsehaut. Sie klang rau und gleichzeitig sehr sanft. »Es tut mir leid, aber die Brille kommt mir immer wie eine Barriere zwischen uns vor«, fügte sie leise hinzu.

»Und ich habe Sehnsucht danach, dich zu sehen«, erwiderte Felix, bevor er die Worte zurückdrängen konnte. Obwohl er sich sofort räusperte, konnte er nicht zurücknehmen, was er gesagt hatte. Es war einfach aus ihm herausgepurzelt.

»Oh«, sagte Lena betroffen und hustete verlegen.

Nun würden sie wohl wieder ein Gebiet betreten, mit dem Lena nicht umgehen konnte. Sicherlich war sie nun überfordert und wusste nicht, was sich Felix als Reaktion wünschte.

»Darf ich?«, fragte Felix dennoch schüchtern. Nun hatte er seinen Wunsch offenbart, es wäre albern gewesen davonzulaufen. Außerdem wollte er irgendwie klarstellen, dass er weder Trost noch Mitleid wollte, selbst wenn er offen über Dinge sprach, die ihm seit seiner Erblindung fehlten.

»Wie willst du das anstellen?« Jetzt klang Lena nicht mehr betroffen, sondern eher neugierig.

»Ich … « Felix zögerte. »Ich habe meine eigene Methode. Normalerweise ist das nichts, was ich bei anderen Menschen tue. Meistens habe ich überhaupt nicht das

Bedürfnis danach, doch … Also höchstens bei engen Freunden oder meiner Familie, aber … Egal. Darf ich?«

»Es tut aber nicht weh, oder?«

Ein Kichern, das irgendwie ein wenig albern, aber auch sehr befreit klang, entkam aus seinem Mund, und er schüttelte vergnügt den Kopf. Lena war einfach unglaublich und immer wieder überraschend.

Langsam hob er seine rechte Hand, ertastete Lenas rechte Wange und orientierte sich daran. Dann trat er einen Schritt nach vorne und legte seine zweite Hand an Lenas linke Wange.

Mit dem rechten Zeigefinger fuhr er zuerst über Lenas Stirn und strich verwundert ein wenig nach oben. Eine Unebenheit, länglich, ungleichmäßig. Lena hatte eine Narbe auf der Stirn. Das hatte Fiona ihm nicht erzählt. War die Narbe so blass, dass man sie eher erfühlen als sehen konnte? Und was war passiert?

Neugierig fuhr er mit der Hand höher, bis er den Haaransatz erreichte. Er wickelte eine Haarsträhne um seinen Finger und ließ das weiche Haar über seine Finger gleiten. »Sie sind wirklich lang«, meinte er erstaunt. »Und du hast einen Pony?«

»Ja, ich mag sie jetzt länger. Und der Pony verdeckt die Narbe, die ich da habe«, erzählte Lena und holte tief Luft.

Vor ihm hatte sie sie nicht verbergen können. Ihre stoßweise Atmung verriet ihm jedoch, dass sie sich schämte. Sie war verletzlich, und er fühlte einen Beschützerinstinkt in sich aufsteigen, den er von sich selber nicht kannte. Oft war er derjenige, der geführt wurde, dem man helfen musste. Seltener fühlte er sich als die Person, die gebraucht wurde.

»Was ist passiert?«, fragte er behutsam und fühlte sich schlecht, weil er so neugierig war, aber gleichzeitig wütend reagierte, wenn auch sie neugierig war.

»Lange Geschichte«, murmelte Lena.

»Du musst es nicht erzählen«, betonte Felix eilig. »Welche Farbe hat dein Haar? Immer noch blond, so wie früher?«, fragte er, um sie abzulenken.

»Ich bin mittlerweile ergraut«, antwortete Lena und klang dabei so ernst, dass er ihr für einen Moment glaubte.

»Hätte ja sein können, dass es gefärbt ist«, erwiderte Felix und runzelte die Stirn.

»Ein paar Strähnchen«, erzählte Lena. »Hellbraun in verschiedenen Nuancen. Sehr schwer zu erklären.«

»Brauchst du nicht.« Felix streichelte über das Haar und klemmte es vorsichtig hinter ihr Ohr, damit er wieder ihr Gesicht ertasten konnte, ohne vom Haar gestört zu werden. »Ich kann es mir gut vorstellen.«

»Stufenschnitt«, meinte Lena. »Leicht lockig.«

Zaghaft strich Felix den Pony zur Seite. »Steht dir«, murmelte er und hoffte inständig, dass sie es nicht zu intim fand, dann zog er seine Finger wieder zurück und ertastete Lenas Stirn, berührte die Narbe, ihre Schläfe und legte ihr schließlich vorsichtig den Zeigefinger nahe an ihr Auge. Kleinere Fältchen, die davon zeugten, dass Lena viel gelacht hatte, und lange Wimpern, die Felix nicht aufgefallen waren, als sie noch miteinander in die Schule gegangen waren. Die Brauen waren kaum zu ertasten. Felix konnte sich nicht mehr erinnern, ob sie ebenfalls blond waren oder nicht.

»Ich hatte einen Ehemann, bevor ich Lars geheiratet habe. Er war … speziell. Im Streit hat er mich mal so von sich geschubst, dass ich gegen die Tischkante geknallt bin. Daher die Narbe«, erklärte Lena.

Felix hielt inne und schluckte schwer. Sein Herz pochte ihm in der Brust. Was sollte er darauf sagen? Wollte sie andeuten, dass sie geschlagen worden war? Ein Mann hatte sie so verletzt, dass sie nun eine Narbe auf der Stirn hatte, die sie mit einem Pony verbergen musste? »Speziell?«

»Du musst nichts sagen.« Lena hob das Kinn an. Eine Bewegung, der er folgte, weil seine Hände ihr Gesicht immer noch umfassten. »Es ist okay.«

»Ja?«, fragte er und fühlte sich schlecht, weil er nun genauso unsicher reagierte, wie sie bei ihm. Seine Schultern waren angespannt.

»Ja«, sagte Lena leise. »Ich will jetzt nicht über ihn reden. Er ist es nicht wert, dass er das hier … zerstört.«

Felix nickte und strich mit dem Daumen über ihre Wangen. Die Wangenknochen waren ausgeprägt und die Nase lang und dünn. Dass Lena immer noch sehr schlank war, wusste Felix, weil er sie beim Tanzen bereits berührt hatte. Aber er hatte nicht erwartet, dass das Gesicht so mager war. »Du bist so dünn«, murmelte er fassungslos.

»War ich schon immer«, flüsterte Lena mit sehr kratziger Stimme, als wenn sie erkältet wäre. »Ich habe versucht zuzunehmen, aber irgendwie …« Sie brach ab.

Mit dem Kopf nickend, konzentrierte Felix sich auf Lenas Ohren, fühlte die Ohrläppchen und hielt bei ihren Ohrsteckern inne, die sich weniger auffällig anfühlten, als er es bei ihr erwartet hatte. Dann ergriff er wieder das Haar. Er lächelte, denn er mochte, dass sich Lena entschieden hatte, ihre Haare länger zu tragen.

»Warum lachst du?«, fragte Lena und klang immer noch heiser.

»Ich mag deine Haare, Lena«, erwiderte Felix und schnippte leicht gegen ihre Ohren, weil er diese angespannte Stimmung zwischen ihnen kaum ertragen konnte. Er lachte, um sich zu entspannen.

»Tut ja doch weh«, sagte Lena und lachte ebenfalls.

»Aber nur ein bisschen«, wehrte Felix ab und grinste.

Er legte seine Hände wieder an Lenas Wangen und fuhr mit dem Daumen über die Haut. Keine Falten. Keine Unebenheit. Glatte, reine Haut. Lena war schön. Vorsichtig führte Felix einen Daumen über Lenas Lippen, die leicht geöffnet waren. Schneller Atem entwich ihrem Mund.

»Du musst nicht so nervös sein, Lena«, sagte Felix irritiert.

»Bin ich nicht.« Lenas Stimme klang schwach und ein wenig piepsig.

Verwirrt hielt Felix kurz inne und legte seine Hände wieder auf die Wangen der schönen Frau vor ihm. War sie nervös? War es ihr unangenehm? Wieder strich er über ihr Gesicht und bemerkte nun eine leichte Verspannung der Kiefermuskulatur. Doch ihre Stimme klang nicht abwehrend, sondern eher aufgeregt. Aufgeregt auf eine positive Art. Vielleicht genoss sie die Berührung.

Felix schluckte erneut, als ein Schwarm Schmetterlinge durch seinen Bauch jagte.

Genervt von sich selber schüttelte er den Kopf. Über seine Gefühle für Lena wollte er sich später Gedanken machen. Nun wollte er erst einmal wissen, wie sie aussah. Im Gegenzug zu ihm konnte Lena ihn betrachten, und Felix wollte endlich faire Bedingungen haben.

Vorsichtig legte er seine Finger zurück auf ihre Lippen, auch wenn er wusste, dass diese Berührung für Lena vielleicht sehr aufwühlend sein könnte, sollte sie dieses Abtasten wirklich so genießen wie Felix vermutete. Leider lachte Lena nicht. Und das fand Felix traurig, denn seine Ohren genossen es jedes Mal, Lena lachen zu hören. Ein wunderbares Geräusch. Er wollte dazu ein inneres Bild erzeugen, auf das er immer wieder zurückgreifen könnte.

»Also«, sagte er zögerlich, »normalerweise stecke ich meinen Finger in die Nase der Leute, denn nur so kann man die Größe der Nase erahnen. Ich weiß nur nicht, ob du damit einverstanden bist.«

»Tu, was du nicht lassen kannst«, forderte Lena, und ihr Mund verzog sich zu einem leichten, entspannten Lächeln, das Felix' Herz höher schlagen ließ. Er ließ seine Finger auf den Lippen liegen, bis Lena wieder ernster wurde.

Lenas Lachen hörte sich nicht nur gut an, es war auch gut erfühlbar und verringerte die Schmetterlingsanzahl in Felix' Bauch nicht unbedingt. Dann ertastete er etwas Kühles. Verwundert legte Felix seine gesamte Hand um das Kinn. »Wow«, sagte er. »Du trägst ein Piercing in deiner Lippe.« Mit dem Daumen strich er über das Schmuckstück. »Das finde ich toll.«

»Findest du es ... attraktiv?«, erkundigte sich Lena atemlos.

Selber um Atem ringend, biss Felix sich auf die Lippen. »Ja«, flüsterte er schließlich und strich erneut über das kühle Material.

»Ich trage auch eins in der Nase. Das hast du übersehen«, meinte Lena.

Felix runzelte die Stirn und fragte sich, wie das hatte passieren können. Er war so gründlich gewesen. Aber vielleicht war er abgelenkt von seinen Gefühlen. Er untersuchte noch einmal ihre Nase und konnte nun den kleinen Stecker ertasten.

»Wie sehen sie aus?«, fragte er.

»Der an der Lippe schlicht silbern, der in der Nase hat einen kleinen, glitzernden Strassstein«, erläuterte Lena.

»Hast du noch weitere Piercings?«, fragte Felix.

Lena zögerte.

»Okay.« Felix schmunzelte. »Du musst es mir nicht erzählen.« Er hätte es gerne gewusst, hätte sie auch gerne gefragt, ob sie Tätowierungen hatte, aber er traute sich nicht. Nicht, nachdem er sie so barsch abgewimmelt hatte, als sie gestanden hatte, wie sehr sie seine Augen sehen wollte.

Schließlich streichelte er weiter und kam an Lenas Kinn. Spitz. Vermutlich so, wie er es in Erinnerung hatte. Sie war wirklich sehr dünn. Zu dünn vermutlich.

»Nein.« Lena lachte. »Es ist nur der Bauchnabel.«

»Sieht bestimmt gut aus«, murmelte Felix.

Wieder strich er mit den Fingern über die spitze Wangen. Zum Schluss streichelte er mit dem Finger an Lenas Schläfe vorbei zum Kinn hinab und folgte dann dem Weg zum Ohr. »Danke«, sagte er und ließ seine Hände für einen Moment in Lenas Haaransatz liegen.

»Ich danke dir«, entgegnete Lena.

Widerwillig ließ Felix sie los. Er hätte ewig so dastehen können. »Ich wollte so gerne wissen, wie du jetzt aussiehst. Ich habe mir schon gedacht, dass du dich in zehn Jahren sehr verändert hast.«

»Du hättest das auch bereits früher tun können, Felix«, meinte Lena. Sie klang entspannt, freundlich. Nicht mehr so unsicher.

Vielleicht sollte er offener mit seiner Behinderung umgehen. Vielleicht konnte er sie so aus der Reserve locken. Indem er mehr über sich preisgab?

»Ist okay«, erwiderte er verlegen. »Normalerweise ist mir das nicht so wichtig, und ich frage eigentlich nie, ob ich Menschen im Gesicht anfassen darf. Ich verstehe überhaupt nicht, warum ich es jetzt getan habe.«

»Du kannst mich jederzeit auf diese Weise betrachten«, antwortete Lena laut, als ob sie Felix unbedingt überzeugen wollte. »Und du musst mich vorher auch nicht fragen.«

»Gut«, hauchte Felix und war erschrocken darüber, dass seine Stimme versagte. Er räusperte sich.

»Wirklich«, betonte Lena erneut und streifte mit ihrer Hand Felix' Arm. »Du brauchst keine Hemmungen zu haben.«

Es war wohl tatsächlich so, dass sie Felix überreden wollte. Vielleicht konnte sie nicht zugeben, dass sie es auch sehr gemocht hatte. So wie Felix sie einschätzte, konnte das gut möglich sein.

Verwirrt nickte Felix und trat einen Schritt zurück. Erneut räusperte er sich und musste angestrengt überlegen, wo die Haustür war.

»Darauf komme ich mit Sicherheit zurück, Lena«, versprach er.

»Ist es denn wie richtiges Sehen?«, fragte Lena interessiert.

»Es ist ... okay, denke ich.« Felix hob die Schultern.

»Nur okay?« Lenas Stimme war leise. »Ist es sehr schlimm, blind zu sein?«

»Ähm.« Kurz hielt Felix inne, weil er darüber nachdenken musste. »Wenn du einen Menschen fragst, der blind geboren wurde, dann wird er dir bestimmt sagen, dass er mit seinem Leben zufrieden ist. Aber ich ... Naja, ich vermisse es sehr. Das ist ... manchmal schon ein wenig traurig und auch nicht zufriedenstellend«, gestand Felix. Er öffnete die Haustür mit zitternden Fingern.

»Ich kann mir überhaupt nicht vorstellen, wie das für dich ist. Ich wünschte, du hättest mich jetzt richtig sehen können«, antwortete Lena und zögerte kurz. »Es ist scheiße für dich, oder?«

Lächelnd schüttelte Felix den Kopf. »Du hast mich falsch verstanden, Lena. Momentan fühle ich mich sehr glücklich. Du musst mich nicht trösten. Das ist überhaupt nicht notwendig. Das kannst du mir wirklich glauben.«

»Das ... geht mir auch so«, erwiderte Lena. Ihre Finger streiften kurz Felix' Hand, die am Türrahmen lag. »Gute Nacht.« Erneut klang Lena heiser und irgendwie ... sexy.

»Gute Nacht, Lena«, murmelte Felix leise und ging ins Haus. Er war sicher, er würde jetzt nicht schlafen können. Sein Herz klopfte ihm so wild in der Brust herum, dass er glaubte, es im Spiegel sehen zu können, wenn er sehen könnte und überhaupt noch einen Spiegel hätte.

Wiener Walzer

»Der Wiener Walzer«, flüsterte Felix in Fionas Ohr, »entstand ungefähr im Jahr 1770 in Österreich. Das hat mir Lars erzählt. Deswegen auch der Name. Wien.« Er versuchte, das Hintergrundgemurmel auszublenden.

»Alles in Ordnung mit dir?«, fragte Fiona. Sie klang ziemlich verwirrt.

»Ich bin nur nervös«, antwortete Felix und musste grinsen, »du weißt, dass ich gerne rede, wenn ich aufgeregt bin.«

»Haben sie uns eigentlich jemals den Unterschied zwischen dem Langsamen und dem Wiener Walzer erklärt?«, fragte Fiona und drehte sich etwas um, was er gut fühlen konnte, weil sie sich an ihn drückte.

Sie hatten eine ungewöhnlich enge Geschwisterbeziehung, was nicht nur, aber viel mit dem Verlust ihrer Eltern zu tun hatte. Auch schon vorher waren sie eng miteinander verbunden gewesen. Ihre jüngere Schwester war ein Nachzügler gewesen, und während ihre Eltern sich um das Baby und später Kleinkind gekümmert hatten, waren sie bereits in der Pubertät gewesen. Als ihre Eltern starben, war Flavia noch ein Kind gewesen. Fiona hatte zunächst größtenteils die Erziehung von Flavia und die Pflege von Felix übernommen. Er hatte sich sehr hilflos gefühlt, nachdem er erblindet war, und hatte den Tod ihrer Eltern erst später verarbeiten können. Er war Fiona sehr dankbar, dafür, dass sie für ihn und für ihre gemeinsame Schwester dagewesen war, obwohl sie selber noch so jung gewesen war und unter dem Tod ihrer Eltern gelitten hatte. Später waren sie einander eine Stütze gewesen.

Mit beiden Schwestern verband ihn eine enge Beziehung, doch die mit seiner jüngeren Schwester war aufgrund des großen Altersunterschieds ein wenig distanzierter. Fiona und er waren mehr miteinander verbunden, sie hatten gemeinsam eine sehr schlimme Zeit überwunden.

»Lars sagte, dass der Langsame Walzer langsamer ist«, erklärte Felix schmunzelnd und hob die Schultern. »Das sagt ja schon der Name.«

»Das hätte ich jetzt nicht gedacht«, murmelte Fiona und atmete schwer aus. Dieser Sarkasmus passte nicht wirklich zu ihr, aber vielleicht hatte Lena ein bisschen auf sie abgefärbt.

»Der Wiener Walzer ist der schnellste Tanz des Welttanzprogramms«, beeilte sich Felix zu sagen. Irgendwie musste er Fiona ja ablenken.

»Wahnsinn, manchmal wirft Lars nur so mit Wissen um sich«, entgegnete Fiona und kicherte, aber es klang eher hysterisch als fröhlich.

Überraschend heftig schlang sie die Arme um seinen Hals, und er zog sie eng an sich heran. Ihr Kleid fühlte sich glatt an, und als er die Hände über ihren Rücken gleiten ließ, bemerkte er, dass es sehr körperbetont war. Zumindest am Rücken war es weit ausgeschnitten. Bestimmt sah sie wunderschön aus. Er wusste, dass es blau war, genauso wie seine Krawatte. Und wie die Stickereien auf dem Brautkleid ihrer jüngeren Schwester.

»Sag mal, weiß Philipp eigentlich, wie du hier herumrennst?«, erkundigte sich Felix, und hob seine Hand vorsichtig, um die Haare seiner Schwester abzutasten. Merkwürdige Wellen schlugen sich durch die Haare, und sie fühlten sich seltsam starr an. Felix vermutete, dass Fionas Friseur haufenweise Haarspray benutzt hatte, um die Haare zu stabilisieren. Sowohl Fiona als auch Flavia waren am Vormittag mehr als zwei Stunden beim Friseur gewesen, was Felix ein wenig geärgert hatte. Er hätte gerne die Zeit genutzt, um vor der Hochzeitszeremonie zu proben.

»Wir haben das Kleid zusammen gekauft«, antwortete Fiona und lachte leise.

»Und so lässt er dich aus dem Haus?« Gespielt streng schüttelte Felix den Kopf. »Bist du dir sicher, dass er gut genug auf dich aufpasst?«

»Vielleicht solltest du ihn dir mal zur Brust nehmen? So als mein Bruder. Ich meine ja nur«, überlegte Fiona. Dann versteifte sie sich plötzlich in seinen Armen.

»Was ist los?«, fragte er beunruhigt und runzelte die Stirn.

»Flavia und Tom gehen auf die Tanzfläche. Scheiße, seine Eltern lächeln ganz seltsam und sehen verdächtig aus«, berichtete Fiona aufgeregt. Zwar standen sie im Gang außerhalb des Raumes, aber Felix vermutete, dass Fiona den Raum durch eine Tür oder eine Scheibe beobachten konnte.

»Wir brauchen keine Angst vor ihnen zu haben«, beruhigte Felix sie und strich mit der Hand über ihren Rücken. »Das ist kein Konkurrenzkampf. Auch wenn Lena das immer so hingestellt hat. Hast du sie und Lars schon gesehen?«

Hoffentlich hörte er sich beiläufig an. Er hatte sich bereits in der Kirche gefragt, wo Lena wohl steckte. Bisher war er nicht angesprochen worden. Auch nicht beim Sektempfang. Es fehlte ihm, dass er bei solch einer Gelegenheit nicht selbst den Blick über die Leute schweifen lassen konnte.

»Ja, sie sitzen bei Flavias und Toms Freunden«, erzählte Fiona und begann ihre Hände zu kneten.

»Haben sie gute Sicht auf die Tanzfläche?« Aufgeregt hielt Felix den Atem an, denn er hoffte so sehr, dass Lena ihn tanzen sehen würde, obwohl er auch ein bisschen besorgt war wegen der Kritik, die er später sicher zu hören bekam.

Zaghaft zog er Fionas Hände auseinander. Das war eine Angewohnheit, die er an ihr schon gehasst hatte, als sie noch Kinder gewesen waren. Ständig knibbelte sie an ihren Fingernägeln.

»Nicht wirklich. Sie sitzen weit hinten, aber Lena ist aufgestanden und steht an der Wand. Sie sieht zu uns rüber«, sagte Fiona. »Ich hoffe, sie wird zufrieden sein. Aber ich bezweifle es. Um die Frau zufriedenzustellen, braucht es eher einen Sieg bei der Tanzweltmeisterschaft.«

Gerade wollte Felix etwas erwidern, als eine helle Stimme ihn und Fiona ansprach. »Was macht ihr da?«

Liz, die älteste Tochter ihrer Cousine und gleichzeitig sein Patenkind, war zehn Jahre alt. Bis heute vermutete Felix, dass seine Cousine ihm die Patenschaft angeboten hatte, weil sie Mitleid mit ihm gehabt hatte. Liz war drei Monate nach dem schweren Unfall geboren worden, und in der ersten Zeit, als er seine Ausbildung nicht hatte beenden können und zu Hause gewesen war, hatte er sich sehr viel mit dem Säugling beschäftigt.

»Hallo Mäuschen«, murmelte Felix und hob seine Hand. Sofort schmiegte sich der kleine Körper an seine Beine.

»Geht es dir gut?«, fragte Fiona mit weicher Stimme.

»Mama sagt, dass ihr euch langsam vorbereiten sollt«, teilte Liz mit. »Du siehst so schön aus, Fio. Wie eine Fee.« Der Stimme nach zu urteilen, war Liz hin und weg von seiner Schwester.

Schmunzelnd ging Felix in die Hocke. »Erzähl mal, tanzen Flavia und Tom sehr gut?« Beherzt umfasste er die zierliche Gestalt seines Patenkinds. Sie und ihr kleiner Bruder waren die einzigen Menschen, die ihm nahe waren, die er aber noch nie gesehen hatte. Noch sehr gut konnte er sich daran erinnern, wie groß seine Angst anfangs gewesen war, dem zierlichen Baby versehentlich wehzutun, wenn er es gefüttert oder gehalten hatte, ohne etwas zu sehen.

»Flavia sieht auch aus wie eine Fee. Oder wie eine Prinzessin. Und sie lacht ganz viel. Weißt du was, Felix?« Liz drehte sich um, und er wusste, dass sie ihn gerade ansah. »Ich glaube, Flavia ist verliebt«, flüsterte sie ernsthaft.

Felix nickte amüsiert und zog Liz enger an sich heran. »Ja, das glaube ich auch. Wie gut tanzen sie?«

»Sie schweben«, meinte Liz voller Bewunderung. »Werdet ihr auch so schweben?«, fragte sie nach einer Weile, die sie wahrscheinlich damit zugebracht hatte, Flavia und Tom anzusehen.

»Schauen wir mal«, murmelte Felix und erhob sich. Seine Kehle fühlte sich eng an.

»Gut«, sagte Fiona aufgeregt. »Flavia und Tom sind fertig.«

»Mist«, erwiderte Felix und spürte, dass seine Handflächen feucht wurden.

»Ihr schafft das schon«, meinte Liz sehr zuversichtlich.

Amüsiert tätschelte Felix ihre schmalen Schultern, dann nahm er Fionas Hand. »Bereit?«, fragte er.

»Sicherlich«, erklärte Fiona und klang total verunsichert.

»Ich hoffe, ihr schwebt über die Tanzfläche wie ein Prinzenpaar«, flüsterte Liz beeindruckt.

»Komm«, sagte Fiona hektisch und zog Felix an der Hand. »Toms Eltern betreten bereits die Fläche.«

Liz schob ihre kleine Hand in Felix' zweite und begleitete sie hüpfend und pfeifend bis zur Startposition. Sie zumindest war nicht nervös.

»Sie ist so süß, wie sie da mit dem kleinen Ballkleid am Rand steht und zu uns hersieht«, teilte Fiona ihm mit, während sie ihn auf die Position führte, die sie vorher genau besprochen hatten. Jetzt durfte sie noch führen. Sobald der Tanz begann, musste er das übernehmen, sonst würde Lena ihm den Kopf abreißen. »Sie winkt und lacht. Wenigstens einen Fan haben wir.«

»Schauen Flavia und Tom auch zu?«, fragte Felix.

»Sicher. Sie wirken wahnsinnig gerührt. Ich glaube, Flavia hat nicht damit gerechnet, dass wir das durchziehen.«

»Und was ist mit Lena und Lars?«, erkundigte Felix sich.

»Lars ist jetzt auch aufgestanden, und ich glaube, sie sind sehr nervös«, erwiderte Fiona mit hoher Stimme. »Felix … Wir können jetzt immer noch fliehen.«

Grinsend schüttelte Felix den Kopf. »Blödsinn, jetzt sind wir so weit gekommen, jetzt machen wir das auch.« Ermutigend drückte er ihre Hand.

»Wirklich?« Fionas Hände waren ebenfalls feucht. Offenbar war sie wirklich aufgeregt.

»Ja«, meinte Felix fest und strich mit dem Finger über ihre Handfläche. »Wir haben bereits ganz andere Dinge zusammen durchgestanden.«

»Okay.« Fiona zupfte an seinem Sakko. »Wir schaffen das schon.« Nun klang sie etwas zuversichtlicher.

»Also«, murmelte Felix und nahm Fiona in die Grundhaltung des Wiener Walzers. »Wo stehen Toms Eltern?«

»Uns gegenüber«, meinte Fiona. »Mach dir keine Sorgen. Die Tanzfläche hat die Größe, die wir besprochen haben, und wir stehen genau dort, wo wir stehen müssen.«

»Gut«, murmelte Felix, nickte und atmete tief ein. »Gut«, wiederholte er leise. Scheinbar hatten sie jetzt die Rollen vertauscht: Nun war er nervös und Fiona ruhig.

Dann begann die Musik, und für einen kleinen Moment wusste Felix nicht, was er nun tun musste. Es war, als wäre alles aus seinem Kopf gefegt worden. Nach einer Sekunde schüttelte er eilig den Kopf und war dankbar, dass Fiona bereits lostanzte. Als wäre es nie anders gewesen, übernahm er die Führung. Einige wenige Male bremste Fiona ab und änderte die Richtung, aber im Großen und Ganzen blieb Felix der Führende. Er konnte die Energie fühlen, die aus ihm herausströmte und Fiona erfasste, und sie nahm alles auf, was er ihr gab. Als hätte er das Adrenalin gebraucht, um besser zu werden, war er der Gebende, sie war die Nehmende. Und er spürte instinktiv, dass man ihnen das auch ansehen konnte.

Als die Musik stoppte, war er sehr erleichtert. Obwohl er überzeugt davon war, dass es eine wirklich gute Leistung gewesen war, hatte es ihm keinen Spaß gemacht. Zu sehr hatte er sich konzentrieren müssen und in Gedanken die Umdrehungen gezählt, die er machen musste, bevor er die Richtung änderte. Durch sein fehlendes Augenlicht war er gezwungen, doppelt auf Fiona aufzupassen. Nun, der Wiener Walzer würde wohl niemals sein Lieblingstanz werden.

»Geschafft«, seufzte er und steckte seine Nase in Fionas Haare. Ruckartig zog er ihren Körper zu sich heran und spürte, dass sie bebte.

»Das war …«, begann sie und atmete schwer.

»… gut«, pflichtete er ihr bei und lächelte.

»Sehr gut«, flüsterte sie.

Erleichtert nickte er, fuhr mit seinen Lippen über ihr Haar, fand die Stirn und küsste sie sanft.

Die Leute applaudierten und jubelten. Alle schienen beeindruckt. Zu gerne hätte er jetzt das Gesicht seiner jüngeren Schwester gesehen. Ob es ihr gefallen hatte? Ob sie lächelte? War sie vielleicht so gerührt, dass sie weinte? Und wie hatte es Lena und Lars gefallen?

Ein letztes Mal wirbelte Felix seine Schwester herum, bevor er ihr die Führung übergab. Sofort verstand sie seine Aufforderung und führte ihn von der Tanzfläche.

Immer noch konnte er nicht glauben, dass er es wirklich geschafft hatte. Und er war traurig, dass er keine Reaktion auf den Gesichtern der Zuschauer sehen konnte. Der Applaus war längst vorbei, und aus dem aufgeregten Gemurmel um ihn herum konnte er nichts heraushören.

Doch es dauerte nicht lange, bis auch er die Reaktion zu spüren bekam. Flavia war die Erste, die auf ihn zusprang. »Felix! Das war wunderbar! Fiona! Fiona, ihr wart einfach unfassbar. Ich bin wirklich sprachlos.« Zuerst umarmte sie Felix und drückte anschließend auch Fiona an sich, ohne ihren Bruder loszulassen, während sie immer weiter redete und sehr begeistert dabei klang. »Ich fasse es nicht. Ihr habt den Wiener Walzer für uns getanzt und ... ich bin wirklich fassungslos und ... dankbar. Und überhaupt. Ich ... Mama und Papa wären so stolz auf euch. Ihr habt ja keine Ahnung, was mir das bedeutet. Ich weiß wirklich nicht, was ich sagen soll ...«

»Dafür, dass du sprachlos bist, redest du ziemlich viel, Süße«, sagte Fiona lachend.

Felix hob beide Arme und drückte seine beiden Schwestern fest an sich. Er atmete tief ein und spürte Tränen in sich aufsteigen. Er war so traurig. Traurig darüber, dass seine jüngere Schwester ohne Eltern hatte aufwachsen müssen, dass seine ältere Schwester so viel für ihn und Flavia hatte opfern müssen, und dass er blind war und das für immer sein würde. Gleichzeitig war er dankbar. Dankbar dafür, weil er die besten Schwestern der Welt hatte und eine wunderbare Familie, die hinter ihm stand. Er wusste, das war keine Selbstverständlichkeit.

Aber die Dunkelheit war in dem Moment schwer zu ertragen. Ihm fehlten seine Eltern. Er vermisste sie so sehr, gerade heute, wo die ganze Familie zusammengekommen war.

Doch der Moment verging, der Schmerz löste sich etwas, und die Dunkelheit wurde erträglicher …

Bevor sie sich aus der Umarmung lösten, konnte Felix seinen Drang zu weinen unterdrücken.

Tom kam auf sie zu, umarmte ihn, bedankte sich. Dessen Eltern traten auf ihn zu. Gaben ihm die Hand und versicherten ihm, dass sie wunderbar getanzt hatten. Dann wurde Felix immer weiter gereicht, und er verlor den Kontakt zu seinen Schwestern. Vollkommen orientierungslos hätte er Panik verspüren müssen, aber hier waren nur Menschen um ihn herum, die ihn mochten, also war das kein Problem. Er war ja nicht unter Fremden und konnte sich daher fallen lassen.

Stürmisch nahm seine Cousine ihn in den Arm, und sein Onkel klopfte ihm unbeholfen auf dem Rücken herum. Seine Oma weinte und versicherte ihm, dass seine Eltern sehr stolz auf ihn wären, hätten sie das erleben dürfen.

Alle bestätigten ihm das, was er bereits beim Tanzen gespürt hatte. Es war wirklich gut gewesen.

»Ihr wart einfach wunderschön«, flötete Liz. »Felix, tanzt du später auch mit mir?«

Gerührt nickte Felix. »Natürlich, Mäuschen.«

Die anderen Kinder mussten Liz gefolgt sein. Plötzlich war Felix umringt von einer ganzen Schar. Er ging in die Hocke.

»Ganz toll«, schrie Liz' jüngerer Bruder und legte seine kurzen, moppeligen Arme um Felix' Hals. Fröhlich lachte Felix, zog ihn in den Arm und hob ihn hoch, obwohl der Junge mittlerweile fast schon zu schwer für ihn war. Aus diesem Grund setzte er ihn schnell wieder ab, nachdem er ihn an sich gedrückt hatte.

Zusammen mit den Kindern hatte er sich von der Menge wegbewegt, oder die Menge hatte sich von ihm entfernt. Dessen war er sich nicht sicher, weil er von den Kindern abgelenkt gewesen war. Zwar hörte er hinter sich Stimmen, wusste aber nicht genau, ob auf dem Weg dorthin irgendwelche Möbel standen. Allerdings konnte er sich erinnern, dass irgendwo rechts die Bar war, und gleich daneben war die Tür zur Toilette. Sein Blindenstock lag auf seinem Platz.

Es wäre normalerweise kein Problem gewesen, sich irgendwie den Weg zu suchen, aber da er vom Tanzen noch so aufgeregt war, sein Herz klopfte und seine Beine zitterten, unterließ er den Versuch. Er musste es ja nicht darauf ankommen lassen.

»Liz, tust du mir einen Gefallen?«, fragte Felix. »Führst du mich an den Tisch, an dem ich vorhin mit eurem Papa gesessen habe?«

»Ich mach das schon.« Lena. Ruckartig blieb Felix stehen und hustete, um seinen Hals freizubekommen. »Ihr könnt wieder spielen gehen«, fügte sie hinzu.

»Aber bleibt dort, wo euch eure Mutter sehen kann«, rief Felix ihnen hinterher und drehte sich zu Lenas Stimme um. »Hallo, Lena.«

»Hallo, Felix«, grüßte Lena zurück und schob ihren Ellenbogen in seine Nähe. Er berührte ihren Oberarm und spürte seidenen Stoff.

»Hey«, sagte Felix leise und kam sich albern vor. Doch er war viel zu aufgeregt, um etwas anderes sagen zu können.

»Bitte komm mit, ich will kurz mit dir alleine reden«, meinte Lena und hörte sich dabei etwas steif an.

Wie betäubt folgte Felix ihr. Sie nahm keinen Umweg zu seinem Platz, sodass er auf seinen Blindenstock verzichten musste. Etwas, was er bei keinem anderen zulassen würde. Zumindest keinem, der ihm so fremd war wie Lena. Bis er seine Fassung wieder gewann und sich entspannen konnte, brauchte er eine Weile. »Wohin gehen wir?«, fragte er.

»Warte«, bat Lena und navigierte ihn nach draußen in die kühle Abendluft. Die Grillen zirpten, und das Stimmengewirr im Saal wurde leiser. »Hier lang«, fügte Lena hinzu und lenkte ihn nach rechts.

»Haben die alle Möbel weggeräumt, oder warum bin ich nirgendwo dagegen gelaufen?«, scherzte Felix. Langsam fühlte er sich ein wenig wohler. Auch wenn das verrückt war, vertraute er Lena. Sie mussten auf einem Balkon sein, denn wenn sie nach draußen auf die Straße gegangen wären, hätten sie Treppenstufen nach unten gehen müssen.

»Ich passe eben auf«, murmelte Lena, und ihre Stimme zitterte ein bisschen. »Warte. Hier können wir bleiben.«

Obwohl sie stehen blieben, ließ Felix ihren Arm nicht los. Er hörte in der Nähe plätscherndes Wasser und fragte sich, ob ein Springbrunnen in dem Garten war. »Bin ich gar nicht von dir gewöhnt.« Er grinste. Und fragte sich, welche Farbe ihr Kleid hatte. Bei allen anderen war ihm die Farbe egal gewesen. Die Kleider seiner Schwestern kannte er wohl oder übel, weil sie in den letzten Wochen von nichts anderem geredet hatten. »Ich meine diese Voraussicht«, ergänzte er, weil Lena sich nicht äußerte.

Lena schien das nicht sehr witzig zu finden. »Du warst ... großartig, Felix«, sagte sie und räusperte sich. Sie setzte an weiterzureden.

»Kommt da noch ein 'aber'?«, erkundigte sich Felix ungläubig. Er hatte doch genau gefühlt, wie gut es gewesen war. Wie konnte Lena noch was finden, das ihr nicht gefallen hatte? Konnte sie etwas nicht einmal so stehen lassen? Hatte sie immer etwas zu kritisieren?

Irritiert verschränkte Felix die Arme vor der Brust und unterbrach damit ihren Körperkontakt.

»Nein, nein«, antwortete Lena eilig. »Es war ... wirklich ganz ... Also, es war faszinierend.«

»Warum habe ich dann das Gefühl, dass du gleich eine Kritik hinterherschiebst?« Verwundert schüttelte Felix den Kopf und ging einen Schritt in die Nacht hinein. Zögernd hob er seine Hand, und Lena nahm sie bereitwillig und lotste ihn weiter weg von der Balkontür. Nach einigen Schritten bemerkte er, dass sie von dem Balkon auf einem abschüssigen Weg zum Garten gekommen waren.

Es war nicht mehr länger ein Führen, sie schlenderten nebeneinander her. Hand in Hand, nicht nur, weil es notwendig war, sondern auch schön und sich seltsamerweise sehr passend anfühlte. Instinktiv wusste Felix, dass es Lena ähnlich ging und dass er nicht der Einzige war, der das so interpretierte.

Gleichzeitig fragte er sich, ob jemand sie beide so sehen konnte, oder ob Lena ihn weggeführt hatte, um genau das zu verhindern.

»Ich bin wahnsinnig stolz auf dich«, gestand Lena.

»Aber?«, fragte Felix und zog die Augenbrauen nach oben. Unsicher lachte er und versuchte zu ignorieren, was Lenas Hand in seiner machte. Er wusste nicht mehr, wo unten und wo oben war, weil ihre Finger zögerlich und irgendwie zart seine Fingergelenke abtasteten.

»Vorher war es auch schon gut«, meinte Lena und ignorierte Felix' Frage. »Zumindest dafür, dass du nicht die Chance hattest, uns tanzen oder dich selber im Spiegel zu sehen.« Schlagartig blieb Lena stehen, und Felix stoppte hastig, weil er sonst ihre Hand hätte loslassen müssen. »Ja, wenn man die ganzen Umständen bedenkt ... Ich habe noch nie gesehen, dass ein Blinder so gut tanzt«, fuhr sie fort.

»Ich auch nicht«, gestand Felix und schmunzelte. »Zumindest nicht die letzten Jahre.«

»Hör auf, Witze zu machen«, bat Lena laut. Etwas leiser fügte sie hinzu: »Mir fällt das hier nicht leicht. In Ordnung, Felix?«

»Das … Okay, ich bin ruhig«, versprach Felix, doch auch Lena schwieg nun.

Felix war über sich selbst verärgert. Er hatte doch gewusst, wie schwer es Lena fiel, über solche Dinge zu reden. Sobald jemand über Gefühle oder Beziehungen redete, floh Lena oder blockte ab, indem sie sarkastisch wurde oder bissige und verletzende Kommentare abgab. Sie hatte bereits Menschen in die Flucht geschlagen mit ihrer grenzwertigen Art und Weise. Nun gab sie sich Mühe und wollte Felix offenbar ein Kompliment machen. Und was machte er? Genau das, was *sie* sonst machte. Dumme Sprüche und blöde Bemerkungen.

»Lena.« Felix legte seine freie Hand auf Lenas Schulter und begann vorsichtig, sie zu massieren. »Ich wollte dich nicht unterbrechen.«

Räuspernd trat Lena ein wenig zurück, und Felix ließ seine Hand von der Schulter den Arm hinabgleiten. Dann löste er diesen Kontakt und konzentrierte sich stattdessen auf ihre ineinander verschränkten Finger. »Wo waren wir stehen geblieben?«, fragte Lena leise.

»Du hast noch nie einen Blinden gesehen, der so gut tanzt wie ich«, wiederholte Felix und malte mit seinem Daumen mit leichtem Druck ein Muster auf Lenas Haut, das keinen Sinn ergab. Oder doch, es hatte den Sinn, Lena zu beruhigen.

»Also«, begann Lena und seufzte laut. »Ich wollte, dass du wirklich gut bist. Ich wollte nicht, dass man dich dafür bewundert, dass du eine gute Leistung abgibst, wenn man deine Einschränkung bedenkt. Ich wollte einfach, dass man dich für deine Leistung bewundert. Und das hast du eben hinbekommen.«

Vor Verlegenheit hustete Felix. Die ganze Zeit hatte er sich Lenas Kompliment so sehr gewünscht, doch er hatte nicht damit gerechnet, wie bewegend er das finden würde. Nun war er so verlegen, dass er nicht wusste, was er sagen sollte.

»Aber«, sagte Lena laut und nahm Felix' Hand in beide Hände, um sie in der Mitte ihrer Körper zu halten.

»Ja?«, erkundigte sich Felix gespannt. Nun würde die Kritik kommen, was normal war, denn er war ja ein Tanzanfänger. Doch er wollte, dass Lena stolz auf ihn war, und deswegen hoffte er, dass die Kritik nicht so schlimm ausfallen würde.

»Du hattest keinen Spaß, Felix. Das habe ich dir angesehen. Ich glaube, du würdest dich mehr entspannen, wenn dich jemand führt.« Lenas Stimme war leise und sehr weich.

»Das sagte ich die ganze Zeit«, flüsterte Felix und trat ein wenig nach vorne, was keine gute Idee war, weil dort Lenas Fuß stand. Er entschuldigte sich nervös.

»Tanz mit mir, Felix«, bat Lena, und ihre Stimme hatte wieder diesen rauen Unterton, der so sexy war. Nun waren sie sich wieder nah. Richtig nah. Felix konnte Lenas Hand auf seiner Schulter spüren, seine Hand war zwischen ihren Körpern eingeklemmt, und Lenas Stimme war ganz dicht an seinem Ohr, als ob sie ein wenig seitlich zu ihm stehen würde.

»Immer wieder gerne«, antwortete Felix leise.

Daraufhin atmete Lena laut auf, und es klang wie ein Atmen aus Erleichterung, als wäre ihr eine Last von den Schultern genommen worden. Es war ihr wirklich nicht leichtgefallen, Felix ein Kompliment zu machen, ohne sich über ihn lustig zu machen. Was auch immer mit Lena passiert war, dass es ihr jetzt so schwerfiel, es war tatsächlich ein großes Problem, das sie hatte. Er dachte wieder an die Narbe auf ihrer Stirn.

Es machte Felix fassungslos, dass ausgerechnet er die Person war, bei der sich Lena offenbar Mühe gab, gegen ihren inneren Widerstand anzukämpfen.

Das musste doch etwas bedeuten!

Tango Argentino

»Wir haben den Tango doch nie geübt«, meinte Felix schockiert. Nun stand er mitten im Raum und würde sich lächerlich machen, wenn er wieder abgehauen wäre, allerdings war das sein erster Impuls. Er fühlte sich überfordert und fand es nicht fair, dass sie ausgerechnet jetzt einen Tango spielten.

»Vertrau mir einfach«, bat Lena eindringlich. Jetzt, auf der Tanzfläche, in ihrem gewohnten Terrain, hatte sie ihre Fassung und Selbstsicherheit wieder. Das hier war ihr Revier. »Lass dich führen, Felix«, fügte sie leise hinzu.

»Können wir einen anderen Tanz tanzen?«, fragte Felix und presste seine Lippen zusammen.

»Auf Tangomusik?« Felix konnte praktisch hören, dass Lena ihre Augenbrauen nach oben zog – oder zumindest bildete er sich das ein – und musste grinsen, obwohl er immer noch erschrocken über die Wahl des Tanzes war. »Dir kann nichts passieren, denn ich bin sehr gut im Führen. Du musst mir lediglich folgen«, fügte Lena ungeduldig hinzu, allerdings konnte Felix immer noch den weichen Unterton in ihrer Stimme ausmachen.

»Lena«, flüsterte Felix und hoffte, dass er Lena umstimmen konnte, wenn er seine Stimme ein wenig senkte. Außerdem wollte er nicht, dass die anderen Leute ihre Diskussion mitbekamen. »Ich kann nicht einmal sehen, was die anderen machen.«

»Das musst du auch nicht«, erwiderte Lena und seufzte, dann ergriff sie Felix' Hand und drückte sie. »Ich führe dich, Felix, schon vergessen?«

»Aber …«

»Bitte, Felix.« Eindringlich strich Lena mit einer Hand über seine Schultern. Eine tolle Berührung. Felix fragte sich, wie es sich ohne sein Sakko anfühlen würde.

Zögerlich nickte Felix. »Also gut. Von mir aus. Ähm … Starren viele Leute zu uns?«, fragte er und biss sich nervös auf die Unterlippe.

»Ein paar wenige – nein, eigentlich eher einige – oder viele, ehrlich gesagt. Konzentrier dich jetzt einfach auf den Tanz, Felix. Gibst du mir deine Hand?« Lena ergriff sie, bevor er sie ihr geben konnte. »Kurz zur Tanzhaltung: Ich stehe zu deiner rechten Seite leicht schräg«, fügte Lena sie flüsternd hinzu. »Und näher«, fuhr sie fort. »Viel näher. Der Tango wird immer sehr eng getanzt. So kann ich dich auch besser führen und deine Unsicherheit kompensieren.« Sie legte ihre Hände auf Felix' Hüfte und zog ihn in die gewünschte Richtung.

Erneut nickte Felix und rutschte ein wenig näher zu Lena, sodass ihre Leisten einander streiften. Als er daran dachte, welche Körperteile sich nun berührten, wurden Felix' Wangen heiß. Mit Sicherheit war er rot im Gesicht.

»Und jetzt?«, fragte er angespannt.

»Jetzt lässt du dich führen«, antwortete Lena mit einer Stimme, die amüsiert klang. »Und genießt ein bisschen.«

Ohne eine Warnung abzugeben, begann sie zu tanzen, und Felix folgte ihr, so gut es ging. Doch das funktionierte nur bedingt. Nicht einmal den Grundschritt kannte er. Doch bevor er gestehen konnte, dass er aufgeben wollte, flüsterte Lena ihm leise ins Ohr, was er zu tun hatte. Leider lenkte Felix Lenas Nähe so ab, dass er die Schritte nicht wirklich behalten konnte.

»Der Tango ist perfekt in so einer Situation, weil der Tanzpartner deutlich führen muss, und du die Führung über Arme und Oberkörper gut fühlen kannst«, flüsterte Lena. Ihr Piercing kitzelte Felix' Kinn. »Rück, vor, seit, seit. Sehr gut.«

Blitzschnell wechselte Lena die Richtung und führte Felix in eine Figur. Felix hatte zwar keine Ahnung, was er zu tun hatte, aber Lena hatte recht, da sie so eng beieinanderstanden, konnte Felix die Bewegungen gut erfühlen und folgen.

»Der Tanz kommt aus Argentinien«, erzählte Lena. Felix konnte ein Seufzen nicht unterdrücken, denn er mochte es, wie Lenas Lippen seine Ohren streiften und Luft in sein Ohr gehaucht wurde. Besonders weil sie auch noch so gut roch. »Der Tanz perfektioniert das Spiel von Nähe und Distanz. Wie bei uns. Auch wir wollen einander näherkommen und ziehen doch immer wieder die Distanz vor. Meinst du nicht auch?«

»Wie bitte?«, fragte Felix verblüfft und vergaß weiterzutanzen.

Mit sanftem Druck bewegte Lena ihn dazu, den Tanz wieder aufzunehmen, und lachte leise. »Ist es nicht genau der Tanz, der zu uns passt?«, flüsterte sie und rieb ihre Stirn gegen seine Wange.

»Lena…«, murmelte Felix und schluckte verlegen.

Sicher, Lena hatte Andeutungen gemacht, aber noch nie hatte sie so offen mit Felix geflirtet. Doch anstatt sich unwohl zu fühlen, wurde ihm heiß und kalt gleichzeitig, und seine Haut prickelte an den Stellen, an denen er Lena berührte. Und das waren viele Stellen, da sie immer noch sehr eng beieinanderstanden. Er hatte Mühe, sich auf den Tanz zu konzentrieren. Es war seltsam, dass Lena sich traute, solche Dinge zu sagen, obwohl sie bisher immer so verschlossen gewesen war. War sie mutiger, weil sie Wein getrunken hatte? Oder war sie entschlossen, Felix zu verführen, dass sie alles auf eine Karte setzte?

»Also habe ich mir doch nicht alles nur eingebildet«, kommentierte Felix nach einer Sekunde und wollte sich im gleichen Moment die Hand gegen die Stirn schlagen. Was für eine dumme Aussage. Sie musste ihn für blöd halten.

»Du bist wohl ein Blitzmerker«, fuhr Lena fort und lachte erneut. Warme Luft strich über Felix' Haut. »Achtung, halb offene Promenade.«

Mit einer kraftvollen Bewegung begleitete sie Felix in den Schritt und zog ihn dann wieder zu sich heran. Langsam begann Felix, sich zu entspannen. Es war egal, wie viele Leute ihnen zusahen, denn sie waren beide auf einer Hochzeit eingeladen und versuchten lediglich zu tanzen. Es war egal, wie es aussah. Sie waren hier ja nicht auf einem Turnier.

Gleichzeitig wusste Felix, dass er sich da gerade etwas vormachte. Seine Verwandten würden darüber sprechen. Die Art und Weise, wie Lena und er miteinander tanzten, war intim. Das wusste er, obwohl er die anderen Paare nicht sehen konnte. Doch er wusste von früher, wie steif Menschen aussahen, wenn sie sich nicht gut kannten, aber miteinander tanzten. Vielleicht sollte er langsam aufhören, sich einzureden, das hier hätte nichts zu bedeuten, denn es bedeutete sehr viel. Es bedeutete alles.

Das wusste Felix, und das wusste Lena. Mit Sicherheit wussten das auch all die Leute, die ihnen jetzt zusahen. Wenn diese Hochzeit vorbei war, würden sie Felix mit Fragen bestürmen, die er sich bisher nicht einmal selbst beantworten konnte.

»Weißt du, was ich mal gehört habe?«, fragte Lena, und ihre Nase berührte sein Kinn, als sie ihren Kopf vorbeugte und sich gleichzeitig noch enger an ihn drückte.

»Was?«, fragte Felix atemlos.

»Der Tango ist der horizontale Ausdruck für ein vertikales Verlangen, wie schon der britische Dramatiker George Shaw mal erwähnt hat«, meinte Lena und rieb ihre Nase über seine Haut.

Felix atmete scharf ein und versuchte das Kitzeln in seinem Bauch zu ignorieren. Er räusperte sich. »Ähm … Kann es sein, dass es dir beim Tanzen leichter fällt zu reden? Über Gefühle … meine ich … oder so.« Sofort schluckte Felix, und er spürte seine Wangen heiß werden. Bestimmt sah er aus wie eine Tomate.

Lena sagte nichts mehr. Sie hob ihren Kopf etwas, sodass sie ihn nicht mehr am Kinn berührte. Sah sie zu seiner Sonnenbrille und versuchte ihm mal wieder in die Augen zu sehen? Oder wollte sie nur Abstand zwischen sie bringen?

»Tut mir leid«, fügte Felix eilig hinzu. »Ich wollte dir nicht zu nahe treten.«

»Ja, vielleicht«, beantwortete Lena leise seine Frage. »Ich denke schon. Oder es liegt an dir.«

»Äh … Wirklich?« Vollkommen überwältigt blieb Felix stehen, doch Lena zog ihn weiter in den Grundschritt und machte anschließend eine Figur, bei der ihre Hüfte auffällig eng an Felix' Hüfte rieb.

Erst als Felix wieder flüssiger tanzte, antwortete Lena ihm: »Bei dir ist es ein bisschen leichter.«

»Warum?«, fragte Felix erstaunt und lächelte.

»Keine Ahnung.« Lena verspannte sich am oberen Rücken, was Felix mit seiner Hand spüren konnte. »Du gibst mir irgendwie das Gefühl, dass du mich auch mögen könntest, wenn ich zu ruppig oder unfreundlich bin, und deswegen habe ich vielleicht nicht die Angst zu versagen, wenn ich den Mund aufmache.« Kurz hielt Lena inne. Sie atmete hastig ein. Sie wirkte aufgeregt. Felix stellte sich vor, dass sie zusammengepresste Lippen oder eine gerunzelte Stirn hatte. »Es gibt viele Menschen, die mit meiner Art nicht klarkommen, und ich versuche mich dann zu verstellen und bewusst offener zu sein, aber dadurch verkrampfe ich noch mehr.«

»Weißt du denn, warum du so Probleme damit hast?«, fragte Felix und hoffte inständig, dass er ihr damit nicht zu nahe trat. Ihr Rücken war weiterhin total steif.

Lena hustete, antwortete aber nicht.

»Schon okay«, meinte Felix. »Du musst nicht antworten.«

»Das Leben hat einfach alles Weiche an mir abgeschliffen und nur noch einen harten Kern hinterlassen, glaube ich«, antwortete Lena trotzdem.

Felix dachte darüber nach, was genau sie damit ansprach. Sie war immer ein beliebtes Mädchen gewesen, cool und selbstbewusst. Aber vielleicht waren das bereits die Ansätze gewesen, für die Mauer, die sie inzwischen um sich herum aufgetürmt hatte? Vielleicht war sie mit ihren Eltern nicht klargekommen, hatte durch ihre verschlossene Art Freunde und Partner verletzt und war dadurch immer wieder verlassen worden? Er erinnerte sich an die Narbe auf ihrer Stirn …

Er wusste, der Zeitpunkt, diese Fragen zu stellen, war jetzt nicht gekommen. Und es war auch weder der richtige Ort noch die richtige Situation.

»Lena, du bist okay, so, wie du bist. Versuch nur ab und zu, Menschen wirklich an dich ranzulassen. Allein um dir selbst einen Gefallen zu tun. Fio hat sich gefreut, dich wiederzusehen, aber ich glaube, sie fühlt sich etwas verstoßen von dir. Sie könnte eine gute Freundin sein.«

»Ich schau mal«, erwiderte Lena. Aus ihrer Stimme konnte Felix entnehmen, dass sie damit überfordert war.

Schnell strich er ihr über den verspannten Rücken, während er sich auf den Tanz konzentrierte. Er wollte, dass das, was er zu sagen hatte, auch wirklich von ihr gehört wurde. Erst nach einem Moment wiederholte er: »Du bist okay, so, wie du bist, Lena.«

»Danke«, sagte Lena. Sie hob ihren Kopf etwas, wodurch ihre Haare über sein Kinn strichen. Zu gerne hätte Felix gewusst, ob sie lächelte.

»Alles okay«, murmelte er und versuchte, seine Enttäuschung herunterzuschlucken, nicht in ihr Gesicht sehen zu können. Zumindest ihr Rücken zeugte davon, dass sie etwas entspannter war. Er strich mit der flachen Hand darüber.

»Es ist nicht unbedingt so, als ob du meine Sprache sprechen würdest, aber ich habe das Gefühl, dass du übersetzen kannst, was ich sage«, fügte Lena hinzu. »Ich weiß, dass sich das nicht sehr logisch anhört.«

»Doch, Lena.« Vor lauter Bauchkribbeln vergaß Felix weiterzutanzen. »Das ist schön. Ich meine … toll.« Anscheinend brachte er nur noch idiotische Sätze heraus.

»Lass uns eine Weile tanzen, Felix«, forderte Lena und drückte seine Hand. »Reden können wir später noch.«

»Gerne«, hauchte Felix und folgte Lena in die nächste Figur. Dass sein Bein dabei zwischen Lenas Beinen landete und sein Oberschenkel die Innenseite ihres Beines berührte, half ihm nicht dabei, sich wieder zu beruhigen. Sein Herz pochte, und in seinem Bauch war eine ganze Schmetterlingsinvasion unterwegs.

Doch die Tanzführung von Lena war gut, und Felix fühlte sich zunehmend geborgen. Obwohl auch dieser Tanz den ganzen Bereich ausfüllte, hatte Felix keine Angst, aus Versehen von der Tanzfläche zu tanzen, da er Lena vertraute.

Einen kurzen Moment runzelte er die Stirn und überlegte, woher diese Zuversicht Lena gegenüber eigentlich kam. Lena hatte ihn gegen Stühle rennen lassen und ihn nicht vor Treppenstufen gewarnt. Eigentlich war sie die Person, der er am wenigsten trauen sollte. Dann hob er leicht die Schulter und entschied, sich zumindest auf der Tanzfläche auf Lena zu verlassen, weil sie ihm ein gutes Gefühl gab.

Auch dass er die Figuren nicht kannte, war nicht schlimm, denn Lena zeigte ihm mit festem Druck ihrer Hand oder der Bewegung ihres Oberkörpers, die Felix durch die Hand auf ihrem Rücken fühlen konnte, wohin und wie schnell er gehen musste. Es war einfach zu tanzen, wenn man eine gute Partnerin hatte. Und es machte Spaß zu tanzen, wenn man Lena als Partnerin hatte. Es machte sogar so viel Spaß, dass Felix hoffte, nie wieder aufhören zu müssen. Es tat ihm gut, sich mal führen lassen zu dürfen. Felix hatte nicht einmal das Gefühl, sich lächerlich zu machen.

»Du magst den Tango«, stellte er fest.

»Er ist einer meiner Lieblingstänze«, erwiderte Lena leise. »Ich mag es, mit dir zu tanzen.«

»Auch wenn ich nicht führe?«, gab Felix zurück und ließ sich von Lena leicht korrigieren, sodass er wieder seitlich zu ihr stand. Der Grundschritt ging ihm inzwischen recht gut von der Hand, und es fühlte sich vollkommen natürlich an.

»Es ist schon okay«, gab Lena nach einigen Sekunden zu. »Aber irgendwann will ich mit dir auch mal Samba oder Rumba tanzen. Und von dir geführt werden.«

»Das ist dir so wichtig?«, fragte Felix.

»Ja, das ist mir wichtig«, bestätigte Lena. »Du bist der Mann, und deswegen musst du führen. Und ich bin die Frau und möchte folgen. Das ist nun mal so beim Tanz. Daran ändert auch deine Blindheit nichts.«

»Okay.« Felix hob die Schultern. Ihm selber war es nicht so wichtig, wer führte. Hauptsache, er konnte in ihrer Nähe sein.

»Im echten Leben kann es ja gerne andersherum sein«, fügte Lena hinzu. Sie klang amüsiert.

»Im echten Leben bin ich seit dem Unfall automatisch derjenige, der geführt werden muss«, meinte Felix. Er schüttelte den Kopf und seufzte. Warum sagte er so etwas? Warum betonte er es ihr gegenüber immer wieder, obwohl er sonst ein selbstständiges Leben führen wollte und konnte? Vielleicht, weil er Angst hatte, dass sie bald merken würde, was es bedeutete, mit ihm zusammen zu sein und dann abhaute, wie es Sylvia getan hatte?

»Das ist Blödsinn«, erwiderte Lena in einem strengen Ton.

»Ja?«, fragte Felix und überlegte, weshalb sie glaubte, das so genau einschätzen zu können.

»Ich habe oft das Gefühl, von dir im echten Leben geführt zu werden. Zum Beispiel wenn ich von Fiona und Lars nicht verstanden werde, und du ihnen erklärst, wie ich was gemeint habe. Es geht beim Führen doch nicht nur um das körperliche Führen, oder?«

Vor Überraschung über ihre Klarstellung vergaß er, ihr in den Wiegeschritt zu folgen und taumelte.

»Rück, vor, seit, seit«, wiederholte Lena sanft, damit Felix wieder in den Rhythmus kam, doch es wirkte deplatziert. Felix wollte zurück zu dem ernsten Gespräch, das sie zuvor geführt hatten. Er war sich sicher, dass Lena sich weigern würde, weiter darüber zu sprechen, sobald sie mit dem Tanz fertig waren. Er hoffte inständig, dass das Lied noch nicht so bald zu Ende war.

»Hast du wirklich dieses Gefühl?« Felix wagte kaum zu atmen, weil er so gespannt auf die Antwort war. Offenbar konnte man sich ganz gut an eine Lena gewöhnen, die nicht so verschlossen war, denn er bemerkte, dass er mehr davon hören wollte.

Doch zu seiner Enttäuschung verweigerte Lena ihm die Antwort. »Konzentriere dich jetzt erst einmal auf den Tanz, Felix«, forderte sie und zog Felix erneut in eine neue Schrittfolge.

Selbst wenn Felix eine Figur tanzte, behielt Lena immer Körperkontakt, entweder über ihre Finger, die Felix' Hand hielten, oder über ihre Hand, die auf seiner Schulter lag. Längst hatte Felix die Orientierung verloren, aber das war egal, denn Lena war sein Halt, und sie hatte mit Sicherheit noch den Überblick. Zumindest strahlte sie das aus. Sie kontrollierte Felix' Körper und seine Bewegungen vollkommen, was Felix die Freiheit gab, sich komplett fallen zu lassen. Auch der Tanz letzte Woche war auf eine Art gut gewesen, aber erst jetzt konnte er wirklich frei atmen.

Während sie stumm miteinander tanzten, spürte Felix, dass er das Tanzen inzwischen wirklich mochte. Die Mühe und der Stress während des Unterrichts bei Lars und Lena hatten sich definitiv gelohnt.

Zärtlich, aber auch bestimmend, zog Lena ihn näher, packte seinen Arm energischer und schob ihr Bein zwischen seine.

Felix fiel auf, dass er sich entspannen konnte. Es war nicht schlimm, dass er von Lena abhängig war. Zumindest für den Moment.

Seit dem Unfall gab es sehr selten Momente, in denen er sich *wirklich* fallen lassen konnte. Selbst wenn er sich abends in seiner Wohnung aufhielt oder mit Freunden unterwegs war, denen er vertraute – es war ihm nie möglich, vollkommen abzuschalten. Er musste immer etwas mehr auf seine Umgebung achten als andere, aufmerksamer sein.

Im Hinterkopf hatte er immer die Angst, dass er seinen Blindenstock nicht finden würde oder seine Begleitperson einfach verschwinden könnte. Selbst wenn sie es nicht beabsichtigte. Einmal war Liz die Treppe hinabgestürzt und hatte vor Schreck zunächst keinen Laut von sich gegeben. Felix hatte voller Panik nach dem Körper getastet und nicht gewusst, was passiert oder ob und wie schwer sie verletzt war. Erst nach einigen Sekunden hatte sie angefangen zu weinen, und er hatte sie orten und in den Arm nehmen können.

Gewissenhaft kontrollierte er stets, dass seine Hilfsmittel an ihrem Platz und genau angerichtet waren, sodass er sie schnell wiederfinden konnte: Sein Blindenstock, das Smartphone und andere Gegenstände, die ihm halfen, sein fehlendes Augenlicht zu kompensieren. Alles musste immer am richtigen Ort liegen.

Er wusste, wie leicht ihm die Kontrolle entgleiten konnte, seit er sein Augenlicht verloren hatte, und die Angst, die er ständig hatte, machte ihn unausgeglichen. Manchmal war er es richtig leid, dass er ständig konzentriert bleiben musste und sich keine Fehler erlauben durfte.

Doch was war so schlimm daran, die Kontrolle für einen kurzen Moment abzugeben? Was war so schlimm, sich selbst fallen zu lassen? Hatte er Angst davor, danach die Orientierung und Selbstbestimmung nicht mehr finden zu können?

Obwohl Lena nicht die zuverlässigste Person war, fühlte er sich jetzt dennoch seltsam frei. Vielleicht war frei ein komisches Wort, wenn man bedachte, dass er sich für eine gewisse Zeitspanne von Lena abhängig machte, aber es fühlte sich nun mal nach Freiheit an.

Seit er blind war, hatte er sich nie erlaubt, einer Person wirklich die Kontrolle zu übergeben. Natürlich hatte er Fiona vertraut, und er hatte sich von Freunden durch die Wildnis oder Großstädte führen lassen, aber er hatte sich nie wirklich abhängig fühlen wollen. Er war sicher, dass er Lena außerhalb der Tanzfläche ebenfalls niemals so sehr vertrauen konnte. Denn Menschen machten Fehler. Lena genauso wie andere Menschen. Und Felix sah keinen Grund, warum er sich in die

Abhängigkeit eines anderen begeben sollte. Immerhin war er ja nur blind und konnte auf sich selber aufpassen.

Doch es war entspannend, auf diesen Anspruch zeitweise verzichten zu können. Dass es ausgerechnet Lena war, mit der Felix diese Erfahrung teilte, war sehr überraschend. Jetzt. Hier – auf der Tanzfläche – gab er sich Lena komplett hin. Und erst jetzt wurde ihm bewusst, wie dringend er das brauchte, weil Unabhängigkeit anstrengend war. Sie war für ihn immer mit Arbeit und Disziplin verbunden. Offenbar war das Tanzen die Tätigkeit, bei der sich Lena traute, Verantwortung für einen anderen Menschen zu übernehmen, auch wenn sie dazu ansonsten viel zu unsicher war. Gleichzeitig war es für ihn der Ort, an dem er sich fallen lassen konnte.

Deswegen hatte Felix kein Interesse daran, beim Tanzen zu führen. Er wollte mit Lena regelmäßig tanzen. Und er wollte sich ihr hingeben und ihr folgen und vertrauen. Weil er sich dann endlich entspannen konnte.

Dass sie sich so gut ergänzten, war auch für ihn eine Überraschung. Zumindest während des Tanzens. Und Felix hatte das dumpfe Gefühl, dass es auch nicht anders aussah, wenn sie nicht mehr auf der Tanzfläche waren. Vielleicht war es dann ein bisschen schwerer, und vermutlich würden sie ein bisschen Zeit brauchen, bis sie sich aneinander gewöhnt hatten, aber es fühlte sich danach an, dass sie es schaffen könnten.

»Der Tango passt zu dir«, flüsterte er überwältigt von diesem intimen Moment und der Erkenntnis, die er gerade hatte. Er lehnte sich enger an Lena. »Elegant, leidenschaftlich, rau und sanft gleichermaßen. Zärtlich und dunkel.«

Ruckartig blieb Lena stehen, ohne Felix loszulassen. Ihr Atem streifte Felix Haut am Hals. Er war schneller geworden. »Ich muss aufhören zu tanzen«, gestand sie hektisch.

»Warum?«, fragte Felix enttäuscht und gleichzeitig überrascht. Diese widersprüchlichen Gefühle verwirrten ihn. Mal wieder. »Was ist los?«

»Ich würde dich gerne küssen.« Lenas Kopf kam näher, bis ihre Stirn fast gegen seine Lippen gedrückt war.

Nervös verschob Felix seinen Kopf, damit er ihre Haut besser mit den Lippen erfühlen konnte. Es kam ihm so natürlich vor, obwohl ihm bewusst wurde, dass er im Begriff war, sie mitten auf der Tanzfläche, direkt vor seiner ganzen

Verwandtschaft zu küssen. Doch das alles erschien ihm unwichtig gegenüber dem Verlangen, diese Lippen auf seinen zu spüren.

»Mach doch«, hauchte er.

»Nicht hier. Zu viele Menschen«, meinte Lena angespannt. »Lass uns …hier verschwinden.«

Mit klopfendem Herzen nickte Felix und spürte, wie Lena sich von ihm löste. Seine Beine schienen aus Gummi zu sein, und seine Hände fühlten sich feucht an. Er war so aufgewühlt und aufgeregt, dass er nicht sicher war, ob er sich jetzt orientieren konnte. Und sein Blindenstock lag noch immer auf seinem Platz. Doch Lena streckte ihm den Arm hin, und Felix umfasste ihn. Die Haut an ihrem Ellenbogen war erstaunlich zart und kühl. Mit dem Daumen konnte er den Stoff ihres Kleides erfühlen.

Eilig verließen sie den Raum über die Terrasse, überraschenderweise ohne dass sie einen Unfall produzierten, und gingen zu dem romantischen Ort, an den Lena ihn vor wenigen Minuten schon einmal hingeführt hatte. Sobald die Musik fern klang und das Geräusch von plätscherndem Wasser wieder lauter wurde, wurden Felix' Schultern gepackt, und Lena presste fast grob ihre Lippen auf die von Felix. Doch sogleich wurde ihre Bewegung sanfter. Diese Zärtlichkeit hatte Felix nicht erwartet, da Lena ihn ansonsten immer recht ruckartig an sich zog. Doch ihre Lippen blieben weich, warm und sachte.

Während Lena ihn küsste, erkannte Felix, dass Lena auch in diesem Bereich eine Perfektionistin war. Sie biss leicht in Felix' Unterlippe, zupfte an der oberen Lippe und leckte dann leicht über die Mundwinkel. Das alles tat sie mit Sorgfalt und Präzision. Als würde sie sich auch darin mit jemandem messen. Doch obwohl sie hoch konzentriert dabei schien, kam ein seltsames, glucksendes Geräusch aus ihrem Mund, das Felix verriet, wie entzückt Lena war. Auf diese Art und Weise kicherte Liz, wenn Felix sie durchkitzelte.

Berauscht legte Felix eine Hand in Lenas Nacken und strich mit den Fingern durch die Haare, die heute glatt und weich waren, und über die Haut am Hals, die sich erhitzt und glatt anfühlte. Seufzend schloss Felix die Augen, öffnete leicht den Mund und lehnte sich enger an Lena. Es gab etwas, bei dem er sich noch besser entspannen konnte als während des Tanzens mit ihr. Sie zu küssen war noch besser … es war perfekt.

Lena nahm seine Einladung an und ließ geschmeidig ihre Zunge hineingleiten. Nun tanzten ihre Zungen miteinander. Und auch jetzt führte Lena, stupste Felix' Zunge an und neckte Felix damit, dass sie ihre Zunge immer dann wegzog, wenn Felix ihr folgen wollte. Sie spielte mit ihm, forderte ihn auf und animierte ihn dazu, ihr schneller Folge zu leisten.

Und dann kam wieder das Glucksen. Felix musste lächeln und fühlte sich ein bisschen so wie früher in der Natur, als er noch joggen konnte. Begeistert, enthusiastisch und befreit. Er löste den Kuss, unterdrückte aber den Drang, das, was er fühlte, in Worte zu packen. Er wusste, es hätte sich sehr kitschig angehört. Und sie war sicherlich keine, die Kitsch schätzte.

Glücklich lehnte er seine Stirn gegen die von Lena und versuchte, zu Atem zu kommen. Das gelang ihm nur bedingt, und auch Lena hatte Schwierigkeiten, denn ihr Atem strich in einem hektischen Rhythmus gegen Felix' Haut, während ihre Hände über den Stoff auf seinem Rücken tasteten.

»Darf ich?«, fragte Felix nach einigen Sekunden und fuhr mit seiner freien Hand über ihre Wange, während die Rechte Lena immer noch im Nacken hielt.

»Ich sagte doch, du musst nicht fragen, Felix«, antwortete Lena. Sie wusste scheinbar genau, was er vorhatte, und das gab ihm das Gefühl von Verbundenheit.

Felix wollte es fühlen, spüren; er wollte wissen, wie Lena in diesem Moment aussah. Ihre Lippen waren feucht vom Kuss und halb geöffnet. Ihr Atem war zu schnell, und ihre Zunge schoss heraus und leckte Felix über den Finger, als er ihre Lippe abtastete. Es schien, als wäre sie ungeduldig und wollte ihn lieber wieder küssen, aber sie blieb dennoch ruhig stehen und machte keinen Versuch, sich vorzubeugen. Dann spürte Felix eine kleine Kuhle neben den Mundwinkeln, die ganz zart vibrierte. Lena lächelte – lautlos, aber gut spürbar. Sie musste in diesem Moment wunderschön aussehen.

»Ich habe dich nie gefragt, wie deine Augen aussehen.«

»Graublau mit ein wenig Grün«, teilte Lena ihm mit und rieb ihren Kopf gegen seine Hand.

»Wunderschön«, murmelte er und fand, dass er Lenas Geduld lange genug auf die Probe gestellt hatte. Er zog sie enger zu sich heran.

Er fand ihre Lippen sofort, nachdem er sich mit den Fingern an ihrem Kinn orientiert hatte. Kurz nach dem Unfall war das immer ein Problem gewesen. Er hatte Sylvia überall geküsst, nur nicht dort, wo er es geplant hatte. Es war so frustrierend gewesen. Zwar glaubte er nicht, dass das einer der Gründe war, warum sie gegangen war, aber er wusste, dass es sie manchmal genervt hatte. Doch jetzt funktionierte alles reibungslos. Seine Lippen waren genau an der Stelle, an er sie haben wollte.

Während sie sich küssten, waren Lenas Hände überall auf Felix' Rücken und auf seinem Hintern, sie streichelten über seine Seite und legten sich kurz um seinen Hals. Doch am liebsten schien Lena sie direkt in Felix' Haare zu versenken. Sie zupfte daran herum und massierte seinen Haaransatz. Er mochte es so sehr, am Kopf berührt zu werden.

Ihre Küsse wurden weniger intensiv, als sie sich langsam voneinander lösten, aber bevor sie ganz voneinander abließen, küssten sie sich noch mehrmals auf die Lippen. Es fiel ihnen beiden schwer, sich zu trennen. Schließlich trat Lena einen Schritt von ihm weg, sodass sie einander nur noch an den Händen berührten.

»Du … ähm … du hast mich geküsst«, meinte Felix und kam sich dabei bescheuert vor. Unruhig trat er von einem Fuß auf den anderen und spürte Unbehagen, bei dem Gedanken daran, dass sie nicht darüber reden würden, was da gerade zwischen ihnen passierte. Was, wenn Lena sich wieder verschloss oder ein Gespräch mit einem zynischen Spruch abblockte?

»Blitzmerker«, murmelte Lena. Sie schob ihn nach hinten.

Felix spürte an den Kniekehlen einen Gegenstand und streckte hektisch die Arme nach hinten aus, um zu untersuchen, was das war. Er erkannte, dass es eine Bank oder ein Stuhl sein musste. Als Lena erneut leicht Druck auf seinen Arm ausübte, beugte Felix die Knie und ließ sich auf die Sitzfläche drücken.

Wollte Lena einfach nur in einer bequemeren Position weiterküssen, oder war sie auch bereit, mit ihm zu sprechen?

Es gab so viele Fragen, dass er sich nicht mehr entspannt genug fühlte, um ohne Antworten weiterküssen zu können. Jetzt, wo sich sein Verlangen erfüllt hatte, spürte Felix, wie sehr dieses Schweigen zwischen ihnen stand. Dieses Unausgesprochene.

Sie würden reden müssen.

Aber er hatte keine Ahnung, ob Lena bereit war, erneut über ihren Schatten zu springen und ihre Prinzipien über Bord zu werfen, nachdem sie es heute bereits zum zweiten Mal geschafft hatte, Felix zu überraschen.

Plötzlich fühlte Felix sich so aufgewühlt, dass er seinen Arm hob und damit die Lehne umklammerte. Selbst wenn Lena bereit wäre zu reden, hatte Felix keine Ahnung, wohin dieses Gespräch sie führen würde. Unsicher tastete er die Sitzgelegenheit ab und fühlte sich einsam und alleine. Die Dunkelheit, die ihn ständig umgab und an die er sich eigentlich schon gewöhnt hatte, kam ihm auf einmal schwer und drückend vor. Allein die Tatsache, dass er nicht wusste, wo Lena war, verursachte in ihm Panik. Allerdings verstand er die Panik nicht, denn er könnte einfach aufstehen und langsam in die Richtung gehen, aus der die Musik erklang. Normalerweise würde ihn so eine Situation nicht überfordern.

Vielleicht war es einfach nur die Tatsache, dass Felix bewusst war, dass er Lenas Gestik und Mimik nicht lesen konnte und somit befürchtete, dass das nun folgende Gespräch nicht funktionieren konnte, denn Lena war nicht gut im Reden.

Wo war Lena? Und war das nun, eine Bank oder ein Stuhl? Verärgert strich Felix über das Holz und versuchte sich zu beruhigen.

Quickstepp

Es war eine Bank, wie Felix kurz darauf bemerkte, als Lena sich neben ihm niederließ und dabei Felix' Hand einquetschte, mit der er immer noch das Holz abtastete.

»Warst du weg?«, fragte Felix. Er leckte sich nervös über die Lippen und zog seine Hand zu sich heran.

»Ich habe eine Flasche Wasser geholt. Ich habe Durst«, antwortete Lena unbekümmert.

»Weißt du ... Es wäre ganz nett, wenn du ... Ach, vergiss es.« Felix schüttelte den Kopf und seufzte schwer.

»Ich hätte dir sagen sollen, dass ich verschwinde?«, riet Lena und stöhnte leise.

»Aber hast mich denn nicht weggehen hören? Ich dachte, Blinde kompensieren ihre Blindheit mit ihrem Gehör?«

»Was? Was für ein Blödsinn! Ich höre nicht alles«, widersprach Felix laut. »Ich war damit beschäftigt, mir zu überlegen, wo du mich geparkt hast. Das ist ... Nur weil ich blind bin, kannst du mich nicht einfach irgendwo hinschieben und sitzen lassen. Oder nicht mit mir sprechen, bloß weil es für dich bequemer ist. Das geht so nicht.«

Einen Moment lang schwieg Lena, dann stöhnte sie laut auf. Ein Geräusch, das sich anhörte, als ob sie mit der flachen Hand auf ihren Oberschenkel schlug, erklang. »Ich bin davon ausgegangen, du wüsstest, was ich mache und dass ich wiederkomme. Ich habe dich extra zu dieser Bank geschoben, damit du es bequemer hast.« Die Stimme von Lena klang ungeduldig.

»Schon okay«, murmelte Felix.

»Nein, ist es nicht«, erwiderte Lena leise. »Tut mir leid, ich versuche mir das zu behalten, ja?«

Leicht nickte Felix, dann verlagerte er seine Beine und streckte sie ein wenig aus. Zwar hatte er heute nicht viel getanzt, aber dennoch spürte er die Müdigkeit. Er hatte in der Woche zuvor so viel geübt. Wenn er ehrlich war, war er erleichtert, dass das vorbei war. Endlich konnte er nach der Arbeit wieder entspannen.

»Du ... ähm ... hast mich geküsst«, meinte er schließlich und fand, dass es noch nie schwerer gewesen war, ein Gespräch mit Lena zu beginnen.

»Ja«, sagte Lena schlicht.

»Das kannst du nicht ernst meinen«, stieß Felix aus und spürte plötzlich einen Eisklumpen in seinem Bauch, der schnell an Größe zulegte. Unglaublich, wie schnell er sich unbehaglich fühlte, aber die Unruhe, die sich jetzt in einer rasanten Geschwindigkeit ausbreitete, war nicht zu leugnen.

»Was genau lässt dich zweifeln?«, fragte Lena irritiert, und anhand des Klangs ihrer Stimme vermutete Felix, dass sie ihn nun direkt ansah. Zu gerne hätte Felix gewusst, ob sie gerade die Augenbrauen hochzog, die Lippen verärgert zusammenpresste oder lediglich die Stirn runzelte.

»Du … ähm … hattest doch gesagt, dass du nicht der Typ wärst, der eine feste Beziehung eingeht. Und ehrlich gesagt, glaube ich nicht, dass ich der Typ für etwas anderes wäre«, murmelte Felix und fühlte sich sehr unwohl.

Bevor Felix seine Gefühle zulassen konnte, musste er wissen, dass es eine Chance gab. Er wollte nicht wieder so sitzengelassen werden wie damals von Sylvia. Lieber blieb er alleine. Wollte Lena überhaupt eine Beziehung? Hatte sie nicht immer wieder betont, dass sie sich nicht auf so etwas einlassen wollte?

»Wann habe ich das gesagt?«, fragte Lena leise.

»Es kam immer mal wieder so rüber«, erwiderte Felix und spürte einen Hoffnungsschimmer. Seine Hände waren zu Fäusten geballt, und er bemerkte ein nervöses Kribbeln auf der Haut an seinem unteren Rücken.

»Na ja, ich weiß nicht.« Lena klang unschlüssig.

Was sollte Felix mit dieser Antwort anfangen? Das Kribbeln auf seiner Haut wurde stärker.

»Ich habe mir in den letzten Tagen ja auch Gedanken gemacht. Eigentlich wollte ich keine Beziehung. Ich glaube sogar, dass es mir schwer fällt, eine dauerhafte Sache einzugehen. Ich bin zweimal geschieden, Felix.«

»Ich weiß.« Felix nickte nachdenklich.

»Meine erste Ehe war eine Katastrophe, und ich habe so viel Hoffnung in meine nächste Ehe gelegt, aber leider hat auch das nicht geklappt und endete in einem grauenhaften Drama. Seitdem war ich alleine.« Lena räusperte sich. »Vielleicht denkst du, ich wäre kaputt, doch dem muss ich widersprechen, denn während der Zeit, in der ich alleine war, konnte ich wieder heilen, aber was, wenn die alten Wunden wieder aufreißen?«

Felix hob die Schultern. Er fühlte sich schrecklich. Er hätte wissen müssen, dass die Sache mit Lena nicht dauerhaft sein konnte.

»Ich habe keine Ahnung, ob ich mit einer blinden Person zusammen sein kann. Man muss auf so vieles achten und ständig aufmerksam sein. Ich bezweifle, dass ich für dich die richtige Person bin, Felix«, fügte Lena leise hinzu.

Wie betäubt lauschte Felix der Stille, die daraufhin folgte. Am liebsten wäre er jetzt weggerannt. Hatte er nicht gewusst, dass das ein Hindernis sein würde? Bereits mit Sylvia hatte er diese Lektion lernen müssen. Warum sollte das jetzt anders sein? Erschwerend kam hinzu, dass Sylvia ein ganz anderer Typ Frau war als Lena. Wenn die nette und liebevolle Sylvia keine Kompromisse hatte eingehen können, wie konnte es dann Lena schaffen, die rücksichtslos, unbeholfen und manchmal einfach nur grob war?

»Ich bin auch so nicht sehr sensibel und kann schwer auf andere Menschen eingehen. Ich bin so lange alleine«, fuhr Lena fort und schluckte hörbar. »Und du kannst es nicht leugnen. Als blinder Mensch hat man besondere Bedürfnisse, oder?«

Betroffen nickte Felix. Dann ärgerte er sich über sich selber. Er konnte alleine leben, kam mit seinem Leben klar. Hatte er wirklich so extrem andere Bedürfnisse als sehende Menschen? Andererseits fing es ja schon damit an, dass Lena ihm Dinge sagen musste, die für sehende Menschen offensichtlich waren, zum Beispiel wohin sie verschwand.

»Zum Beispiel ist es schwer, mir das Tanzen beizubringen.« Es hatte ein Scherz sein sollen, aber es kam nicht lustig rüber, und weder Felix noch Lena lachten.

»Selbst wenn ich das alles hinbekomme und eine feste Sache daraus machen kann, muss ich ehrlich sagen, ist deine Behinderung nicht das, was ich mir für meinen Partner wünschen würde«, ergänzte Lena. Warum klang ihre Stimme immer noch so weich, wo sie doch offensichtlich versuchte klarzumachen, dass sie Felix in ihrem Bett haben wollte, ohne Verpflichtungen einzugehen? »Ich stelle mir das Leben mit dir einfach sehr mühsam vor. Ich bin nicht gut darin, auf jemanden achtzugeben und reagiere genervt, wenn man mich um etwas bittet, und du wirst mich manchmal um Hilfe bitten müssen.«

»Aber ich lebe doch alleine!«, protestierte Felix verärgert. Er hatte genug davon, sich als unselbstständiges Wesen hinstellen zu lassen. Sie hatte klargemacht, dass sie ihn nicht wollte. Warum redete sie dann überhaupt noch weiter? Was sollte dieser Unsinn? Warum haute sie nicht einfach ab und ließ ihn sein Leben leben. Er brauchte sie nicht. Hatte sie die letzten Jahre auch nie gebraucht. »Ich kann fast alles machen, was du auch machen kannst. Ich komme gut zurecht. Ich brauche niemanden, der auf mich achtgibt.«

Es war blöd gewesen, sich von Lena durch die Gegend führen zu lassen. Er hätte darauf bestehen müssen, dass Fiona ihn unterstützt. Bei ihr wusste er wenigstens, woran er war. Aber er hatte Lena viel zu schnell vertraut und sich damit in die Lage manövriert, aus der er jetzt nur schwer herauskommen konnte. Sie sah ihn als hilfloses Bündel an.

»Ja, das finde ich auch bewundernswert«, meinte Lena dann ratlos und unterbrach damit Felix' Gedankengänge.

»Ich hätte deine Hilfe nie gebraucht, Lena, aber ich wollte dir zeigen, dass ich dir vertraue. Ich bin hier ohne Blindenstock, habe mich nur von dir führen lassen. Das ist keine Schwäche, sondern sollte dir zeigen, dass ich mich bei dir sicher fühle«, stellte Felix klar. »Wenn es dich nervt, dann lasse ich das in Zukunft. Ich dachte, es sei schön, wenn ich …«

»Dich zu führen ist doch kein Problem«, unterbrach Lena. Sie schwieg einen Moment. Dann sagte sie: »Danke, dass du mir vertraust. Ich glaube nicht, dass ich das verdient habe.«

Felix stöhnte laut auf und rieb mit seinen Fingern über seinen verspannten Nacken. Was für eine blöde Situation. Vielleicht wäre es besser, jetzt aufzustehen und zu gehen. War das das Ende ihres kurzen aber intensiven Flirts? Wenigstens konnte er ihr dann zum Abschied noch zeigen, dass er ohne sie zur Hochzeit zurückfinden könnte.

»Das sind nun mal die Bedingungen. Du bist blind, und ich bin zweifach geschieden. Keine Ahnung, was wir damit machen.« Lena seufzte.

Felix atmete tief aus. »Es tut mir leid, dass du immer an die falschen Männer geraten bist.« Er wusste, dass er Lars damit unrecht tat, aber der andere Typ, der, der für die Narbe verantwortlich war … Er hatte alles kaputtgemacht. Er hatte sie kaputtgemacht. Es war nicht Lars' Schuld, dass er es nicht wiedergutmachen konnte, was dieser Typ ihr angetan hatte. Er war wütend.

»Ich habe den falschen Mann geheiratet und danach den richtigen zum falschen Zeitpunkt«, betonte Lena. »Ich weiß nicht, ob ich es nochmal wagen kann.«

Felix stöhnte leise. Wie frustrierend. Er wusste nicht, ob er eine Chance hatte, sie umzustimmen.

»Es ist mir egal, Felix. Ja, du hast recht, ich mag keine Beziehungen. Und eine bedürftige Person ist nicht der richtige Partner für mich. Aber du bist nun mal blind, und wenn ich nicht von dir lassen kann, dann muss ich mit dieser Einschränkung leben. Du hast ja auch keine Wahl gehabt, oder?«, sagte Lena und klang genauso verzweifelt, wie er sich fühlte.

»Was willst du damit sagen?«

»Dass du jede Mühe der Welt wert bist. Du bist so viel Anstrengung wert, wie du sie gar nicht produzieren kannst. Ich habe Angst davor, wieder eine Beziehung einzugehen. Und nein, ich mag es nicht, dass du blind bist. Aber das sind nun mal die Umstände. Entweder so oder gar nicht. Wir haben sonst keine andere Möglichkeit.« Lenas Stimme hörte sich etwas lauter, etwas lebhafter an.

Felix versuchte, das Gehörte zu verstehen. Dafür, dass sie nicht gerne redete, benutzte Lena jetzt komplizierte, lange Sätze, die auf den ersten Blick keinen Sinn ergaben. Eines musste er jedoch noch einmal klarstellen. »Ich bin nicht bedürftig.« Seine Stimme klang selbstbewusst, was ihn freute. Wenn Lena ihn zu Hause angetroffen hätte, wäre sie wahrscheinlich überrascht gewesen, dass Felix einen so sicheren Eindruck machte.

»Du sagtest doch selber irgendwann, dass solch eine Behinderung in dein Leben eingreift und dass dein Partner ebenfalls davon berührt wäre.« Seufzend ergriff Lena seine Hand. »Ich hätte es nicht bedürftig nennen sollen, aber es ist eine Tatsache, die du nicht verleugnen kannst.«

»Ja, vielleicht hast du recht«, gab Felix frustriert zu und schluckte. Es würde nichts nützen, seine Erblindung als etwas hinzustellen, das kaum erwähnenswert war, denn Lena würde Felix nur ansehen müssen, um zu wissen, dass es eben doch Einfluss hatte. Felix war nicht einmal fähig, Lenas Mimik zu interpretieren und war auf ihre Stimme angewiesen. Und das, obwohl es ihr so schwerfiel, mit ihm zu reden. Waren sie überhaupt auf irgendeine Art kompatibel?

»Du bist es wert, Felix. Verstehst du, was ich damit sagen möchte?«, erkundigte Lena sich und streichelte seine Hand. »Auch wenn ich einiges zu lernen habe und es sicherlich nicht einfach wird: Für mich bist du es wert.«

»Das hört sich gut an«, murmelte Felix dumpf.

»Überzeugt dich aber nicht wirklich, oder?« Ihre Stimme klang hell. Vielleicht lächelte sie gerade, aber es könnte genauso gut auch sein, dass sie ihr Gesicht vor Ungeduld verzog.

Noch nie hatte Felix das Sehen der Mimik mehr vermisst als jetzt. Alleine am Klang ihrer Stimme konnte er Lenas Gefühle nicht richtig einschätzen. Er fühlte sich so hilflos.

»Was ist los?«, fragte Lena, und diesmal wusste Felix, was sie fühlte, denn diesmal war es ihr deutlich anzuhören. Es war eine Mischung aus Unsicherheit, Sorge und Befangenheit, so als würde Lena überlegen, ob sie etwas falsch angegangen war. Sie war kurz davor, sich zurückzuziehen. Und das musste er verhindern.

»Du sagst selbst, dass es mühevoll wäre, mit mir zusammen zu sein. Schön, dass ich es wert bin, aber dennoch möchte ich nicht gerne Mühe bereiten«, erklärte Felix leise und räusperte sich schließlich. Er drückte ihre Hand, um ihr zu zeigen, dass es keinen Grund gab, sich zu verschließen. »Ich habe auch gute Seiten an mir, versprochen.«

Nun lachte Lena leise. Es klang jedoch nicht befreit, sondern sehr befangen. Oder war es Überheblichkeit? »Wenn ich das nicht wüsste, würde ich wohl nicht hier sitzen, oder?«

»Ich werde trotzdem nicht gerne als anstrengend bezeichnet«, erwiderte Felix und fühlte sich gekränkt, weil Lena gelacht hatte und er ihr Lachen nicht deuten konnte. Vielleicht könnte er das Lachen besser ertragen, wenn er in Lenas Augen ein vergnügtes Funkeln oder auf den Lippen ein Lächeln sehen würde, aber das konnte er eben nicht.

»Felix. Vielleicht habe ich mich mal wieder falsch ausgedrückt. Ich weiß es doch nicht.« Lena versuchte, ihm ihre Hand zu entziehen, aber das ließ er nicht zu, indem er ihre Finger miteinander verschränke. Sie seufzte leise.

»Gib jetzt nicht auf«, bat Felix ungeschickt. Ein Gefühl von Ohnmacht überkam ihn.

»Du bist blind, ich bin unsensibel, und ich weiß nicht, wie das zusammenpassen soll. Aber wir können es doch nicht einfach beenden, ohne es zumindest versucht haben?« Lenas Bein wippte auf und ab.

Felix legte seine freie Hand darauf und streichelte über den feinen Stoff ihres Kleides. »Ich will es auch versuchen«, murmelte Felix und wünschte sich, das Gespräch würde ihn nicht an eines der verkrampften Gespräche zwischen Sylvia und ihn erinnern, kurz bevor sie gegangen war.

»Vielleicht bin ich ja die Behinderte von uns. Vielleicht wird es nur wegen mir scheitern.« Lena lachte erneut, und dieses Mal war es ganz klar Verbitterung, die er heraushören konnte.

»Nein«, wehrte Felix rasch ab. »Ich weiß nicht, ob du das so sehen kannst.«

»Bist du dir sicher?« Lenas Stimme kletterte die Tonleiter nach oben. »Frag mal meine Eltern. Oder Fiona. Meine Freunde. Frag die ganzen Männer, mit denen ich es in den letzten Jahren versucht habe. Sie werden dir alle erzählen, wie behindernd meine Art sein kann. Sie behindert unglaublich viel, Felix.«

Verblüfft schwieg Felix, aber er strich mit dem Daumen über Lenas Haut. Auf einmal war er es, der Lena Trost vermitteln musste, auch wenn er nicht wirklich wusste, was er sagen sollte. So unsicher war sie im Umgang mit ihm.

Wie musste es sich für Lena anfühlen? Ihr Herz voller Emotionen, ihr Gehirn voller Zweifel und Unsicherheit, aber unfähig, das alles nach außen zu transportieren. Wenn Felix verstehen würde ... Wenn es das war, was Lena fühlte, würde Felix damit umgehen können, dann könnte er Lena dort abholen, wo sie feststeckte.

Vielleicht würde es nicht immer einfach sein.

Aber vielleicht würde es auch nicht immer schwierig sein.

»Eigentlich habe ich es aufgegeben«, flüsterte Lena, »aber ich bin bereit, es noch einmal zu versuchen. Ich ... Weil du es wert bist.«

Sekundenlang war es ruhig zwischen ihnen. Felix' Augen tränten. Weil er nicht wusste, wie er sich ausdrücken sollte, schwieg er. Auch Lena schwieg und wartete geduldig auf eine Antwort. Doch über ihre Hände, die einander drückten und sich festhielten, waren sie immer noch miteinander verbunden.

Als Felix' Herz wieder ruhiger geworden war, räusperte er sich. »Ich glaube, ich verstehe das«, murmelte er schließlich irritiert und war sich nicht sicher, ob er wirklich verstand.

Das schien Lena zu spüren. Frustriert knurrte sie und tippte mit ihrem Finger auf Felix' Handfläche herum. Dann seufzte sie laut. Sie lehnte sich zu Felix. »Ich werde dir eines Tages dafür den Kopf abreißen.« Kurz hielt sie inne, dann fügte sie brummend hinzu: »Wenn du weiterhin so tust, als wärst du auf genau diesen Kopf gefallen.«

Felix lachte. Da ihm gleichzeitig nach Weinen war, verschluckte er sich und hustete. Lena murmelte irgendwas vor sich hin und klopfte ihm leicht auf den Rücken.

»Weißt du«, sagte Felix, nachdem er sich wieder beruhigt hatte, »ich kenne niemanden, der in eine Liebeserklärung eine Beleidigung verpacken kann.« Überwältigt schüttelte er den Kopf und schob seine Brille nach oben, um sich über die Augen zu streichen.

Auch wenn er es nicht gerne zugab, aber für einen Mann weinte er recht viel. Er weinte, wenn er traurig war, und manchmal weinte er, weil er so lachen musste, dass ihm der Bauch wehtat. Selten weinte er vor Glück. Warum er jetzt weinte, wusste er nicht wirklich. Es war wohl eine Kombination aus der Erleichterung darüber, dass er mit Fiona den Wiener Walzer so wunderbar getanzt hatte, und das pure Glück, das durch seine Zellen sickerte, weil Lena hier bei ihm war und ihn geküsst hatte und es mit ihm versuchen wollte. Als er die Brille wieder auf die Nase setzte, begannen ihm einzelne Tränen über die Wangen zu laufen. Verärgert zog er sie ab und wischte sich erneut über die Augen. Seine Tränen waren ihm peinlich. Doch als er seine Hand senkte, übernahm Lena die Brille und drückte Felix dafür ein Taschentuch in die Hand, ohne Felix' Tränen zu kommentieren.

»Für eine Liebeserklärung ohne Beleidigung bin ich leider zu unromantisch«, gab Lena zu.

Erleichtert lachte Felix und tupfte sich die Tränchen aus den Augenwinkeln. Meistens fand er Lena nicht so unromantisch oder unsensibel, wie sie sich selbst immer darstellte.

»Die Frage ist nur, ob du mich aushalten und ertragen kannst«, fügte Lena leise hinzu.

»Ich denke schon«, antwortete Felix und spürte, dass erneut eine Träne über seine Wange lief. Was war nur mit ihm los? Er weinte und lachte zur gleichen Zeit, sein Körper schien einfach ein wenig neben der Spur zu sein. Das ganze Training war extrem anstrengend gewesen, und an dem heutigen Abend war so viel passiert, wie er sonst in einer Woche nicht erlebte.

»Das wird die Zeit zeigen«, betonte Lena. »Viele haben geglaubt, das mit mir schaffen zu können.«

Energisch tastete Felix nach Lenas Hand und drückte sie. »Ich werde es dir beweisen, dass ich deine Anwesenheit ertragen kann. Meistens genieße ich sie sogar.«

»Das sagst du jetzt.« Lenas Stimme klang düster.

»Und morgen sag' ich das auch noch«, betonte Felix und seufzte laut. Endlich liefen keine weiteren Tränen mehr nach. »Ich muss dich nämlich enttäuschen, so schlimm, wie du glaubst zu sein, bist du gar nicht.« Erneut hob er seine Hand, um seine Wange trocken zu wischen.

»Lass«, bat Lena, griff nach Felix' Hand und nahm ihm auch das Taschentuch ab. Ihre Lippen berührten Felix' Wangen, und sie küsste die salzige Flüssigkeit weg. Dann küsste sie sich die Tränenspur entlang nach oben, hielt kurz bei Felix' Augenwinkeln an und setzte ihre Lippen sanft und vorsichtig auf Felix' Stirn, als Felix mit einem Lächeln die Augen schloss. Lena drückte ihre Nase gegen seine Schläfe und atmete tief ein. Auch sie wirkte sehr erschöpft.

Es war schwer, das klopfende Herz zu beruhigen, doch noch viel schlimmer war sein Bauch, in dem sich eine Horde von Schmetterlingen breitgemacht hatte. Sicherlich würde er morgen früh aufwachen und alles für einen Traum halten. Grinsend hob Felix seinen Arm und legte seine Hand um Lenas Nacken, damit sie es ein wenig bequemer hatte.

Eine Weile saßen sie einfach nur da. Schweigend, aneinander gelehnt. Erschöpft, aber zufrieden. Sie atmeten irgendwann synchron.

»Das Museum über das blinde Leben war eine gute Idee«, meinte Lena schließlich und küsste Felix' Ohrläppchen, bevor sie sich aufrichtete. »Allerdings hätte ich gerne ein Date mit dir alleine gehabt.«

Grinsend hob Felix seinen Kopf und versuchte, seinen Blick auf Lena zu richten, was ihm leicht fiel, weil sie ihm nahe war und er sie riechen, hören und neben sich atmen spüren konnte. Eilig tastete er erneut nach Lenas Hand und drückte sie fest.

Erst jetzt fiel ihm auf, dass er keine Ahnung hatte, wo seine Brille war. Er hatte sich immer so für seine leblosen Augen geschämt und es so sehr gehasst, wenn er spürte, wie die Menschen ihn anstarrten. Doch jetzt hatte er seine Brille abgesetzt, ohne groß darüber nachzudenken.

Lena gelang es gut, ihre Verunsicherung zu überspielen. Felix war sich dennoch bewusst, dass es für Lena komisch sein musste, ihn anzusehen, aber es war dunkel, und sie machte den Eindruck, als sei alles normal an ihm. Irgendwann würde Lena sich daran gewöhnen. Sie würde nichts anderes mehr erwarten, wenn sie ihn ohne Brille ansah. Sie würde vergessen, dass Felix' Augen einmal lebendig jeder ihrer Bewegung gefolgt waren, und es normal finden, dass Felix ihren Blick nicht aktiv erwiderte.

»Das sollte kein Date sein, Lena. Das ist ein Dankeschön für dich und Lars von Fiona und mir«, korrigierte Felix leise.

Behutsam malte Lena Kreise auf Felix' Handrücken, und ihr Bein drückte gegen seines. Sie schien genauso verrückt nach Nähe zu sein, wie es auch Felix war. »Wie wäre es mit einem Date zu zweit?«, fragte sie.

»Ist das hier kein Date?«, erwiderte Felix glücklich.

»Das ist eine Hochzeit anderer Leute«, antwortete Lena. »Wie wäre es, wenn ich für dich in unserer ehemaligen Schule koche? Ich würde dir gerne zeigen, was ich abgesehen vom Tanzen noch gut kann.«

Zuerst wollte Felix verwirrt fragen, warum Lena mit ihm in ihre ehemalige Schule gehen wollte, dann fiel ihm wieder ein, dass das ihr Beruf war. Sie kochte in der Kantine für die Schüler. »Darfst du mich dorthin einladen?«, fragte er.

»Ja natürlich. Ich muss danach halt aufräumen. Und es wird vielleicht komisch für dich sein, wieder in der Kantine zu sein«, sagte Lena nachdenklich.

Felix nickte. Sofort sah er sich selber vor seinem inneren Auge. Als Schüler. Er bei seinen Freunden, den Nerds aus dem Computerkurs. Lena mit Fiona und Lars bei deren Clique in der Raucherecke. Nie hätte er damals gedacht, dass er eines Tages mit Lena zusammen essen würde. Als Date. Ohne, dass er etwas sehen konnte. Wie sehr sich sein Leben verändert hatte, seit er als Schüler die Schulbank gedrückt hatte. »Das wird sicherlich seltsam sein. Aber bestimmt auch sehr schön«, meinte er.

»Hört sich also gut an?«, fragte Lena erleichtert.

Zufrieden mit dieser Einladung nickte Felix. »Hört sich sehr gut an. Und wann?«, fügte er hinzu und konnte nicht verhindern, dass sich seine Stimme ein wenig verunsichert anhörte.

»An einem Sonntag. Die Kantine muss leer sein, und ich brauche etwas Vorlaufzeit. Ich kann dir nicht versprechen, dass es gleich am kommenden Sonntag möglich ist, aber ich werde dir eine SMS schicken«, meinte Lena. »Dann sag ich dir auch, wo du auf mich warten sollst. Ich muss erst abklären, über welchen Eingang wir reindürfen. Oder ist es besser, ich hole dich von zu Hause ab?« Nun klang ihre Stimme ein wenig zweifelnd.

»Ich schaffe das bestimmt, Lena«, versicherte Felix ihr. »Wenn du für mich kochen willst, kannst du mich ja schlecht zu Hause abholen. Sieht es dort denn noch so aus wie damals, als wir in die Schule gingen?«

»Es gab einige Umbauten«, gab Lena zu. »Oder wir treffen uns bei der Bank neben der Tischtennisplatte. Kannst du dich daran erinnern? Die an der Mauer. Dann werden wir uns nicht übersehen können. Oder zumindest … Ich werde dich nicht übersehen«, fügte Lena hinzu, und ihre Stimme zitterte leicht.

Es brachte nichts, es zu leugnen: Das Alltagsleben mit ihm war ein wenig anders. Ein klein wenig komplizierter. Etwas unspontaner. Es war egal, wie selbstständig Felix war, er würde immer etwas mehr planen müssen als andere Menschen. Es machte Felix ein bisschen Angst, dass Lena deswegen so aufgeregt war. Doch er wollte fest daran glauben, dass sie es schaffen konnten.

»Gute Idee«, sagte Felix rasch und beugte sich hastig vor. Das Letzte, was er wollte, war, dass Lena jetzt Angst bekam und einen Rückzieher machte, also lenkte er sie ab. Er würde ihr beweisen müssen, dass seine Erblindung nicht zwischen ihnen stehen musste. Und auch nicht Lenas Verunsicherung.

Lena schien zu verstehen, was er vorhatte, und kam ihm entgegen. Felix berührte Lenas Wange, um sich zu orientieren. Endlich trafen sich ihre Lippen. Sie küssten einander. Als sie sich wieder lösten, zog Felix Lena zu sich heran. Sie legte ihren Kopf an seine Schulter, und er vergrub seine Nase in ihr weiches Haar.

»Hast du Lust zu tanzen, Felix?«, fragte Lena plötzlich in die Stille der Nacht. »Vielleicht kannst du mich erneut beim Samba führen. Den magst du doch so.«

»Heute führst du«, entschied Felix. Er griff hastig nach Lenas anderer Hand. »Wo ist …«

»Hier …«, meinte Lena eilig. »Warte …« Sanft schob sie Felix die Brille auf die Nase und legte sorgfältig die Bügel über Felix' Ohren. Sie war wirklich eine Perfektionistin.

»Sitzt«, kommentierte Felix trocken und stand kopfschüttelnd auf, während er vor sich hin grinste.

Eilig folgte Lena ihm und berührte seine Hand. Er umfasste ihre schlanken Finger. Zusammen liefen sie der Musik entgegen.

»Wir haben das Anschneiden der Hochzeitstorte verpasst, Felix«, klärte Lena ihn auf, als sie gemeinsam den Saal betraten.

»Sehr cool. Essen wir …«

»Jetzt wird erst einmal getanzt. Torte muss man sich verdienen, sonst wird man breiter als hoch.« Lena klopfte Felix auf den Bauch, der glücklicherweise immer noch flach war, obwohl Felix nicht mehr so viel Sport trieb wie früher. Auch diesbezüglich war er etwas eingeschränkt. Er vermisste es, dass er früher nur seine Schuhe hatte anziehen und joggen gehen können. Heute war alles mit viel Aufwand und Organisation verbunden.

Unter lachendem Protest ließ sich Felix von Lena auf die Tanzfläche führen und rannte in sie hinein, als sie abrupt stehen blieb.

»Heute ist nicht dein Tag, Felix«, sagte sie leise und zog ihn um sich herum, sodass er vor ihr stand.

»Warum?«, fragte Felix irritiert und runzelte die Stirn.

»Quickstepp«, erläuterte Lena und seufzte. »Ich glaube nicht, dass ich dir das auf Anhieb so schnell beibringen kann wie den Tango.«

»Ist es ein schwerer Tanz?«, erkundigte Felix sich neugierig.

»Nicht unbedingt, aber der Führende ist dabei nicht so dominant wie beim Tango, weswegen es mir schwerer fallen wird, deine Unkenntnis zu kompensieren«, erläuterte Lena und drückte sich enger an Felix. Dass sie auch jetzt den Körperkontakt nicht löste, fand Felix sehr schön. Da Felix blind war, konnten sie das gut als Ausrede benutzen. Obwohl Felix nicht ganz sicher war, ob ihm die Verwandtschaft abnehmen würde, dass er das nur tat, um sich von Lena führen zu lassen. Dafür klebten sie wohl zu eng aneinander. »Der Quickstepp hat sich aus dem Foxtrott entwickelt, ist ihm aber nicht mehr sehr ähnlich. Er ist viel lebendiger und beinhaltet Sprünge und schnell getanzte Posen«, fuhr Lena fort.

»Dann ist das nichts für mich«, murmelte Felix. »Mehr Tänze werde ich in diesem Leben wohl nicht mehr lernen.« Lena schob Felix ein Stück nach hinten. »Hier sollten wir nicht stehen bleiben. Die Leute wollen die ganze Tanzfläche ausnutzen. Möchtest du ein Stück Torte?«, fragte Lena.

»Ich dachte, die muss ich mir erst verdienen?«, fragte Felix und schmunzelte.

Lena lachte. »Wir trainieren sie später ab.«

»Super«, antwortete Felix. »Wir könnten uns irgendwo hinsetzen, wo wir es ein bisschen ruhiger haben.«

»Alles in Ordnung, Felix?«, fragte plötzlich jemand neben Felix. Es war seine Cousine, Felix erkannte sie an der Stimme. Seine Lieblingscousine. Nachdem seine Eltern gestorben waren, hatte er viel Zeit mit ihr verbracht. Aber auch zuvor, als sie noch Kinder gewesen waren, hatten sie viel miteinander gespielt. Er erkannte an ihrer Stimme, dass sie erstaunt war.

»Es ist alles in Ordnung«, bestätigte Felix und biss sich auf die Unterlippe. Bald schon würde er den Leuten erklären müssen, was hier zwischen Lena und ihm passiert war, aber er entschied, dass das nicht heute sein musste. »Ich … ähm … Wir wollen Torte essen.«

»Also kommst du klar?«, fragte sie und berührte Felix' Ellenbogen, bereit, ihn zu seinem Platz zu führen.

»Ich komme klar«, betonte Felix und drückte ihre Finger. »Wirklich«, fügte er hinzu und lächelte.

»Gut«, meinte sie zögerlich, und dann verschwand ihre Hand von seinem Arm.

»Lena?«, fragte Felix und trat einen Schritt vor.

»Hier«, meinte Lena. »Ich habe zwei Teller, ähm … du … ähm …«

Erneut klang sie sehr verunsichert, und wieder schien sie einfach nicht zu wissen, wie sie sich verhalten sollte. Lena pendelte ständig zwischen überzogener Selbstsicherheit und Verunsicherung hin und her.

»Was ist los?«, fragte Felix und streckte die Hand aus, um Lena zu ertasten, konnte sie aber nicht ergreifen. »Ist was mit dem Kuchen?«

»Nein. Aber …«

»Komm schon, lass uns hinsetzen, ja?« Felix entschied, dass sie im Sitzen besser reden konnten. »Ist hier in der Nähe ein Tisch, der in einer ruhigen Ecke steht?«, fragte er und versuchte sich zu konzentrieren. Als Philipp und Tom letzte Vorbereitungen getroffen hatten, war seine Oma mit Felix hier entlanggegangen und hatte ihm gezeigt, wo wer sitzen würde.

Sein Tisch konnte nicht weit entfernt sein, denn Lena war mit dem Kuchen schnell wieder zurück gewesen, was bedeuten musste, dass das Kuchenbüfett ganz in der Nähe war. Und damit auch die Säule, hinter der zwei Tische standen. Genau einen dieser Tische steuerte Felix nun an, indem er sich an den Stühlen entlang tastete.

Dass Lena ihm folgte, hörte er erst, als Lena nahe bei ihm war und verwundert ausstieß: »Du … hast einen Tisch in einer ruhigen Ecke gefunden!«

»Ist er denn frei?«, fragte Felix und musste grinsen, als er die Handfläche auf die Tischplatte legte.

»Ja«, meinte Lena zufrieden und stellte die Teller auf den Tisch. »Hier ist ein Stuhl, Felix, setz dich. Dein Teller. Siehst du?«

»Ja«, antwortete Felix, nachdem er den Rand des Tellers ertastet hatte. Bevor er die Gabel ergriff, schüttelte er irritiert den Kopf. Warum war Lena vorhin so verunsichert gewesen, und warum schien jetzt alles wieder in Ordnung zu sein? Wirklich schlau wurde er aus Lena immer noch nicht, obwohl sie miteinander geredet hatten.

Doch bevor er fragen konnte, meinte Lena: »Ich glaube nicht, dass du damit durch bist, Felix.«

»Wie bitte?«, fragte Felix und ergriff die Gabel.

»Beim Tanzen«, erläuterte Lena geduldig. »Bitte gib dich nicht immer gleich mit allem zufrieden. Du sagtest vorhin, du wirst in diesem Leben keinen Tanz mehr lernen, dabei gibt es noch so viele schöne Figuren, die ich dir beibringen könnte.«

Verwundert hielt Felix inne und schob seine Hand rasch unter den Tisch, um Lenas Bein zu berühren. »Du hattest doch gemeint, es wäre jetzt schon nicht schlecht gewesen.«

»War es auch nicht«, antwortete Lena, »aber ich finde, du solltest weitertanzen. Denk einfach mal darüber nach.«

»Ich bin immer noch blind«, erinnerte Felix sie.

»Ich weiß«, sagte Lena sanft und schob ebenfalls ihre Hand unter den Tisch, um Felix' Hand zu ergreifen. »Aber auch immer noch jemand, der nicht so leicht aufgibt.« Mit einer geschmeidigen Bewegung verflocht Lena ihre Finger mit denen von Felix und strich mit dem Daumen über die empfindliche Haut seiner Handinnenfläche.

Diese Berührung war fast intimer als der Kuss, den sie vorhin draußen geteilt hatten. Oder nein, das war nicht korrekt. Natürlich war der Kuss intimer gewesen, aber diese Berührung versprach mehr.

Langsam nickte Felix. »Denkst du?«, fragte er und spürte, dass sich etwas in seinem Brustkorb löste. Was, wenn er an Lenas Seite endlich die Entspannung finden konnte, nach der er gesucht hatte, seit er blind war, und dadurch Kraft schöpfen konnte, um sich neuen Herausforderungen zu stellen?

»Ja, das denke ich. Riskier doch mal was«, antwortete Lena leise und drückte Felix' Hand.

»Okay.« Felix nickte nachdenklich.

Ohne ihre Hände voneinander zu lösen, begannen sie zu essen.

Streetdance

Gähnend lief Felix den Gang entlang. Er hörte die Dusche und vermutete, dass sein Schwager noch im Bad war. Er selber hatte sich in der Gästetoilette nur schnell die Zähne geputzt. Duschen würde er dann in aller Ruhe, sobald er zu Hause war. So machte er es immer, wenn er bei seiner Schwester über Nacht blieb. Er fühlte sich hier wohl, deswegen trug er auch nur ein ausgeleiertes Shirt und seine Jogginghose, die er hier ließ und die Fiona freundlicherweise hin und wieder für ihn wusch.

»Willst du einen Kaffee? Der Stuhl direkt vor dir ist noch frei.«

»Guten Morgen.« Felix tastete nach der Stuhllehne im Esszimmer seiner Schwester und zog den Stuhl nach hinten. »Ja, Kaffee wäre sehr gut«, antwortete er ihr und wandte seinen Kopf nach rechts, wo er sie der Stimme nach vermutete.

Fiona schenkte ein und schob die Tasse zu ihm. »Milch ist rechts von dir.«

»Duscht Philipp?«, erkundigte Felix sich.

Er war nach der Hochzeit zusammen mit Fiona und ihrem Mann nach Hause gefahren und hatte bei ihnen geschlafen. Nachts fuhren die Busse nicht mehr, und er wollte dem müden Philipp nicht zumuten, ihn noch nach Hause fahren zu müssen. Es wäre wirklich ein Umweg gewesen.

»Ja, er wird gleich kommen.« Das Geraschel von Papier war zu hören, woraus Felix schloss, dass seine Schwester Zeitung gelesen hatte und sie jetzt zusammenfaltete. »Auf dem Tisch sind Brötchen, Käse und Wurst. Oder willst du Müsli?«

»Momentan nichts.« Felix rieb sich den Schlaf aus den Augen. Es war spät geworden. Als die meisten Gäste gegangen waren, hatten er und einige engere Verwandte noch einen Whisky getrunken. Als er dann im Bett lag, ließ er sich über Kopfhörer immer wieder die WhatsApp vorlesen, die er von Lena noch am Abend erhalten hatte. Über Kopfhörer deswegen, weil er nicht wollte, dass Fiona oder Philipp es hörten.

Lena teilte ihm mit, gut zu Hause angekommen zu sein und dass sie sich bald melden würde, um ihm mitzuteilen, wann sie für ihn kochen wollte.

Vor lauter Aufregung war es Felix schwer gefallen einzuschlafen..

Sie hatten sich geküsst. Miteinander getanzt. Und als sie schließlich gegangen war, war ihm der Abschied schwergefallen.

Er wusste, dass Lena ein wenig angetrunken gewesen war, genauso wie er. Was, wenn diese Nähe, diese Vertrautheit, die sie verspürt hatten, nur aufgrund des Alkohols so spürbar gewesen war?

»Ich denke, ich gehe jetzt und frühstücke später zu Hause«, meinte er und trank einen großen Schluck. Vielleicht würde er den Fragen seiner Schwester so aus dem Weg gehen. »Bin von gestern noch total satt.«

»Also, Lena und du?«, fragte sie, noch bevor er aufstehen konnte.

Felix seufzte. Hatte er es doch gewusst. Seine Schwester war ihm gegenüber manchmal etwas bevormundend. Er konnte es ihr jedoch einfach nicht übelnehmen. Nach dem Tod seiner Eltern war sie gezwungen gewesen, alles zusammenzuhalten. Ja, ihre Großeltern hatten sich auch um sie gekümmert, aber Fiona war als die älteste Schwester immer diejenige gewesen, die sich um ihn und Flavia hatte kümmern müssen. Flavia war noch so jung gewesen. Natürlich hatte Fiona sich verantwortlich gefühlt! Und er war durch seine neu erworbene Erblindung hilf- und hoffnungslos gewesen.

Sie hatte sich nie abgewöhnen können, sich um ihn Sorgen zu machen. Und manchmal klammerte sie so sehr, dass er sich eingeengt fühlte. Wie gerade jetzt.

Aber er wollte keinen Streit. Nicht jetzt, einen Tag nach dieser schönen Feier.

»Wirklich?«, fragte Fiona, obwohl er nicht geantwortet hatte. Sie klang besorgt.

Felix fragte sich, ob sie befürchtete, dass eine *neue* Frau ihm das Herz brechen könnte, so wie Sylvia es getan hatte, oder weil Lena *ihm* das Herz brechen könnte, so wie sie es bei Fiona getan hatte. »Was ist zwischen euch vorgefallen?«, fragte er leise.

Fiona atmete hastig ein, so als wäre sie überrascht. Sie hatte wohl nicht mit einer Gegenfrage gerechnet. Kurz war es still. Gerade als Felix das Wort an sich nehmen wollte, sagte sie: »Ich weiß es nicht genau.«

»Du weißt es nicht?« Felix war verwundert und traurig. Wenn eine Freundschaft ganz ohne Grund zerbrach, war das einfach nur sinnlos.

Als Fiona sich vorbeugte und ihre Arme auf den Tisch stützte, war das leise Knacken von Holz zu hören. »Nach der Schule waren wir nicht mehr so viel zusammen. Sie hatte andere Freunde, und ich bin mit meinem damaligen Freund zusammengekommen. Wir haben uns nicht mehr oft getroffen oder regelmäßig angerufen. Und sie hatte dann irgendwann diesen komischen Typen und eine seltsame Entwicklung gemacht.«

»Vielleicht ging es ihr mit dem nicht gut?«, sagte Felix und konnte den leisen Ärger nicht unterdrücken, der sich in seine Stimme einschlich. Er musste an die

Narbe an Lenas Stirn denken und verspürte einen scharfen Schmerz in der Bauchgegend.

»Sie wollte aber unbedingt mit ihm zusammen sein.« Fiona klang ebenfalls verärgert. Vermutlich hatte sie ihm den Ärger angesehen und fühlte sich jetzt angegriffen.

»Vielleicht ist sie da in etwas reingerutscht, aus dem sie nur schwer rauskam?«, meinte Felix und gab sich Mühe, seine Gesichtsmuskeln zu entspannen. Manchmal vergaß er, dass seine Mitmenschen seine Mimik und Gestik sehen und interpretieren konnten und ihm somit einen Schritt voraus waren.

»Ja, das kann sein.« Fiona räusperte sich. »Leider ist dann das mit unseren Eltern passiert. Und ich … Ich hatte einfach keine Kraft mehr, über sie nachzudenken. Ich hörte manchmal durch Lars von ihr. Dass es ihr wohl auch nicht gut ging, aber ich sah nicht ein, den ersten Schritt zu machen. Ich hatte … genug zu tun.« Ihre Stimme klang belegt.

Rasch tastete Felix über den Tisch und berührte sie am Arm. Kurz darauf legte sie ihre Finger auf seine Hand und drückte sie. Einen Moment lang waren sie beide still, in Gedanken versunken, jeder auf seine Art mental in der Erinnerung an ihre Eltern.

»Ich gönne es dir. Wirklich. Aber ich glaube, sie hat selbst einige Probleme, und ich will einfach nicht, dass dir wieder jemand so wehtut.« Fiona war die Erste, die die Stille durchbrach.

Gerade als Felix antworten wollte, ließ ihn ein Geräusch aufschrecken. Die Tür wurde aufgerissen und jemand stürzte sich auf ihn.

»Ihr Zwei. Ich danke euch so sehr. Toll, dass ich euch noch zusammen antreffe!« Flavia umarmte zuerst Felix, dann wandte sie sich an Fiona. An dem Kleidergeraschel erkannte Felix, dass sich seine Schwestern ebenfalls umarmten.

»Du sollst den Schlüssel doch nur verwenden, wenn du während unseres Urlaubs hier Blumen gießt«, meinte Fiona schmunzelnd. Flavia lachte. Klar und hell. Sie war anders als Fiona und er. Ein wenig ausgelassener, ein wenig lebensfroher. Nicht so in sich gekehrt, sondern extrovertiert. Obwohl sie noch so klein gewesen war, war sie diejenige, die mit dem geringsten Schaden aus der ganzen Sache gekommen war. Oder vielleicht gerade, *weil* sie so klein gewesen war.

»Sei nicht so spießig«, meinte sie und lief um den Tisch herum. Sie setzte sich zu Felix' linker Seite auf den Stuhl, wo sonst immer Philipp saß.

»Aber ...«

»Fio, bitte. Ich war mir nicht sicher, ob ihr bereits wach seid. Ich wollte nicht stören.«

»Du störst nie, Maus«, erwiderte Fiona. Sie klang dabei ein wenig wie die Mutter, die Flavia schon lange nicht mehr hatte.

»Ich fand es toll, dass ihr gestern getanzt habt. Das war wirklich einfach nur schön«, sagte Flavia und wurde sofort ernst. »Ich bewundere euch sehr dafür. Euch beide.«

»Na ja.« Felix winkte ab. Er trank seine Tasse aus und zog sein Smartphone aus der Hosentasche. Doch er überwand den Drang, den Messenger zu öffnen. Zu gerne hätte er gewusst, ob Lena geschrieben hatte, doch leider konnte er als Blinder nicht einfach unauffällig auf das Display schauen. Er würde sich gedulden müssen.

»Ich meine es ernst. Ich habe eine Zeit lang Streetdance gelernt. Oder versucht zu lernen. Ich habe wirklich Hochachtung davor«, sagte Flavia.

»Du hast Streetdance gemacht?«, fragte Felix erstaunt.

»Na ja. Ich habe es versucht. Nur ein paar Wochen lang.« Flavia kicherte. »Hast du für mich auch einen Kaffee, Schwesterchen?«

»Du weißt ja, wo die Tassen stehen«, antwortete Fiona.

»Felix kriegt es natürlich wieder hinterhergetragen, und ich muss selbst laufen. Ein Tag nach meiner Hochzeit«, brummte Flavia. Ihr Stuhl kratzte auf dem Boden, als sie aufstand.

»Sehr richtig, deine Hochzeit war *gestern*, Süße. Heute wirst du nicht mehr gefeiert!«, rief Fiona ihr hinterher.

»Und ich bin blind«, betonte Felix lachend.

»Ihr seid echt blöd.« Flavia setzte sich wieder und schenkte sich ein. »Ich meinte das ernst. Ich war wirklich sehr gerührt.«

Felix wartete ab, bis seine ältere Schwester aufstand, dann tippte er das Display an und strich mit dem Finger darüber, damit das System ihm erklärte, welchen Button er gerade berührte. So öffnete er WhatsApp und erfuhr beim Öffnen des Programms, dass er eine neue Nachricht erhalten hatte. Sein Herz klopfte. Sie war von Lena, wie das System kurz darauf verlauten ließ.

»Ich glaube, er ist verliebt«, meinte Fiona.

»Oha«, sagte Flavia. »Ich habe euch beide turteln gesehen.«

»Wir haben nicht geturtelt«, brummte Felix und überlegte, ob er es wagen sollte, sich die Nachricht in Anwesenheit seiner Schwestern vorlesen zu lassen. Er zog das Smartphone dichter zu sich heran. Dann seufzte er und deaktivierte den Bildschirm. Die beiden mussten ja nicht alles wissen. Und er konnte sich später darauf freuen. Er hoffte nur inständig, dass es kein Korb oder so was war.

»Bist du dir sicher?«, fragte Fiona vorsichtig.

Felix hob die Schultern.

»Lass ihn doch. Sie wirkte auf mich sehr nett«, betonte Flavia.

»Ja, aber. Lena ... Sie kann manchmal ... Sie ist nicht immer fürsorglich«, betonte Fiona.

»So überbehütend wie du, meinst du?«, fragte Flavia heiter.

»Sehr witzig«, knurrte Fiona.

»Vielleicht brauche ich keine fürsorgliche Freundin, weil ich eine sehr fürsorgliche Schwester habe?«, fragte Felix leise.

»Pass auf dich auf«, bat Fiona.

»Immer«, meinte Felix.

»Und immer schön verhüten«, ergänzte Flavia streng.

»Via!«, rief Fiona entsetzt.

Felix grinste. »In Ordnung«, sagte er und schob die Tasse von sich weg, um Platz zu machen. »Ich denke, ich esse jetzt doch etwas.«

»Ich wette, er muss sich den Teller auch nicht selbst holen. Ganz im Gegensatz zu mir«, prophezeite Flavia lachend.

»Nein, ich kann schon gehen«, meinte Felix schnell.

»Nein.« Fiona legte ihm die Hand auf den Arm. »Ihr Zwei bleibt sitzen. Ich decke den Tisch und hole Philipp. Und dann frühstücken wir zusammen.«

»Und in der Zwischenzeit erzählst du mir von deinem Versuch, Streetdance zu lernen«, bat Felix und drückte seinen Rücken gegen die Lehne.

Er wäre gerne den Teller holen gegangen. Er war einfach zu neugierig darauf, was Lena ihm geschrieben hatte. Sobald es nicht zu auffällig war, würde er auf die Toilette verschwinden.

Slowfox

Bereits einen Tag nach der Hochzeit fragte Lena ihn per WhatsApp, ob sie sich nächsten Sonntag treffen könnten. Der Text klang neutral und war merkwürdig distanziert.

Felix redete mit seinen Freunden darüber. Sie waren der Meinung, dass er sich nach der Trennung von Sylvia lang genug verkrochen hatte und freuten sich für ihn. Auch mit seinen Schwestern redete er. Fiona war weiterhin sehr skeptisch und fragte ihn bei jedem Telefonat, ob er sich denn sicher sei. Flavia jedoch sprach ihm Mut zu und meinte, dass er nichts verlieren könnte. Selbst wenn es nicht klappte, hätte er wenigstens mal wieder ein Abenteuer erlebt. Doch Flavia war so unbedarft und verstand vielleicht nicht, was es für ihn bedeutet hatte, Sylvia zu verlieren, während sowieso schon Verluste zu verkraften gewesen waren.

Natürlich war er sich nicht sicher. Doch bei Sylvia *war* er sich sicher gewesen, trotzdem war es in die Brüche gegangen. Vielleicht war das ja ein Zeichen dafür, dass er auch mal etwas riskieren sollte? Am Samstagabend traf er sich mit einem Freund auf ein Bier und dieser machte ihm Mut. Zwar linderte das seine Nervosität überhaupt nicht, doch er fand, dass Flavia und seine Kumpel recht hatten: Selbst wenn nichts draus werden würde, so wäre er wenigstens mal wieder aus seiner Höhle gekommen.

Sonntags ging er häufig zu Fiona oder seinen Großeltern, doch an diesem Tag wollte er seine ältere Schwester lieber meiden. Sie hätte ihn sonst nur verrückt gemacht. Also entschied er, ein wenig Haushalt zu machen. Er saugte, putzte das Bad und bezog sein Bett neu, während er einen Podcast hörte. Er verzichtete auf ein Mittagessen und ließ das Telefon sowohl bei Flavia als auch bei Fiona klingeln.

Den Nachmittag verbrachte er fast nur an seinem Smartphone. Er hatte ein Spiel gefunden, das er spielen konnte, da man nur anhand von Geräuschen geleitet wurde. Es war eigentlich eher ein interaktives Hörbuch, aber es erinnerte ihn an die Zeit, in der er als Schüler stundenlang und manchmal sogar ganze Nächte hindurch am Computer gesessen und gezockt hatte. Auch wenn das Spiel ihn ablenkte, war er froh, als er sich endlich fertig machen konnte. Er fuhr mit dem Bus, anschließend lief er den kurzen Fußweg zur Schule, den er auch als Schüler täglich gegangen war. Er kannte sich aus, weil hier in der Straße auch seine Bank war. Mit dem Blindenstock konnte eigentlich nichts schief gehen, und auch die Ampeln waren behindertengerecht, trotzdem fühlte er sich verloren.

Mit Sicherheit hing das damit zusammen, weil seine Nerven blank lagen. Die Geräusche der Autos auf der Straße waren laut und er rempelte einen Mann an, der auch noch aggressiv reagierte, obwohl er sich eilig entschuldigte. In der Nacht hatte er schlecht geschlafen, sich stundenlang in seinem Bett hin und her geworfen und gefragt, ob sie jetzt wirklich ein Paar waren. Was, wenn Lena, angeheitert durch den Alkohol, Dinge getan hatte, die sie eigentlich gar nicht hatte tun wollen? Was, wenn Felix sich diese Funken zwischen ihnen nur eingebildet hatte, weil er durch die Aufregung und den Tanz mit Fiona so aufgewühlt gewesen war?

Zwar hatte er sich mit der Hausarbeit und seinem Smartphone ganz gut ablenken können, aber jetzt kam er wieder ins Grübeln, und er war genauso nervös, wie er es in der Nacht gewesen war.

Kurz spielte er sogar mit dem Gedanken, dass Lena ihn vergessen und gar nicht abholen könnte. Die wenigen Minuten, die er an ihrem Treffpunkt an den Tischtennisplatten wartete, wurden zur Qual.

Doch es stellte sich heraus, dass zumindest diese Sorge umsonst gewesen war. Wie Lena bei der Hochzeit versprochen hatte, kam sie pünktlich und sprach ihn an, sobald sie ihn Hörweite war. Zwar küsste sie Felix nicht, aber sie umarmte ihn, lachte und meinte, sie sei froh, dass er gekommen wäre.

Das Kribbeln in Felix' Bauch und sein heftiges Herzklopfen zeigten ihm deutlich, dass er verliebt war – und das sehr heftig. Er war verliebt. In Lena.

Doch was war mit ihr? War sie auch jetzt – nüchtern – immer noch genauso verrückt nach ihm?

Felix war sich nicht ganz sicher, wie er sich verhalten sollte. Seine Verunsicherung stieg ins Unerträgliche. Vielleicht hatten seine Kumpels recht: Dadurch, dass er so lange alleine geblieben war, hatte er alles verlernt. Erwartete Lena nun etwas von ihm? Glaubte sie, er müsste als Mann auch in diesen Dingen *führen*?

Während er ihr in die Schule folgte, versuchte er die Gedanken abzustreifen, doch es gelang ihm nur bedingt. Sie hatte ihm weder ihren Ellenbogen noch ihre Hand angeboten. War das ein Zeichen dafür, dass sie ihm keine falschen Signale aussenden wollte? Oder interpretierte er nur etwas hinein?

»So«, sagte Lena schließlich und blieb stehen. »Wir sind in unserer alten Schulkantine.«

Dass sie in einem großen Raum waren, bemerkte Felix sofort, denn ihre Stimme hallte ein wenig. Es roch nach einer Mischung aus Essen und Putzmittel. Felix konzentrierte sich und stellte sich den Raum vor, so wie er ihn als Jugendlichen gesehen hatte, nur mit Lena und ihm als Erwachsene darin.

»Und? Hat sich erschreckend wenig geändert, oder?«

»Ähm.« Langsam streckte Felix die Hand aus und berührte Holz. Als er sich entlangtastete, bemerkte er, dass es die Lehne eines Stuhls sein musste, trotzdem konnte er sich kein Bild von den Veränderungen der Schulkantine machen. »Wie sieht es hier denn aus?«

Nun standen sie da, in der Schulkantine. An einem Ort, wo sie sich nicht viel zu sagen gehabt hatten, weil sie sich damals nicht leiden konnten.

Erneut war Felix unschlüssig, was er tun sollte. Die Nervosität wurde von Minute zu Minute stärker, und mit ihr wuchs die Unsicherheit. Als Lena ihm das Aussehen der Kantine beschrieb, hörte Felix gar nicht richtig zu, weil er so mit sich und seinen Gedanken beschäftigt war. Was erwartete sie jetzt von ihm? Konnte er sie küssen? Oder war es angebracht zu warten, ob sie ihn küsste?

Er spürte einen großen Drang danach, sich vorzubeugen und den Kuss von der Hochzeit zu wiederholen. Dennoch hielt ihn irgendwas davon ab. Ob es seine eigene Unsicherheit war oder etwas, das Lena ausstrahlte, was er unbewusst spüren konnte, wusste er nicht.

»Ich führe dich an den Tisch, ja?« Lenas Stimme war weich und verriet Felix, dass sie nicht ganz so nervös wie Felix war. Doch sie hatte auch einen Heimvorteil, denn sie arbeitete hier tagtäglich, während es für Felix ungewohnt und aufregend war, an seine alte Schule zurückzukommen. Außerdem hatte er seit seiner Trennung von Sylvia kein Date mehr mit einer Frau gehabt, während Lena zugegeben hatte, dass sie sehr viele Verabredungen gehabt hatte.

Sobald Felix saß, fühlte er sich noch aufgeregter. Sein Handy meldete den Eingang einer Nachricht. »Sorry, ich mach es lautlos.« Felix zog das Smartphone aus der Hosentasche, stellte es auf lautlos und steckte es mit zitternden Fingern wieder zurück.

»Faszinierend, wie du damit umgehst«, meinte Lena und klang ehrlich beeindruckt. Sie hantierte mit Geschirr, zumindest klang das Geklapper danach.

187

»Ach, naja.« Felix hob die Schultern und legte den Blindenstock langsam auf den Boden direkt neben dem Tisch, damit keiner darüber fallen konnte. »Es ist ein Segen für erblindete Menschen.«

»Ja, das glaube ich.« Lena räusperte sich. Sie wirkte von einer Sekunde zur nächsten verunsichert – so wie fast immer, wenn sie über seine Behinderung sprachen.

Felix biss sich auf die Lippen. »Also, ähm. Gibt es hier immer noch diese hässlichen eierschalenfarbenen Wände?«

»Das habe ich dir doch eben erzählt. Sie haben es jetzt mintgrün gestrichen. Sieht gut aus.« Nun klang Lena verwundert und hielt mit dem inne, was sie gerade machte. »Du hast mir nicht zugehört, oder?« Während sie das fragte, wandelte sich ihre Stimme und war nun höher und lauter. Immer wenn Lena sich vergnügt oder amüsiert anhörte, musste Felix schmunzeln, weil es eine der besten Stimmlagen war, die Lena an sich hatte.

»Ich war nervös und habe mich nicht konzentrieren können«, antwortete Felix wahrheitsgemäß. Was hätte es ihm auch gebracht, zu lügen? Jede Lüge wäre peinlicher als die Wahrheit.

»Du bist nervös?«, fragte Lena ungläubig. »Eigentlich habe *ich* Grund nervös zu sein.« Das Klappern, das zuvor von Felix' rechter Seite zu hören gewesen war, erklang erneut.

»Wieso solltest du nervös sein?«, erkundigte Felix sich verwundert und spürte mit einem Mal, dass sich seine Nervosität ein wenig verflüchtigte .

»Achtung.« Lena beugte sich vor, was Felix dadurch bemerkte, weil ihr typischer Geruch in seine Nase stieg. Er spürte ihre Finger auf seiner Hand. Sie schob sie zur Seite, und sein Finger berührte glattes Material. »Hier steht ein Weinglas.«

»Okay.« Felix ertastete den Umfang des Glases und hob es vorsichtig an. Sofort schwankte es. Es war also gut gefüllt. »Rot oder weiß?«

»Rosé. Mein Lieblingswein.«

»Danke.« Um abzuschätzen, wo genau das Glas stand, strich er mit der Hand bis zum Rand des Tischs. Er schob es etwas zur Seite, damit er es nicht aus Versehen umstoßen konnte. »Warum bist du nervös?«, fragte er und hob den Kopf.

Ein Stuhl wurde verschoben, bevor Lena antwortete. »Also … Felix …« Lena brach ab und seufzte.

Nun saß sie direkt vor Felix, denn von dort kam die Stimme. Als Felix sich etwas vorlehnte, konnte er sich leicht an ihrem Geruch orientieren. Seit er blind war, hatte er sich angewöhnt, seinen Kopf ein wenig zu neigen und sein Ohr nach der Stimme des Gegenübers zu richten, doch nun gab er sich Mühe und schaute bewusst in die Richtung, in der er Lena vermutete. Ihm war klar, dass es für Menschen, die sehen konnten, ein wenig seltsam war, wenn sie mit jemandem sprachen, der den Kopf zur Seite gedreht hatte. Komischerweise schienen sie dann zu glauben, er wäre nicht konzentriert und würde ihnen nicht aufmerksam zuhören, obwohl es genau das Gegenteil war.

»Was ist denn los?« Beunruhigt schob Felix seine Hand nach vorne und bemerkte, dass Lena auch für sich ein Glas Wein hingestellt hatte. Er schob es zur Seite, um Platz zu schaffen, und legte seine Hand auf die Mitte des Tischs. Er hatte keine Ahnung, wo Lenas Hände waren, aber er hoffte, dass Lena die Einladung verstand und nach seiner Hand griff. Er wollte sie berühren. Ihr nahe sein. Sich vergewissern, dass sie für ihn genauso empfand wie er für sie.

»Mir fällt das unglaublich schwer«, sagte Lena leise.

»Was denn?«, fragte Felix und runzelte die Stirn. »Das Reden? Du willst mir was sagen, nicht wahr?« Sein Magen zog sich zusammen. Dem Drang, seine Hand zurückzuziehen, widerstand er zwar, aber sie zuckte zusammen.

»Ich … Felix …« Wieder hielt Lena inne.

»Lena, sag mir, was los ist«, bat Felix und überlegte kurz, wie er Lena dazu bringen konnte zu reden. Wie konnte er diese Sperre in ihr ein wenig auflösen? Er hielt diese Spannung nicht mehr aus. »Versuch einfach die Worte rauszulassen, was du denkst. Selbst wenn es im ersten Moment keinen Sinn ergibt, ich werde mit Sicherheit wissen, was du meinst.«

»Ich bin in dich verliebt«, gab Lena leise zu.

»Ich auch«, erwiderte Felix mit Herzklopfen, und er spürte, dass sich alles in ihm entspannte. Die Sache mit Lena war immer noch aufregend und ungewohnt für ihn, aber solange er sich genau dann wohlfühlte, wenn er bei Lena war, war es einfach eine gute Entscheidung, mit ihr zusammen zu sein. Alles andere war egal. Und er hoffte, dass sie diese Art von Leichtigkeit auch empfinden konnte. Allerdings vermutete er eher das Gegenteil. Sie hörte sich angespannt an. Er schnappte ein regelmäßiges Klackern auf, was in ihm den Verdacht aufkommen ließ, dass sie mit dem Fuß immer wieder gegen ihren Stuhl stieß.

»Das Problem ist nur …« Lena räusperte sich.

»Sag es mir einfach, Lena. Ich bin mir sicher, wir finden eine Lösung«, erwiderte Felix schnell. Er wusste, er würde ihr alles versprechen, denn er war längst über den Punkt hinaus, es ertragen zu können, sie zu verlieren.

»Ich weiß nicht, ob ich das hinbekomme … Ob ich es schaffe, Felix … Dass du blind bist. Tut mir leid. Ich meine … nein, Felix, ich … Ich will es wirklich versuchen … aber ich habe Angst.« Lenas Stimme klang hastig, und die Sätze, die sie sagte, wirkten wie einstudiert, als hätte Lena sich in den letzten Tagen viele Gedanken darum gemacht.

Sein erster Instinkt war, sich zurückzuziehen, vielleicht sogar aufzustehen und abzuhauen, aber er konnte den Drang unterdrücken. Okay, die Behinderung stand zwischen ihnen. Genauso wie es damals mit Sylvia gewesen war. Aber er wollte nicht schon wieder eine Frau aus diesem Grund verlieren.

Sylvia hatte ihm nie gesagt, dass seine Behinderung für sie ein Problem war, trotzdem war sie bei der kleinsten Schwierigkeit abgehauen. Wenigstens redete Lena mit ihm darüber. Vielleicht konnte er ihr irgendwie die Angst nehmen.

»Tut mir leid, dass ich so ehrlich bin«, fügte sie leise hinzu, und dann legte sie endlich ihre Hand auf Felix' und strich mit dem Daumen über seinen Handrücken.

Es war wie nach Hause kommen, und alles kam innerhalb von einer Sekunde zur Ruhe. Das Rauschen in Felix' Ohr stellte sich ein, und sogar sein Herzschlag verlangsamte sich endlich. Er streichelte ihre zarte Haut und fuhr mit dem Daumen über ihre schlanken Finger. Am Handgelenk ertastete er eine Armbanduhr. Ihre Handflächen waren kühl.

»Ich dachte nur, du solltest es wissen. Ich meine, dass es mir wirklich nicht so leichtfällt.« Lena klang nun wesentlich entspannter. Lag es daran, dass sie einander berührten? Beruhigte es sie genauso wie ihn?

»Nein.« Felix schüttelte energisch den Kopf. »Das muss dir nicht leidtun, Lena. Danke für deine Ehrlichkeit. Ich denke, damit können wir arbeiten.«

»Ja?« Lena atmete tief ein.

»Hör zu, du … Du kommst damit besser klar, als dir bewusst ist. Du hast ja keine Ahnung, was ich schon alles erlebt habe. Menschen, die mir ständig helfen wollen, zum Beispiel. Die richtig aufdringlich werden.«

»Na ja.« Lena lachte auf, aber das Lachen klang nicht sehr glücklich. »Ich habe versucht, mir einzureden, dass das Blindsein gar nicht so schlimm ist, als ich angefangen habe, zu realisieren, dass ich mich in dich verliebt habe.«

»Ehrlich gesagt, Lena, ist es auch wirklich nicht ganz so schlimm«, meinte Felix beruhigend und drückte Lenas Hand. »Es schränkt ein, aber es ist nichts, womit man nicht umgehen könnte. Ich musste lernen, damit zu leben. Und inzwischen lebe ich gut damit.«

»Du hast gemeint, es hat Einfluss auf die Menschen in deiner Umgebung und auch auf deine Partnerin. Ich will diese Partnerin sein, habe aber keine Ahnung, wie ich mich verhalten soll«, flüsterte Lena.

»Du machst das doch ganz gut, Lena.« Nachdenklich kaute Felix auf seiner Lippe herum. »Ich meine, kannst du mir vielleicht genauer erklären, was dein Problem ist? Vielleicht kannst du es konkretisieren?«

»Wenn ich dich führe und du fällst mir fast die Stufe runter, dann kommt Sarah daher und wirft mir an den Kopf, dass ich dich nicht richtig führe, dass ich aufpassen muss und ich die Stufe doch hätte sehen müssen. Und Lars hat zu mir gesagt, dass ich aufhören muss, dich so anzumeckern, und er hat mich darauf hingewiesen, dass du ja ein Lächeln gar nicht sehen kannst und ich deswegen mit meinen Worten ausdrücken muss, dass du gut getanzt hast.« Hastig atmete Lena ein. »Also muss ich eben Rücksicht auf dich nehmen, aber wenn ich das dann mache, dann ist es auch wieder nicht richtig, denn Fiona hat gemeint, dass es total blöd von mir gewesen war, dich zu fragen, ob es okay ist, wenn Lars und ich Paso Doble tanzen. Sie hat erwähnt, dass du es hasst, wenn man dich verhätschelt, nur weil du blind bist. Was ist denn jetzt richtig?« Gegen Ende war Lenas Stimme laut geworden und klang empört. »Muss ich Rücksicht nehmen oder doch nicht? Darf ich das gar nicht oder eher doch?«

»Lass die anderen einfach reden«, bat Felix und merkte, dass er sich sehr wütend anhörte. Er hoffte, dass Lena das nicht auf sich bezog. Er war sauer auf die, die ihn bevormundeten, indem sie glaubten, sie müssten Lena in seinem Namen kritisieren. Wenn ihm etwas nicht gefiel, konnte er das selber ansprechen. »Sei einfach du selbst.«

»Ich bin wirklich überfordert, Felix.« Lena klang bestimmt. »Ich will dir helfen, wenn es notwendig ist, will dir aber auch nicht auf die Nerven gehen. Ich will rücksichtsvoll sein, dich aber gleichzeitig nicht anders behandeln als andere Menschen.«

»Es kommt einfach auf die Situation an«, murmelte Felix und rieb sich mit der freien Hand über die Haare, dann seufzte er.

»Wenn ich dich machen lasse, bin ich rücksichtslos und nicht geeignet, einen blinden Freund zu haben, wenn ich dir aber ständig Hilfe anbiete, entmündige ich dich. Wo genau ist der Mittelweg? Das kann doch nicht sein, dass du jetzt nichts mehr alleine tun kannst. Du kamst ohne mich auch gut klar. Diese Selbstständigkeit möchte ich dir nicht nehmen.« Immer noch klang Lenas Stimme aufgeregt und fassungslos. »Ich meine, schau dir nur das Glas an. Ich habe mir echt Gedanken darüber gemacht, ob ich dich jetzt darauf hinweisen soll, dass ich da ein Glas hingestellt habe oder nicht.«

»Mmh.« Nachdenklich verflocht Felix ihre Finger miteinander und versuchte, seine Gedanken zu ordnen.

»Selbst du glaubst nicht, dass ich sehr geeignet bin, deine Freundin zu sein«, murmelte Lena.

»Lena, hör auf mit dem Quatsch. Ich brauche keine besonders gut geeignete Freundin für diese Situation. Du bist für mich gut geeignet. Egal, ob ich sehen kann oder nicht. Und das zu bestimmen haben nur ich und du. Lass die anderen reden.« Felix drückte Lenas Hand. »Du machst vieles instinktiv richtig. Wie zum Beispiel das mit dem Wein. Da ich mich auf deine Stimme konzentriert habe, hätte ich nicht gehört, dass du das Glas vor mich hingestellt hast. Aber selbst wenn du nichts gesagt hättest, dann hätte ich es halt umgeworfen. Es ist nur ein Glas.«

»Sag mir einfach, wo die Grenze verläuft zwischen Rücksichtslosigkeit und Bevormundung.«

»Das kann ich nicht so einfach pauschalisieren, Lena«, antwortete Felix leise. »Das ist von Situation zu Situation unterschiedlich. Es ist ein großer Unterschied, ob ich über eine dicht befahrene Straße ohne Ampel muss, oder ob ich bei mir zu Hause bin.«

»Mich verwirrt das einfach. Mal sagt Lars, dass ich mehr auf dich achten muss, dann sagt Fiona wieder, dass ich das übertreibe. Bei der Hochzeit hat mich deine Cousine die ganze Zeit angeschaut. Sie war sehr skeptisch, glaube ich. Mir liegt das einfach nicht im Blut.« Lena seufzte auf, und das hörte sich so resigniert an, dass es Felix' Hals zuschnürte.

»Meine Cousine ist skeptisch, weil sie weiß, dass Fiona und du nicht mehr so innig seid wie früher. Sie hat einfach Angst, dass das zu einem Problem führen könnte«, meinte Felix und seufzte leise. Seine Verwandtschaft gab ihm sehr viel Halt. Ihm und seinen zwei Schwestern. Aber manchmal übertrieben sie es.

»Ich glaube nicht, dass es darum ging«, behauptete Lena. »Sie fand, dass ich mich nicht richtig gekümmert habe. Als du knapp an der Torte vorbeigegriffen hast, hat sie die Augenbrauen hochgezogen und mich mit ihrem Blick getadelt.«

»Ich habe in die Torte gegriffen?«, fragte Felix verwundert.

»Fast«, antwortete Lena leise.

Wieder fragte Felix sich, wie Lena jetzt wohl schaute. Ernst? Überfordert? Verärgert? Wenn sie so leise redete, konnte Felix ihre Gefühlslage schlecht einschätzen.

»Und«, fügte Lena dann lauter hinzu, und diesmal klang es ganz eindeutig frustriert, »sogar dein Patenkind hat mich kritisiert und mir gesagt, dass ich dich gar nicht führen muss, wenn du deinen Blindenstock hast. Sie fand es nicht gut, dass ich dich an der Hand halte.«

Felix hätte das Lachen gerne zurückgehalten, aber es gelang ihm nicht. »Sie ist noch so jung. Sie versteht das einfach nicht. Sie denkt, nur Eltern halten ihre Kinder an den Händen.«

»Schön, dass du lachst«, knurrte Lena und wollte ihre Hand wegziehen, »aber du hast nicht gesehen, wie kritisierend deine Großeltern mich bei der Hochzeit angeschaut haben.«

»Lena«, sagte Felix rasch und verfestigte den Griff um Lenas Finger. »Bilde dir das bitte nicht ein. Du weißt, dass meine Familie einen fürchterlichen Verlust erlitten hat und deswegen vielleicht etwas enger verbunden ist als andere Familien.«

»Ich weiß.« Lena seufzte.

»Das wird sich mit der Zeit schon einpendeln. Wir werden beide voneinander lernen und testen das einfach mal aus«, warf Felix ein. »Hör nicht auf die anderen. Hör einfach nur auf mich. Ich habe einen Mund, ich werde dir sagen, wenn ich mal nicht klarkomme und einen Gefallen von dir brauche.«

»Wirklich?«, fragte Lena hoffnungsvoll.

»Natürlich«, brummte Felix und zog die Augenbrauen hoch. Das hätte er viel früher sagen sollen. »Die anderen haben keine Ahnung, wie es mir geht oder bei was ich Unterstützung brauche. Das kann ich am besten entscheiden, Lena.«

»Fiona wirkt immer so kompetent, und ich glaube, sie macht sich Sorgen«, widersprach Lena.

Felix seufzte. »Überleg mal, in welcher Situation Fiona ist. Sie ist unsere ältere Schwester und hat sich um mich und Flavia gekümmert, als unsere Eltern gestorben sind. Ich war blind und total hilflos. Auch wenn ich ihr immer wieder zeige, dass ich jetzt mein eigenes Leben habe, verfällt sie noch in alte Muster. Ich habe dir doch erzählt, wie das mit Sylvia und mir war. Ich war am Boden zerstört. Und sie hat einfach Angst, dass sich das wiederholt.«

»Okay«, meinte Lena mit nachdenklicher Stimme.

»Ich sage dir einfach, wenn ich Hilfe brauche. Ansonsten komme ich schon klar, Lena. In Ordnung?«, fügte Felix hinzu.

»Das hört sich nach einem guten Plan an. Mir gefällt es, dass du die Verantwortung übernimmst, und ich nicht mehr alleine entscheiden muss.« Erleichtert lachte jetzt auch Lena.

Erfreut beugte Felix sich etwas weiter über den Tisch, weil das Lachen von Lena so schön war, dass er ihr einfach nahe sein wollte. Der Tisch störte. Er wünschte, sie würden woanders sitzen.

Doch dann wurde Lena wieder ernst. »Und was ist, wenn ich mal einen Fehler mache?«

Amüsiert schüttelte Felix den Kopf. »Was ist das denn für eine Frage, Lena? Du darfst Fehler machen. Du wirst dich an meine Erblindung genauso gewöhnen, wie ich es getan habe, und irgendwann wird es für dich ein normaler Zustand sein und nicht mehr so aufregend.«

»Und wenn ich dir bei etwas helfe, das du eigentlich selbst machen kannst?«, hakte Lena angespannt nach.

Felix lachte. »Dann werde ich dir ordentlich die Ohren langziehen, was denkst du denn?« Etwas ernster fügte er hinzu: »Ich werde nicht ungehalten reagieren, Lena. Nicht beim ersten Mal und auch nicht beim zweiten Mal. Selbst beim dritten Mal noch nicht. Danach aber schon, denn ich muss und will meine Selbstständigkeit bewahren.«

»Okay.« Lena zog Felix Hand zu sich und drückte einen Kuss auf die Handfläche, was in Felix wieder das Kribbeln im Bauch verstärkte. »Es ist nur so … Ich bin so verunsichert, weil scheinbar alle um mich herum das besser machen. Aber wenigstens habe ich daran gedacht, keine Kerzen auf den Tisch zu stellen.«

»Oh.« Betroffen lehnte Felix sich zurück. »Das ist schade. Eigentlich hatte ich mit Kerzen gerechnet, denn das hätte zu der romantischen Stimmung gepasst, die ich empfinde.«

»Ja, aber du kannst sie doch eh nicht sehen«, erwiderte Lena.

»Aber *du* kannst sie sehen, Lena«, betonte Felix. »Und alles, was du siehst, beeinflusst dich und dein Verhalten, was ich dann wiederum auch wahrnehmen kann. Außerdem mag ich die Wärme, die von der Flamme ausgeht, und ich mag das leise Knacken des Dochtes.«

»Wirklich?«, fragte Lena erstaunt. »Ich hatte nicht damit gerechnet, dass du Kerzen magst.«

»Doch«, gab Felix zu. »Ich mag Kerzen sehr gerne, aber ich habe Angst, sie anzuzünden, wenn ich alleine zu Hause bin. Am Ende veranstalte ich ein Lagerfeuer.« Felix lachte. »Was ich damit sagen möchte, ist, dass Kerzen etwas sind, was ich lieber mit dir erleben möchte als alleine.«

»Das nächste Mal, okay?« Lena hielt inne und fügte angespannt hinzu: »Ich fühle mich überfordert, weil ich scheinbar die Einzige bin, der das schwer fällt.«

»Das ist aber ein falscher Eindruck, Lena«, betonte Felix. Er biss sich auf die Lippen. Es schien, als würden sie immer wieder über dasselbe Thema endlos diskutieren. »Die anderen sind es einfach inzwischen gewöhnt, weil sie viele Jahre Vorsprung haben. Du hast ja keine Ahnung, wie das am Anfang war. Mein Opa hat sich total schwer getan damit, und Fiona hat ständig geweint, wenn sie mich gesehen hat, was für mich auch schwer zu ertragen war.«

Wieder küsste Lena Felix' Hand und legte sie dann auf die Tischdecke zurück. »Darf ich dich ... noch etwas fragen?«

»Du darfst mich alles fragen, Lena. Alles«, betonte Felix.

»Wie funktioniert das mit dem Essen?«

»Du bist die Köchin, verrate du es mir.« Felix drehte seinen Kopf, weil Lena aufgestanden war und an ihm vorbeilief.

»Ich meine ...«, sagte Lena hinter ihm und erneut erklang Geklapper. »Schaffst du es?«

»Kommt wohl auf die Menge an«, antwortete Felix und lachte leise, dann streckte er die Hand aus, um Lena zu ertasten. Schräg hinter ihm stand wohl ein weiterer Tisch, auf dem Lena Geschirr aufgestellt hatte.

»Die Platte ist heiß«, meinte Lena.

»Danke.« Felix zog die Hand zurück und nickte. »Ich lasse dich am besten einfach mal machen.«

»Ich habe ein kleines Büfett aufgebaut«, informierte Lena ihn. »Ich habe alles gekocht, was ich besonders gut kochen kann. Ich dachte, ich vermittle dir einen Gesamteindruck von meinem Beruf, indem ich dir ein Menü mit 10 kleinen Gängen serviere.«

»Du bist unglaublich«, flüsterte Felix gerührt. »Für mich hat noch nie jemand so aufwendig gekocht.«

»Du warst ja auch noch nie mit einer Köchin zusammen«, betonte Lena und kam zurück zu dem Tisch. »Das ist die erste von drei Vorspeisen und ich ... ähm ...«

Zuerst wusste Felix nicht, warum Lena nicht weiterredete, doch dann dämmerte es ihm. »Natürlich kann ich essen, Lena. Ich lebe alleine und koche auch für mich, zwar mit Sicherheit nicht so gut wie du, aber zum Überleben reicht es. Sag mir einfach, was es ist und wo es ungefähr liegt.«

»Das sind Pflaumen im Speckmantel in Nusssoße«, antwortete Lena hektisch. »Gabel liegt direkt neben deiner Hand.«

»Wir haben doch schon zusammen gegessen«, meinte Felix verwundert und ergriff die Gabel. Auch das Messer fand er schnell.

»Aber das Essen hier ist anspruchsvoller«, erwiderte Lena.

Lachend fuhr Felix mit der Gabel auf den Teller und stieß damit gegen etwas, von dem er glaubte, dass es das Essen war. »Jetzt klingst du nach der arroganten Version von dir aus der Schule.« Die Anspannung zwischen ihnen verschwand langsam.

In der Tat war Essen eines der Dinge gewesen, die er erst hatte lernen müssen, nachdem er aus dem Krankenhaus entlassen worden war. Am Anfang hatte er Brot mit Käse bevorzugt, weil das leicht zu essen war. Doch mit der Zeit hatte er sich auch an schwierigeres Essen getraut, und inzwischen kam er ganz gut zurecht.

»Lena ...« Felix überlegte, ob er sie wirklich fragen konnte, dann gab er sich einen Ruck. »Diese Narbe an der Stirn ...?«

Felix glaubte, Lenas Fuß gegen seinen gedrückt fühlen zu können. Sie schwieg.

»Hat er dich oft geschlagen?«, fragte Felix und hoffte, dass sich Lena weiter öffnen konnte.

»Meist nur, wenn er betrunken war. Aber das war er sehr oft«, sagte Lena leise.

Felix atmete scharf ein. So etwas hatte er bereits erwartet. Trotzdem war er komplett unvorbereitet und wusste nicht, was er sagen sollte.

»Ich war einige Jahre mit ihm zusammen. Lars war zu der Zeit in mich verliebt und sehr enttäuscht, dass ich es nicht geschafft habe, mich zu trennen, obwohl ich so gelitten habe. Aber ... ich habe es einfach nicht geschafft.« Lena atmete tief ein. »Ich habe mich danach nie wieder richtig auf einen Mann einlassen können. Auch nicht auf Lars, obwohl er so geduldig mit mir war. Es ist mir leichter gefallen, ihn zu verlassen, als meinen ersten Mann, und damit habe ich sein Herz gebrochen. Und ich habe nicht nur eine zweite Scheidung durchlebt, sondern auch meinen besten Freund verloren. Ich war einsam. Total abgestürzt. Und schaffte es nicht mehr, Vertrauen in jemanden aufzubauen. Also bin ich von einer Affäre zur nächsten gestürzt. Jahrelang. Bis du kamst.«

Felix schüttelte schnell den Kopf. »Aber er hätte dir helfen müssen.«

»Wer? Lars?«

Felix nickte. »Ja.«

»Ich wollte mir nicht helfen lassen«, betonte Lena. »Ich befand mich in einer Art Co-Abhängigkeit. Komm, iss. Ich möchte nicht, dass es kalt wird.«

»Okay«, sagte Felix leise.

Während sie aßen, erzählte Lena ihm von ihren Affären, ihrer Zeit als Single und ihren Freundinnen. Sie erwähnte auch, wie sie nach der zweiten Scheidung den absoluten Tiefpunkt erreicht, aber wieder neu angefangen hatte. Eine Therapie und ein neuer Job. Und es war ihr von Jahr zu Jahr besser gegangen. Sie vermied es, ihren gewalttätigen, ehemaligen Freund anzusprechen. Also fragte Felix sie auch nicht weiter aus.

Immer wieder stand sie auf, sammelte die leeren Teller ein und servierte Felix den nächsten Gang. Dann erläuterte Lena, was sie gekocht hatte, wo es auf dem Teller zu finden war und wie es aussah. Erst danach kamen sie wieder auf das ursprüngliche Thema zurück. Je länger sie darüber redeten, desto optimistischer klang Lena. Sie hatte wohl auch einige Chaoten als kurzfristige Partner gehabt, und einige Geschichten, die sie erzählte, waren geradezu witzig. So veränderte sich die Stimmung, und sie kamen von dem ernsten Ursprungsthema weg, ohne dass es Felix bemerkte.

Nach dem achten Gang musste Felix kapitulieren und schüttelte den Kopf. »Ich kann nicht mehr, Lena.«

»Es gibt noch zwei Desserts zum Nachtisch«, antwortete Lena fröhlich.

»Nachtisch?« Seufzend streckte Felix sich nach hinten und rieb mit der Hand über seinen Bauch. »Hört sich echt gut an. Aber ich brauche eine Pause.«

»Wie wäre es mit einem Tanz?« So schnell, wie Lena von ihrem Stuhl aufgesprungen war und Felix' Hand ergriffen hatte, konnte Felix gar nicht über die Frage nachdenken. Als Lena ihn hochzog, zuckte er zusammen. »Tut mir leid, Felix. Ich … Ich vergesse es einfach manchmal.«

»Alles in Ordnung, Lena«, antwortete Felix. Er wollte nicht, dass sie noch verunsicherter wurde. Außerdem mochte er ihre Lebendigkeit.

»Komm«, meinte Lena und führte Felix um den Tisch herum. »Hier ist ein bisschen Platz. Was hältst du von einem neuen Tanz? Wir könnten wenigstens den Grundschritt lernen.«

»Willst du wirklich tanzen?«, fragte Felix erstaunt, legte aber seine Hand auf ihren Rücken. Er wollte ihr nahe sein, und da kam es ihm gerade recht. Er griff nach unten und berührte ihre Hand. »Hier? Jetzt? In unserer ehemaligen Schulkantine?«

»Ja, sehr gerne«, gestand Lena. »Ich … Eigentlich macht mir das Tanzen wieder richtig Spaß, seit es dich gibt.«

»Mir macht es auch Spaß«, sagte Felix und zog sie enger zu sich heran. Sie in seiner Nähe zu haben, war das Beste am Tanzen.

»Wir sollten viel üben, damit du irgendwann so gut wirst wie ich«, erwiderte Lena, zögerte und lachte dann. »Wobei du mich nie wirst schlagen können.«

»Natürlich nicht.« Auch Felix lachte und hob seine Hand, um Lenas Wange zu berühren. Seinen Finger legte er an ihr Kinn und streichelte über das Piercing.

»Das Tanzen war lange Zeit das Einzige, was mir wirklich Freude bereitet hat. Während ich das erste Mal verheiratet war, bin ich in einen Tanzkurs gegangen. Mit Lars. Aber das habe ich meinem Exmann nie gesagt. Er glaubt bis heute, ich wäre mit einer Freundin tanzen gegangen. Ich habe es so geliebt. Ich mochte Lars' Anwesenheit, die Musik und die Bewegung. Die Tanzschule war zu der Zeit mein Zufluchtsort.«

Felix berührte ihre Wange. Dann strich er mit dem Zeigefinger über die Narbe, die er sofort fand. Inzwischen kannte er ihr Gesicht nur zu gut.

»Seit wann tanzt du mit Lars?«, fragte er.

»Ich habe mit Fiona, Lars und ein paar anderen Freunden einen Tanzkurs gemacht. Wir waren vielleicht 18 oder 19. Zu der Zeit haben sich meine Eltern scheiden lassen, und ich habe mich so heimatlos gefühlt. Deine Schwester hatte damals ihren ersten Freund, kannst du dich erinnern?«, fragte Lena.

Felix nickte. Er konnte sich nicht sehr gut an den Typen erinnern, nur daran, dass es Fionas erster Freund gewesen war und es zu Hause viel Streit gegeben hatte, weil Fiona bei ihm hatte übernachten wollen.

»Meine beste Freundin hatte keine Zeit mehr, mein Vater war ausgezogen, und mit dem neuen Freund meiner Mutter kam ich nicht klar. Ich habe mich immer besser mit meinem Vater verstanden und fühlte mich auch eher ihm gegenüber solidarisch. Ich musste aber trotzdem bei meiner Mutter leben, weil mein Vater nur ein kleines Zimmer hatte. Deswegen war ich vermutlich auch so fies zu meinem Stiefvater. Inzwischen komme ich aber gut mit aus«, betonte Lena. »Aber damals … Harte Zeit.«

»Ich wusste nicht, dass das mit Fiona und dir wegen ihrer Beziehung auseinander ging … Hast du zu dieser Zeit nicht auch viel Zeit mit anderen Leuten verbracht?« Felix hielt Lena im Arm. Sie tanzten nicht, wiegten sich aber hin und her, während Lena redete und Felix ihren Nacken streichelte.

»Ja, das stimmt. Ich habe ab und zu gekifft und bin dabei an Kontakte geraten, die mir nicht gut getan haben. Zu dieser Zeit hatte sie diese Beziehung und war frisch verliebt. Ich kann verstehen, dass sie mit dem Kerl mehr Zeit verbringen wollte. Ich hätte sie aber wirklich gebraucht, als das mit meinen Eltern war. Mein Ex war einer aus der Clique, die mir die Drogen verkauft haben. Als ich ihn dann recht überstürzt geheiratet habe, wandten sich meine ehemaligen Freunde ab. Nur Lars ist mir geblieben. Wir sind tanzen gegangen – heimlich. Und als ich mich scheiden ließ, war es einfach zu verführerisch. Ich habe auch ihn geheiratet – ebenfalls viel zu überstürzt. Ich war einsam, denke ich. Doch Lars konnte mir nicht helfen. Ich war viel zu kaputt durch meine erste Ehe.«

»Aber was fandest du an deinem ersten Mann? Irgendwas muss dich doch fasziniert haben?« Felix hoffte, dass es nicht nach Vorwurf klang, doch er verstand nicht, wie man auf so einen asozialen Arsch hereinfallen konnte.

»Du wirst mir nicht glauben, aber auch er ist kein böser Mensch, ihm sind nur böse Dinge passiert. Ich war verknallt in ihn. Und diesen Hauch von Aggression, der ihn umgab, fand ich irgendwie sexy. Er war eifersüchtig, ja. Aber durch die

Scheidung meiner Eltern hatte ich selbst mit Verlustängsten zu kämpfen und fand seine übergriffige Art anziehend. Deine Schwester hat mich nicht mehr wiedererkannt. Genauso wie der gesamte Freundeskreis.« Lena seufzte. »Ich kiffte zu viel, trank häufig und war oft in Diskos. Irgendwann begann er, mich zu schlagen und wegen jeder Kleinigkeit anzubrüllen. Er griff zu härteren Drogen, entwickelte ein Alkoholproblem. Seine Eifersucht war eine Belastung. Als eure Eltern starben, ging es mir schlecht. Nicht so schlecht wie euch, ganz klar. Aber ich hatte nicht die Kraft, bei Fiona anzurufen, obwohl ich es hätte tun sollen. Mir tut es echt leid, dass ich mich nie gemeldet habe. Wir waren zuvor schon nicht mehr so eng miteinander befreundet, aber das hat uns dann wirklich auseinandergetrieben.«

»Das ist traurig.« Felix schüttelte den Kopf.

»Obwohl wir freundlich miteinander umgehen, wird es diese Herzlichkeit zwischen uns vermutlich nie wieder geben. Es ist zu viel passiert.« Lena klang weder wütend noch traurig.

»Schade.«

»Ja.« Lena zögerte. »Der Typ hat mir viel kaputtgemacht. Ich weiß nicht, ob das mit Lars je was geworden wäre, wenn ich nicht diese schreckliche Ehe davor erlebt hätte, aber zumindest war er mir immer ein guter Freund. Doch auch er brach irgendwann den Kontakt zu mir ab, weil es nicht mehr ertragen konnte, mich so zu sehen. Ich verlor viele Freunde, war einige Zeit arbeitslos und hatte auch keinen Kontakt zu meinen Eltern.«

Felix schwieg. Er wusste nicht, was er dazu sagen sollte. Diese Geschichte war so unendlich traurig. Sicherlich wusste Fiona von all dem nicht im Detail. Und wenn sie es wüsste, könnte sie dann wieder so unbefangen mit Lena umgehen wie früher?

»Wieso hast du es zugelassen? Warum bist du nicht früher gegangen?«, fragte er schließlich leise.

Lena blieb einen Moment lang stumm, dann seufzte sie laut. »Ich hatte ja nur noch ihn. Oder war überzeugt, nur noch ihn zu haben. Ich war abhängig von ihm. Und ich wollte nicht schon wieder eine Familie verlieren. Die Scheidung meiner Eltern hat mir gezeigt, dass Einsamkeit sehr schlimm sein kann. Vielleicht schlimmer als geschlagen zu werden.«

Wieder schwieg Felix. Es fiel ihm so schwer, die passenden Worte zu finden. Er verstand, warum sie manchmal peinlich berührt war, wenn es um seine

Behinderung ging. Ihm ging es ja genauso. Auch er wusste nicht, wie er damit umgehen sollte.

»Aber letztendlich habe ich mich von ihm losreißen können, Felix.« Lena klang nicht wie ein Opfer. Sie klang stark und mutig. Wie eine Überlebende. Wie jemand, der für sein Alter bereits einiges erlebt, aber überlebt hatte. »Ich habe mich scheiden lassen, habe ihn angezeigt und hier einen Job bekommen. Ich fühle mich wohl, auch wenn ich nicht sehr gut bezahlt werde. Und mit meinen Eltern verstehe ich mich auch besser. Ich tanze wieder – dieses Mal ganz ohne Heimlichtuerei. Und ich habe einen Freund. Das erste Mal seit vielen Jahren. Als hätte ich die Zweisamkeit endlich verdient, jetzt, nachdem ich mich der Einsamkeit gestellt und sie überwunden habe.«

»Das hört sich gut an.« Felix schluckte vor Rührung. Seine Augen fühlten sich feucht an. Er war stolz auf sie.

»Ja. Finde ich auch.« Lena schlang ihre Arme um ihn und drückte sich an ihn. Die Umarmung war nicht so intim und leidenschaftlich wie die Küsse, die sie zuvor miteinander geteilt hatten, aber es fühlte sich nach Vertrauen und Verbundenheit an. Felix presste seine Wange gegen ihre.

»Danke.«

»Für was?«, fragte Lena.

»Für dein Vertrauen.«

Lena lachte. »Ich mag es immer noch nicht, über mich zu reden. Über meine Gefühle. Das war eine absolute Ausnahme.«

»Du solltest mit Fiona reden.« Felix löste sich von Lena und berührte wieder ihre Wange, dann fuhr er mit den Fingern über ihre Lippen. Sie lächelte, das konnte er sofort erfühlen.

»Vielleicht«, meinte Lena.

»Wirklich«, beteuerte er.

»Vielleicht«, wiederholte Lena und legte ihre Hand auf seine Schulter. »Lass uns jetzt tanzen. Viel zu lange geredet.«

»Was tanzen wir?«, fragte Felix neugierig. Er war sich bewusst, dass er respektieren musste, wenn sie nicht mehr reden wollte. Wenn er das nicht tat, würde sie ihm womöglich nie wieder so vertrauen wie heute Abend und sich zurückziehen.

»Slowfox«, schlug Lena vor und drehte den Kopf, um seine Finger zu küssen, die immer noch ihre Mimik ertasteten.

»Der hat auch was mit dem Foxtrott zu tun, oder?« Felix fuhr mit seiner Hand über Lenas Kopf, streichelte ihre Haare und ließ seine Hand schließlich auf ihrem Rücken ruhen.

»Der Slowfox ist aus dem Foxtrott entstanden, genauso wie der Quickstepp. Bevor ich dir den Quickstepp beibringe, sollten wir den Slowfox üben. Die Bewegungen sind dabei viel weicher und eleganter. Ich habe ihn als Jugendliche nie gemocht, weil es mir verstaubt vorkam, aber inzwischen mag ich ihn sehr gerne«, erzählte Lena.

Aufmerksam hörte Felix ihr zu und nickte, um zu verdeutlichen, dass er alles verstanden hatte. »Du willst mir also weiterhin Tänze zeigen. Du hältst mich wohl doch nicht für einen hoffnungslosen Fall, ganz abgesehen von meiner Sehbehinderung.«

»Nein, natürlich nicht«, meinte Lena prompt. »Vielleicht bist du nicht unbedingt das Naturtalent im Tanzen, aber Übung macht den Meister, richtig? Du bist doch jemand, der nicht so schnell aufgibt, oder?«

»Wieso bist du dir da so sicher?«, fragte Felix und legte den Kopf neugierig zur Seite.

»Du hast dich von deinem Verlust nicht unterkriegen lassen.«

»Mir blieb ja auch nichts anderes übrig, Lena«, erklärte Felix leise. »Meine Eltern kommen nicht mehr zurück, genauso wie ich immer blind sein werde. Mir blieb nichts anderes übrig, als zu kämpfen.«

»Lass dir von jemandem gesagt sein, der schon bei weniger harten Schicksalsschlägen aufgegeben hat, dass es nicht selbstverständlich ist, so hart zu kämpfen, wie du es getan hast«, teilte Lena ihm mit. Ihre Stimme zitterte dabei.

Felix öffnete den Mund, um ihr zu versichern, dass auch sie eine Kämpferin sein musste. Immerhin hatte sie sich von ihrem gewalttätigen Ehemann scheiden lassen, von den Drogen losgesagt und eine Ausbildung begonnen.

Doch Lena kam ihm zuvor. »Slowfox. Jetzt. Okay?«

»Okay«, meinte Felix. Er löste ihre Hände voneinander, um Lena die Handfläche hinzustrecken, denn er erwartete, dass Lena ihm die Schritte auf der Handfläche zeigen wollte, so wie es Lars immer gemacht hatte. »Wie tanzt man den Slowfox?«

Er hätte sich gerne noch viel länger unterhalten, aber er spürte instinktiv ihre Ungeduld. Sie wollte nicht mehr reden.

Aber scheinbar wollte sie auch nicht wirklich tanzen, denn er spürte auf einmal ihre Lippen auf seinen. Endlich. Sofort fühlte es sich genauso vertraut an wie auf der Hochzeit einige Tage zuvor. Ihre Lippen waren fest und zärtlich zugleich.

»Endlich kann ich mich genug entspannen, um dir näher zu kommen«, hauchte Lena und zog ihn mit ihrer Hand näher zu sich heran. Ihr Atem strich über Felix' Lippen, doch sie küsste Felix nicht erneut.

»Lena ...«, murmelte Felix und überbrückte den Abstand, weil er es einfach nicht mehr aushielt. Wenn sie sich küssten, blieb die Welt scheinbar stehen. Alles ergab Sinn, und Felix lehnte sich unbekümmert tiefer in den Kuss.

All seine Sorgen waren wie weggeblasen.

Doch nach wenigen Sekunden löste Lena sich abermals von ihm, ohne den Kuss vertieft zu haben. »Felix ... darf ich?«, fragte sie leise und zog am Bügel von Felix' Sonnenbrille.

»Ja, darfst du«, antwortete Felix rasch und fröstelte, aber er wusste nicht, ob es war, weil Lena sich von ihm entfernte, oder weil er nervös war. Dann wurde ihm die Brille von der Nase gezogen, und der warme, weiche Körper von Lena verschwand gänzlich.

»Ich habe sie auf den Tisch gelegt.« Lena kam mit leisen aber hörbaren Schritten wieder zurück und berührte Felix' Arm, bevor sie ihn ruckartig zu sich heranzog.

»Danke ... dass du vorher gefragt hast«, meinte Felix und versuchte, sich nicht zu sehr auf seine Augen zu konzentrieren. Er würde sie sowieso nicht genug kontrollieren können, dass es normal wirken würde. Das hier war Lena. Lena, die sich ihm anvertraut hatte, obwohl es ihr schwergefallen war. Er sollte ebenfalls einen Schritt auf sie zugehen.

Er beugte sich vor und presste seine Lippen auf ihre Stirn, während er die Augen schloss und versuchte, sich zu beruhigen. Als er sich von ihr entfernte, fiel es ihm leichter, entspannt zu sein. Er öffnete die Augen.

»Ich kann es verstehen, Felix, wirklich, und ich werde immer akzeptieren, dass du sie anziehen willst, aber in so einem intimen Moment ... Ich will dich bei mir haben, so wie du wirklich bist, ohne dass du irgendwas von dir versteckst. Deine Augen gehören zu dir.« Lenas Stimme hörte sich überzeugend an. Es fiel ihm leicht, ihr zu vertrauen.

»In Ordnung, Lena«, sagte Felix und erkannte in dem Moment, dass er nicht nur von Lena verlangen konnte, sich mit der Erblindung zu arrangieren, sondern dass er ihr auch die Chance geben wollte, sich damit auch wirklich auseinandersetzen zu können. »Wie sehen meine Augen für dich eigentlich aus?«

»Willst du die romantische oder die knallharte Variante hören?«, fragte Lena und klang dabei heiter.

»Am besten beide«, erwiderte Felix leise und berührte ihren Arm.

»Es ist gewöhnungsbedürftig und ein wenig irritierend, dass du mich nicht richtig anschaust, wenn ich mit dir rede oder dir in die Augen sehe. Ich kann verstehen, dass du dich mit der Brille davor schützen willst, dass Menschen erschrocken reagieren«, erläuterte Lena und drückte seine Hand.

»War das jetzt die romantische oder die knallharte Variante?« Neugierig legte Felix den Kopf schief und grinste. Der letzte Rest Anspannung fiel von ihm ab.

»Sie sehen immer noch schön aus und haben eine sehr intensive Farbe«, fuhr Lena energisch fort. »Ich liebe diese Kombination aus tiefem Grün und hellem Blau. Ich mag sie wirklich, und ich glaube, ich kann mich daran sehr gut gewöhnen.«

Langsam nickte Felix. »Wenn wir uns küssen, stört die Brille eh ein bisschen.«

»Stimmt. Da war doch was.« Lena lachte.

Lächelnd berührte Felix Lenas Wange, strich über die Haut und legte die Finger dann in Lenas Nacken. »Genau«, meinte er und schluckte, als es in seinem Bauch flatterte. »Da war doch was.«

Er zog Lena zu sich heran und drückte seine Lippen auf ihre. Wieder spürte er, dass sich innerhalb einer Sekunde alles in seinem Kopf ordnete und alles zur Ruhe kam. Seine Sorgen und Ängste waren verschwunden, und er drückte sich enger an Lenas Körper, als sie ihre Lippen teilte und ihre Zunge sanft hindurchschob.

Discofox

Felix konnte sich ein Schmunzeln nicht verkneifen, und manchmal musste er sogar auflachen. Doch Lena konnte sowieso nichts sehen. Sie war konzentriert und achtete nicht auf ihn. Außerdem war es sehr laut um sie herum. Es bestand also keine Gefahr, dass Lena mitbekam, wenn Felix sich amüsierte. Er war sicher, dass sie seine Schadenfreude nicht nett finden würde.

Wie oft waren seine Mitmenschen froh, dass sie ihre Mimik vor ihm verbergen konnten? Felix runzelte die Stirn und ihm verging das Lachen, als ihm bewusst wurde, wie hinterhältig es eigentlich war. Und wie sehr es ihn verletzen würde, wenn es anders herum wäre und Lena sich erleichtert oder dankbar fühlen würde, weil er blind war.

Trotzdem – es war einfach lustig, wie Lena sich jetzt anstellte.

Sie war diejenige gewesen, die den Mund am weitesten aufgerissen hatte und scheiterte von allen jetzt am meisten. Auch wenn Felix vermutete, dass ihre Sprüche nicht ernst gemeint gewesen waren. Sie hatte dennoch ständig damit angegeben, dass sie das schon schaffen würde. Von ihrer Arroganz war überhaupt nichts mehr übrig. Stattdessen klammerte sie sich so fest an Felix, dass er das Gefühl hatte, seine Hand würde wegen unzureichender Blutzufuhr bald absterben. Außerdem lief Lena so langsam, dass Felix sie praktisch durch das Gelände hinter sich her ziehen musste.

Die dunkle Ausstellung hatte das Ziel, den Sehenden zu vermitteln, wie das Leben für einen Blinden oder sehbehinderten Menschen war und wie er die Welt um sich herum erlebte.

Das perfekte Dankeschön von Felix an Lars und Lena und auch an Sarah und Philipp, die es geduldet hatten, dass ihre Partner fast jeden Samstag eingespannt gewesen waren. Durch Lena und Lars hatte er die Welt des Tanzens kennengelernt, nun wollte er ihnen etwas von seiner Welt zeigen.

Im Wesentlichen bestand die Ausstellung aus sechs vollkommen abgedunkelten Räumen, in denen verschiedene Alltagssituationen nachgestellt waren. Ein Parkbesuch, ein Stadtbummel, eine Schifffahrt und drei weitere Räume, die Felix noch nicht kannte, weil die Räume öfters umgebaut wurden. Viele Besucher kamen immer wieder – darunter auch seine Schwestern und einige Kumpels – und die wollten natürlich Abwechslung geboten bekommen. Seine Freunde meinten, es würde ihnen immer wieder vor Augen halten, wie es für ihn war, die Welt zu erleben, und er war froh, dass es diese Möglichkeit gab, sich auf Augenhöhe zu begegnen.

Natürlich hatten Fiona und er den anderen gegenüber einen Vorteil. Sie kannten diesen Raum. Felix war es außerdem gewohnt, sich nicht sehend in Alltagssituationen zurechtfinden zu müssen. Das war auch der Grund, warum er sich auf die neuen Räume freute. Er wollte wissen, wie groß der Unterschied zwischen ihren Empfindungen noch war.

Lena war panisch, während Felix sich hier auskannte und es fast langweilig fand. Sogar seine Schwester, die ebenfalls zuvor in dem Raum gewesen war, fand sich hier prima zurecht und war sehr entspannt.

Sie waren zurzeit in einem Raum, in dem ein Wald nachgestellt war. Seit Felix hierher kam, war der Raum noch nie verändert worden und von einem der Guides wusste er, dass dies auch nicht geplant war. Für neue Besucher war dieser Ort einfach ideal. Es gab viel zu entdecken. Ein plätschernder Fluss, über den man nur über eine Brücke gelangte, dazu das Fühlen von Laub, der unebene Boden und die beruhigenden Geräusche. Hier konnten die Menschen den Hör- und Tastsinn nach Herzenslust benutzen und sich ganz darauf konzentrieren, weil sie nicht mehr durch das Sehen abgelenkt waren. Zusätzlich erhielten sie ein Gefühl für das unsichere Laufen auf holprigen Grund mit kleinen Hindernissen wie Steinen und herabgefallenen Zweigen.

Allerdings hatte Lena für das alles überhaupt keinen Sinn. Sie war gerade dabei, über die Brücke zu gehen. Ihren Hang dazu, alles sehr sorgfältig zu machen, stand ihr im Weg. Sie lief mit übertriebener und unnötiger Vorsicht. Zugegebenermaßen, die Brücke wackelte ein wenig und das Wasser darunter war echt, wie die blinde Betreuerin Pat Felix bei einem seiner Besuche erzählt hatte. Trotzdem. Es gab ein Geländer, an dem man sich festhalten konnte, außerdem waren sie in einem geschützten Raum. Es gab keine Autos, keine größeren Hindernisse und auch keine Jogger, die rücksichtslos von hinten drängelten. Diese Brücke war eine Anfängerbrücke und nichts im Vergleich zu dem, was Felix manchmal überwinden musste. Und dabei hatte er oftmals niemanden bei sich, dem er die Hand quetschen konnte, so wie es Lena gerade tat.

»Komm schon«, forderte Felix erneut und zog Lena zu sich heran und gab ihr einen symbolischen, aber leichten Klaps auf den Po. Er grinste amüsiert.

Ein Fehler. Anstatt einen Zahn zuzulegen, blieb Lena stehen und bewegte den Arm auf der anderen Seite von Felix hektisch hin und her.

»Was ist?«, fragte Felix und tastete nach Lenas Arm.

»Der Stock klemmt«, fauchte Lena und klang ein wenig hysterisch.

»Das kann passieren«, erwiderte Felix und lehnte sich ein wenig vor, um Lena helfen zu können.

»Warum?«, fragte Lena verärgert und zerrte empört an dem Blindenstock. »Es ist vollkommen dunkel hier. Muss es Löcher geben, wo der Stock klemmt?«

»Das ist eine Holzbrücke, Lena. Es ist normal, dass da Spalten oder Löcher sind«, erklärte Felix geduldig.

»Aber …«

»Hast du eine Ahnung, an wie vielen Löchern ich hängen bleibe, an denen du gedankenverloren vorbeigehst? Da draußen sind überall Stolperfallen, Löcher, Stufen und was weiß ich noch, und die befahrene Straße habe ich jetzt noch nicht einmal mitgezählt«, unterbrach Felix seine Freundin, bevor sie sich weiter über diese Belanglosigkeit empören konnte. Es klappte, denn Lena blieb stumm, schenkte ihm Aufmerksamkeit und hörte sogar auf, hektisch an dem Stock herum zu wackeln. »Vielleicht haben sie diesen Spalt da sogar bewusst drin gelassen, damit ihr mal merkt, dass es draußen Hindernisse gibt. Obwohl ihr sehen könnt, seht ihr von manchen Dingen nämlich überhaupt nichts.«

»Okay«, sagte Lena und ihre Stimme klang merkwürdig belegt.

Felix mochte diesen Ton nicht, denn er bedeutete, dass sie sich zurückzog und weiter verschloss. Mittlerweile kannte er sie gut genug, und er wusste, wie schwer es dann war, an sie heranzukommen. Es konnte passieren, dass sie in Streit gerieten, weil Lena in so einer Situation fies wurde. Es war ihre Methode zu verhindern, dass ihr jemand zu nahe kam, wenn sie lieber alleine sein wollte.

»Du hast recht«, fügte sie sachlich hinzu.

Es war bereits passiert. Sie war schon jetzt dabei, sich von ihm zu entfernen. Anscheinend hatte Lena doch bemerkt, dass er sie ausgelacht hatte, womit er sie offenbar so sehr verletzt hatte, dass Lena an allem zweifelte. Ihre Arroganz war nur der Deckmantel, der ihre Selbstwertprobleme überdecken sollte. Wenn ihr jemand diesen Schutz wegnahm, konnte sie zur Bestie werden. So funktionierte sie, und deswegen hatten ihre Partner irgendwann aufgegeben. Aber Felix wollte nicht aufgeben. Er wollte ihr ein Gefühl von Sicherheit und Vertrauen vermitteln.

»Darum geht es nicht«, erwiderte Felix sanft.

»Ausnahmsweise hast du recht«, fügte Lena hinzu, doch sie klang nicht so unbeschwert, wie sie wahrscheinlich gerne geklungen hätte.

»Natürlich«, antwortete Felix mit weicher Stimme und strich mit dem Finger über Lenas Arm. »Meistens hast du recht.«

Vorsichtig streichelte er Lenas glatte Haut und berührte ihr dünnes Handgelenk. Er blieb nahe bei ihr stehen, sagte aber einige Sekunden lang nichts. Den anderen Arm legte er ihr um die Schulter. Unter der Berührung wurde der Puls von Lena langsamer, und ein Seufzen erklang. Es half Lena, wenn er sie in so einem Moment nicht bedrängte und nicht dazu drängte, mit ihm zu sprechen. Er hatte die Erfahrung gemacht, dass das die beste Methode war. Präsenz zeigen, ohne aufdringlich zu werden.

»Es geht gar nicht darum, wer recht hat, Lena«, wiederholte er, als er das Gefühl hatte, dass Lena ihre Mitte wiedergefunden hatte.

Sobald er sich von ihr entfernte, begann Lena sich erneut aufzuregen. »Was mache ich jetzt mit dem Stock?«, erkundigte sie sich und fing erneut an, an ihrem Hilfsmittel herumzuziehen, als könnte sie es mit purer Gewalt dazu bringen, sich zu lösen. Sie war doch noch nicht so weit gewesen.

»Hör doch auf, so an ihm herumzuzerren. Lena, mein Schatz, du bist doch sonst immer so ruhig und besonnen. Warte.« Felix beugte sich vor und zog den Blindenstock vorsichtig ein wenig nach vorne und befreite ihn. Irgendwie war Lena versehentlich an das Geländer gekommen und hatte den Stock dort verhakt. Das waren Dinge, die eben manchmal passierten. Es passierte Felix so regelmäßig, dass er überhaupt nicht die Energie hatte, deswegen ständig einen Aufstand zu machen. »Hier ist er. Komm, hak dich bei mir ein, dann ist es sicherer zu laufen.«

Wie oft war es Felix passiert, dass der Blindenstock irgendwo klemmte oder feststeckte, und jedes Mal hatten seine Mitmenschen ihm mitgeteilt, dass er ihn doch einfach wieder aus dem Loch ziehen könne? Einfach so. Natürlich. Auch Lena hatte das einmal gesagt, als Felix stehen geblieben war, weil der Blindenstock sich an einem Kleiderständer in einem Geschäft verhakt hatte.

Er seufzte und verdrehte die Augen. Die Welt, in der er lebte, war der Welt von Lena so fern, und manche Dinge würde Lena vielleicht niemals verstehen. Doch er konnte ihr deswegen nicht böse sein. Sie konnte sich schlecht in andere Menschen einfühlen. Aber sie gab sich Mühe, und das rührte Felix. Außerdem liebte Felix an ihr, dass sie ihn auch mal forderte und an seine Grenzen brachte.

Ihre Beziehung war für sie beide nach wie vor eine Herausforderung. Immer noch waren sie dabei, sich aneinander zu gewöhnen. Manchmal fand es Felix erschreckend, wie sehr Lena das Vertrauen in Männer, in Menschen generell verloren hatte.

»Die anderen sind schon weiter vorne, oder?« Lena klang ungläubig. Langsam setzte sie einen Fuß nach dem anderen auf. Zentimeter für Zentimeter. Wenn Felix auf diese Weise seinen Alltag bewältigen würde, wäre der Tag nach dem Weg vom Bett ins Bad rum.

»Ja, aber wir schaffen das auch noch«, antwortete Felix und erhöhte die Geschwindigkeit leicht.

Lena keuchte erschrocken auf.

Dass Fiona und Philipp den Raum so zügig durchquert hatten, verwunderte ihn nicht weiter, doch Lars und Sarah stellten sich erstaunlicherweise sehr geschickt an. Sie hatten zwar Pat als Unterstützung, aber Felix war dennoch verwundert. Er fand es toll, dass offenbar alle, abgesehen von Lena, den Ausflug genießen konnten. Vielleicht sollte er ein weiteres Mal mit Lena herkommen – ohne die anderen. Dann würde sie sich nicht unter Druck gesetzt fühlen, denn es störte sie mit Sicherheit gewaltig, langsamer als die anderen zu sein. Doch gerade machte Lena eher den Eindruck, als würden sie keine zehn Pferde nochmals hier rein bekommen.

»Ich kann mir nicht vorstellen, dass sich Sarah geschickter anstellt als ich«, knurrte Lena.

»Doch, offenbar schon«, erwiderte Felix und lächelte, während er sich etwas gegen sie lehnte.

»Ich glaube, diese komische Führerin hat mir den schlechtesten Stock gegeben.« Lena blieb erneut stehen. Ihr war es offenbar nicht möglich, zu reden und gleichzeitig blind zu laufen. Oder trödelte sie, weil sie mit ihm alleine sein wollte oder keine Lust hatte, dass die anderen mitbekamen, wie unsicher sie sich fühlte?

»Diese komische Führerin heißt Pat, Lena, und sie ist eine gute Bekannte von mir. Ich bin sehr oft hier in dem Museum«, korrigierte Felix sie, behielt aber einen nachsichtigen, freundlichen Ton.

»Irgendwas ist an dem Stock. Vermutlich ist sie in dich verliebt und hat mir einen kaputten Stock in die Hand gedrückt. Und Sarah hat bestimmt einen super

Stock bekommen.« Brummend tastete Lena ihren Stock ab und suchte offenbar nach einem Makel, den Sarahs Stock ihrer Meinung nach nicht aufwies.

Lachend beugte Felix sich vor und drückte Lena einen Kuss auf die Lippen. »Du bist niedlich, in dem Versuch, Ausreden dafür zu finden, nur um nicht zugeben zu müssen, dass du dich ohne Augenlicht unbehaglich fühlst.«

Erneut berührte Felix ihre Lippen. Lena erwiderte den Kuss. Da Felix sich versichern wollte, dass Lena es mit Humor aufnahm, berührte er ihre Wange, strich über ihre Lippen und tastete sich mit seinen Fingern den Weg über die ihm inzwischen bekannten Fältchen an den Augenwinkeln und der Narbe an der Stirn. Er drückte mit der flachen Hand gegen Lenas Haut und atmete erleichtert auf, als Lena ihre Wange in seine Handfläche schmiegte.

»Ich glaube, ich könnte mich nie daran gewöhnen«, meinte Lena nach einigen Sekunden.

»Doch«, behauptete Felix, froh, dass sie das Schweigen gebrochen hatte. »Wenn du müsstest, könntest du es tun.«

Energisch schüttelte Lena den Kopf, eine Geste, die Felix nur bemerkte, weil seine Hand immer noch Lenas Gesicht umfasst hielt. »Nein. Ich glaube nicht, dass ich dafür gemacht bin.«

»Glaubst du denn wirklich, *ich* wäre dazu gemacht?«, erkundigte sich Felix und wurde ein wenig laut. »Wie kannst du nur denken, mir würde das alles so leicht fallen? Denkst du tatsächlich, ich hätte nicht auch gedacht, niemals ohne Augenlicht leben und mich zurechtfinden zu können? Hast du eine Ahnung, wie es mir in den ersten Wochen ergangen ist? Oder in den ersten Tagen, nachdem ich erfahren habe, dass ich damit für immer leben muss? Glaubst du wirklich, ich habe Luftsprünge gemacht?«

»Du bist ein Kämpfer. Du warst schon immer in allem gut. Weißt du, wir haben dich immer Primus genannt, weil du so unerträglich perfekt warst.« Lena entspannte sich ein wenig, das konnte Felix spüren, weil ihre Nase aufhörte zu beben und die Hand ein wenig erschlaffte.

»Wer hat mich Primus genannt?«, fragte Felix verblüfft.

»Alle. Auch Fiona«, antwortete Lena.

Verdutzt schwieg Felix.

»Wie du damit umgehst, ist einfach beneidenswert. Es ist mir fast unheimlich. Wie kannst du nur immer so stark sein?«, fragte Lena.

»Das, was du siehst, ist jahrelanges Training, Lena. Ich habe mich am Anfang genauso verloren gefühlt wie du jetzt«, erzählte Felix ihr und senkte seine Stimme wieder ein wenig. »Ich war vollkommen verzweifelt, und manchmal bin ich es immer noch. Es gibt Situationen, die mich total überfordern und dir ganz selbstverständlich gelingen. Ich glaube, das siehst du manchmal nicht, obwohl du sehen kannst.«

»Lass es mich auch versuchen«, sagte Lena leise. Zuerst wusste Felix nicht, was sie meinte, dann hob sie ihre Hand und umfasste Felix' Gesicht, wie es Felix mit ihrem tat.

Behutsam strich sie über die Wange und untersuchte Felix' Nase. Es war für Felix eine neue Erfahrung, von Menschen auf diese Art gesehen zu werden. Es fühlte sich seltsam an.

»Das kitzelt ja«, sagte Felix und lächelte, als Lenas Finger seine Ohren nachfuhren.

In den letzten Wochen hatte er Lenas Gesicht oft berührt, obwohl er bisher nie das Gefühl gehabt hatte, das bei seinen Mitmenschen tun zu müssen. Doch bei Lena war es irgendwie anders, und es fühlte sich vollkommen normal an, während es Felix bei fremden Menschen einfach nur lästig war. Inzwischen war es Felix sehr vertraut. Egal, ob Lena wütend, traurig, gestresst, müde, sexuell erregt oder glücklich war – sie hatte ihm immer das Gefühl gegeben, dass es okay war. Sie hatte immer die Geduld bewiesen und hatte Felix tasten und berühren lassen. Hatte zugelassen, dass Felix die fehlende Sicht auf ihre Mimik ausglich. Selbst wenn sie sauer auf ihn war. Er war ihr dafür dankbar, und er war froh darüber, dass sie ihn auch einmal auf diese Art kennengelernt hatte.

»Ja, man muss sich daran erst gewöhnen«, bestätigte Lena. Sie küsste Felix' Mundwinkel, weil sie seine Lippen verfehlt hatte. Sie bewegten sich beide in entgegengesetzter Richtung, sodass Lena nun seine Wange erwischte. »Mist«, murmelte sie.

Lachend ergriff Felix ihr Gesicht und zog Lena in die korrekte Position. Er küsste ihre Lippen.

»Sogar das Küssen ist kompliziert«, stellte Lena verzagt fest.

»Küssen ist nie kompliziert.« Felix küsste sie erneut. Er spürte einen Schwall Zuneigung für Lena. »Gehen wir?«, fragte er und ergriff erneut Lenas Hand. Er hätte hier noch stundenlang stehen können, mit ihr zusammen, aber das wäre der Gruppe gegenüber unhöflich gewesen.

»Versuchen wir es.« Lena klang unsicher. »Ich hoffe, ich kann in diesem Laden den Lichtschalter finden«, fügte sie düster hinzu.

Lachend führte Felix sie weiter. Sie war einfach, wenn sie versuchte, ihre Unsicherheit zu überspielen. Ihm konnte sie nichts vormachen, und das war ihr auch bewusst. Aber sie spielte dennoch damit.

Pat navigierte sie durch alle Räume, und mit der Zeit gewöhnte auch Lena sich an die Dunkelheit und wirkte etwas positiver gestimmt, wenn auch weiterhin unbeholfen. Felix hatte sich nun fest vorgenommen, wieder einmal mit ihr hierher zu kommen, denn es war schön, wie sich sein Beschützerinstinkt regte und er das Gefühl hatte, Lena führen zu müssen.

Die letzten drei Räume waren auch für Felix, Fiona und Philipp etwas Besonderes und dementsprechend langsamer kamen sie voran. Später führte Pat sie in das Café, das ebenfalls vollkommen in Dunkelheit lag. Blind konnten sich die Besucher am Kiosk Getränke und Naschzeug kaufen. Und auch zahlen mussten sie blind, was eine echte Herausforderung für die meisten war.

Sie setzten sich an einen Tisch und Pat erkundigte sich bei Felix' Freunden, wie es ihnen gefallen hatte und ob sie noch Fragen hätten. Ein Angebot, was alle annahmen. Sie bestürmten Pat mit Fragen. Auch Felix fielen immer wieder Dinge ein, die ihn interessierten. Da Pat blind geboren war, nahm sie die Welt ganz anders als Felix wahr. Für sie existierten die Farben, Licht und Schatten nicht einmal in der Erinnerung. Doch obwohl ihr anscheinend vieles einfacher fiel als Felix und sie das Sehen nicht vermisste, beneidete Felix sie nicht. Keinen einzigen Tag, an dem er hatte sehen können, würde er eintauschen. Bereitwillig erzählte Pat von ihrem Alltag und fragte die Gruppe dann, welchen Raum sie am herausforderndsten empfunden hatten. Lars und Sarah fanden den Stadtbummel schrecklich. Nachvollziehbar. Sogar Autogeräusche wurden dort simuliert und vermittelten einen ziemlich realistischen Eindruck davon, wie schwer man es hatte, sich in dieser schnellen und fast schon gefährlichen Welt zurechtzufinden. Wie auch bei den Besuchen zuvor erwähnte Fiona, dass sie die Simulation der Bootsfahrt am schlimmsten fand. Es bedrückte sie immer wieder, wie viel Felix durch seine Erblindung einbüßte, weil er die Umgebung nicht sah.

»Während es für andere Touristen atemberaubend ist, sich das Ufer anzusehen, ist es für jemand, der blind ist, total langweilig«, meinte sie und legte den Arm um Felix Schulter.

Er spürte, dass er rot wurde. Beruhigend tätschelte er die Hand seiner Schwester. »Deswegen nehme ich euch ja auch immer bei solchen Ausflügen mit, damit ich jemanden zum Reden habe«, sagte er.

Da Pat keine weitere Gruppe mehr hatte, ließ sie sich Zeit und antwortete auf jede Frage geduldig. Der Raum leerte sich, und bald waren sie alleine. Schließlich erzählte Lars von dem Tanzunterricht und den Schwierigkeiten, die sich ergeben hatten, weil Felix die Schritte nicht sehen konnte, die er mit Lena vortanzte. Pat war sehr interessiert an ihren Methoden und hörte aufmerksam zu.

»Wie es wohl ist, blind zu tanzen?«, murmelte Lena. Sie hatte sich eher still während des Gesprächs verhalten. Auf die Frage, was sie am meisten beeindruckte, war ihre Antwort gewesen, dass es einfach alles gewesen war. Sie wirkte ruhig und in sich gekehrt, aber dennoch interessiert. Felix fragte sich, ob sie erschüttert von all dem war, was sie heute erlebt hatte.

»Probiert es doch aus«, meinte Pat und klang auffordernd.

»Wie eng ist es hier denn?«, fragte Lena.

»Ziemlich eng«, antwortete Pat und das Geräusch von raschelndem Stoff ließ Felix vermuten, dass sie die Schultern gehoben hatte.

»Felix?« Lena stand hastig auf.

»Wie bitte?«, entfuhr es Felix, und er spürte plötzlich Panik aufsteigen.

»Ich möchte wissen, wie sich die Welt für dich anfühlt. Wie sich das Tanzen für dich anfühlt«, erklärte Lena und zog Felix hoch zu sich. Mit neuem Selbstwertgefühl und voller Zuversicht ging sie in den Raum und versuchte sich tastend zurechtzufinden. Geschwind schob sie einige Stühle aus dem Weg, um Platz zu schaffen.

»Lena«, sagte Felix hilflos.»Glaubst du wirklich, dass das eine gute Idee ist? Du hast es vorhin nicht einmal geschafft, einen Meter auf dem Bürgersteig zu laufen, ohne uns beide fast auf die Straße zu werfen.«

»Das war, weil ich einfach nicht gut darin bin, blind über einen Bürgersteig zu laufen«, antwortete Lena und stieß einen Fluch aus, als sie gegen einen Tisch lief.

»Aber das Tanzen soll deiner Meinung nach besser funktionieren?«, hakte Felix nach und drehte sich vorsichtig um. Immer noch versuchte Lena, alle Möbel aus dem Weg zu schieben.

»Natürlich«, meinte Lena überzeugt, tastete unsicher, aber eindringlich nach ihm und zog ihn zu sich, nachdem sie Felix' Shirt ergriffen hatte. »Auf der Tanzfläche bin ich zu Hause.« Dann ließ sie Felix wieder los und entfernte sich. Erneut war das kratzende Geräusch von geschobenen Möbeln zu hören.

»Aber das hier ist keine Tanzfläche«, protestierte Felix.

»Felix, das ist schon okay«, pflichtete Pat Lena bei. Ihre Stimme hörte sich nahe an und von einer anderen Richtung, als Felix vermutet hatte. Ihm wurde klar, dass sie Lena geholfen hatte, die Stühle beiseitezuschieben.

»Lena, du siehst doch nichts«, fügte Felix hinzu und spürte, dass ihm heiß wurde, als Lena erneut mit irgendwas kollidierte.

»Ich vertraue dir.« Lena ergriff Felix' Hand. »Hier ist genug Platz.«

»Lena«, flüsterte Felix eindringlich, damit die anderen ihre Diskussion nicht mitbekamen. »Hast du vergessen, dass ich auch nichts sehen kann?«

»Du bist es doch gewohnt, blind zu tanzen.« Lena zog ihn an sich. »Für dich ist es doch wie immer. Wovor hast du Angst?«

Sie senkte ihre Stimme nicht. Aus der Richtung, wo sie zuvor gesessen hatten, hörte er begeistert Zuspruch ihrer Freunde. Lena spornte das wohl so sehr an, dass sie jetzt nicht mehr aufgeben wollte. Sie würde es durchziehen.

»Aber jetzt können wir beide nichts sehen«, versuchte er es trotzdem nochmal. »Und … das ist definitiv keine geeignete Umgebung, um so ein Experiment … Lena!«

Trotz seines Protests ließ Felix sich von Lena mitziehen. Es klappte erstaunlich gut. Sie sahen bestimmt ein wenig albern aus, weil ihre Bewegungen wacklig waren, aber es konnte ja niemand zusehen. Sie tanzten … für sich … weil es ihnen Spaß machte. Niemand sah zu.

»Du findest dich blind hervorragend zurecht, und ich bin sehr gut im Tanzen«, flüsterte Lena in sein Ohr und bewegte ihren Körper zu einer Musik, die nicht vorhanden war. Die nur sie hören konnten. Die nur für sie spielte. »Das ist eine gute Kombination.«

»Das ist … Was ist das für ein Tanz?«, fragte Felix überrascht. Er versuchte, Lenas Bewegungen so gut es ging zu folgen, und nach wenigen Sekunden fühlte sich der Schritt ziemlich natürlich an. »Ich kenne den noch nicht, oder?«

»Discofox«, teilte Lena ihm mit.

»Du bringst mir einen neuen Tanz bei, ohne dass wir sehen können?«, fragte Felix ratlos.

»Wo ist der Unterschied? Du hast doch vor der Hochzeit auch nichts anderes gemacht, oder? Fehlt dir wirklich Lars' langweiliger Vortrag über die Tänze?« Lena klang amüsiert.

Felix war zu verblüfft, um das zu verneinen. Er schwieg, genoss Lenas Berührung und war verwundert darüber, wie gut es funktionierte. Sie stießen ein paar Mal gegen Tische oder Stühle, die im Weg standen, aber mit der Zeit bekamen sie ein immer besseres Raumgefühl.

»Der Discofox ist ein Gesellschaftstanz, der paarweise getanzt wird«, flüsterte Lena in Felix' Ohr.

»Mir fehlen Lars' Vorträge nicht«, protestierte Felix grinsend und stupste mit seiner Nase Lenas Ohr an.

»Psst«, machte Lena, und ihre Atemluft strich über Felix' Wange. »Er ging aus dem Foxtrott hervor, angereichert mit Elementen aus Swing, Boogie-Woogie und Two-Step«, berichtete Lena.

»Hast du das auswendig gelernt?«, erkundigte Felix sich erstaunt.

»Der Discofox wurde Ende der 70er in das Welttanzprogramm aufgenommen«, erzählte Lena, ohne weiter auf ihn einzugehen.

Behutsam streichelte er mit der Hand, die eigentlich an Lenas Rücken liegen müsste, über ihre Wange. »Leiser«, hauchte er. Ja, es war ihm auch etwas peinlich vor den anderen, aber es ging ihm auch darum, dass dieser Moment nur ihnen gehören sollte.

Übermütig biss Lena Felix in den Finger, nachdem er die Hand nach unten gezogen hatte, um ihr Grübchen zu erfühlen, an dem er ihr Lächeln erkennen konnte.

Entrüstet brachte Felix seine Hand in Sicherheit. »Okay, okay. Die Hand des Herren gehört auf den Rücken der Dame«, sagte er und lachte.

Lena küsste ihn, und dieses Mal fand sie seinen Lippen sofort. »Im Discofox gibt es ein Damensolo, aber auch ein Herrensolo. Die Figuren kann man beliebig kombinieren.«

»Das zeigst du mir zu Hause«, protestierte Felix. »Nicht hier.«

»Oder in einer Tanzschule?«, fragte Lena eifrig.

Seit Lena für Felix gekocht hatte, war das Thema Tanzen nicht mehr von ihnen angesprochen worden. Auch so gab es genug zu erzählen, sie redeten stundenlang über ihre Kindheiten, über ihre Berufe und die Hobbys und Felix über seine Erfahrung, nach dem Unfall nicht mehr sehen zu können.

»Ich kann doch schon tanzen, Lena«, betonte Felix und zog Lena ein wenig enger zu sich.

»Aber nicht die Figuren des Discofox'«, korrigierte Lena ihn leise.

Kurz überlegte Felix. Noch vor wenigen Wochen hätte er die Frage inbrünstig verneint. Jetzt aber mochte er es, zusammen mit Lena etwas Neues zu lernen. Etwas, das mit Musik und Bewegung in Verbindung stand. Es war ideal, wenn man zusammen sein wollte und nicht so viele Möglichkeiten hatte, Sport zu machen.

»Ja, melden wir uns da endlich an«, antwortete er lächelnd.

Sanft küsste Lena Felix' Ohr und legte für einen Moment ihre Lippen an Felix' Wange. Felix spürte eine Gänsehaut über seinen Rücken rieseln. Der Moment war schön, obwohl er gar nicht genau sagen konnte, was so schön war. War es, weil Lena es gewagt hatte, in die schwarze Welt von Felix einzudringen? Oder war es einfach nur mal wieder schön, mit Lena zu tanzen?

»Hast du schon eine Tanzschule im Blick?«, fragte er nach einer Weile. Tanzen könnte sein neues Hobby werden. Seine neue Leidenschaft. Ein perfekter Ausgleich neben dem Job. Es würde ihm guttun, etwas zu haben, in das er Energie stecken konnte.

Unmittelbar nach dem Unfall hatte er der Zeit nachgetrauert, in der er regelmäßig joggen gewesen war. Er war so gerne Marathon gelaufen und hatte jedes Jahr im Frühling angefangen zu trainieren. So war er Jahr für Jahr besser geworden. Dann aber war der Alltag so kompliziert geworden, dass er nicht mehr daran dachte, sich einen Ersatz zu suchen. Sein Leben war so anstrengend gewesen. Er war abends froh, einfach auf der Couch sitzen und loslassen zu können. Doch diese Zeiten waren vorbei. Sie mussten endlich vorbei sein. Er wollte wieder etwas haben, für das er kämpfen wollte. Und es sollte eher dem Joggen ähneln als dem blinden Alltag.

Ohne den Tanz zu unterbrechen, zählte Lena ihm auf: »Zum einen gibt es die Tanzschule, in der ich mit Lars war, aber die würde ich nicht bevorzugen. Sie war nicht schlecht, aber ich möchte was Neues kennenlernen und nicht ständig an die Vergangenheit denken. Im Nachbarort gibt es noch zwei, von denen ich Positives gehört habe. Dann hätten wir noch die im Industriegebiet gegenüber vom Kino. Mein Favorit.«

»Mit dir zu tanzen macht wirklich Spaß«, entgegnete Felix wispernd. Die anderen mussten es nicht hören. Nein, es war kein Geheimnis, aber der Moment war so zart und intim und intensiv.

»Wirklich?« Lena versuchte ohne Ankündigung eine Figur. Das Damensolo kannte Felix vom Cha-Cha-Cha, dem Rumba oder allen anderen Tänzen, vielleicht gelang es ihm deswegen recht passabel. Er war trotzdem froh, als er Lena wieder zurück in seine Arme holen konnte.

»Ja, wirklich«, entgegnete er und tippte Lena leicht gegen den Rücken, als sie eine weitere Figur versuchen wollte. »Nein, Lena. Wir üben das zu Hause. Nicht hier. Werde jetzt bitte nicht übermütig.«

»Okay.« Lena seufzte.

Zwar konnte Felix nicht genau sagen, woher er es wusste, aber irgendwie hatte er das Gefühl, dass Lena etwas sagen wollte, aber nicht wusste wie. Das bekannte Problem. Wie oft hatte sie nach Worten gesucht, dann aufgegeben und stumm vor Felix gestanden, nur weil etwas in ihr verhinderte, über Gefühle zu sprechen?

»Was ist los, Lena?«, erkundigte sich Felix vorsichtig.

Kurz zögerte Lena, dann atmete sie ein: »Du hast keine Ahnung, was es mir bedeutet. Ich habe mir immer einen Partner gewünscht, mit dem ich leben und tanzen kann. Mein Ex-Mann fand tanzen unmännlich und albern, und alle anderen Männer haben das ähnlich empfunden. Außerdem war ich ja nie lange mit einem von ihnen zusammen. Ja, ich habe lange mit Lars getanzt, aber nach unserer Scheidung war es nicht mehr so unbefangen. Und spätestens seit er Sarah hat, war es mir auch unangenehm, mit ihm zu tanzen.«

»Doch, ich habe eine Ahnung, was es dir bedeutet«, entgegnete Felix. Sein Magen kitzelte, und er drückte sich enger an Lena, um sie zu fühlen, bei ihr zu sein, ihre Nähe zu genießen.

»Das ist mein Traum seit meiner Jugend. Wir fangen einen Anfängertanzkurs an, damit du nicht überfordert bist.«

»Denkst du, die Tanzschule kann damit umgehen … mit meinen besonderen Bedürfnissen?«, fragte Felix leise.

»Der Tanzlehrer meinte, das schaffen wir schon«, flüsterte Lena. Erneut tanzte sie ein Damensolo und führte anschließend in eine gespiegelte Figur. Felix tanzte ebenfalls ein Solo, und es gelang ihm gut.

»Was für ein Tanzlehrer?« Felix war verwirrt, und er war sich sicher, dass Lena es bemerken würde, obwohl sie es ihm nicht ansehen konnte. Sie musste es seiner Stimme entnehmen können.

Tatsächlich lachte Lena leise. »Tja, er ist ein alter Bekannter von mir. Wir haben mal für eine Aufführung auf einem Ball zusammen getanzt. Er weiß, dass du blind bist, und er ist bereit, uns zu unterrichten. Zusammen mit anderen Paaren. Außerdem hat er angeboten, uns vorher eine halbe Stunde Privatunterricht zu geben, wenn es zu Schwierigkeiten kommen sollte. Aber ansonsten würden wir einen ganz normalen Tanzkurs besuchen.« Kurz zögerte Lena. »Er ist überzeugt, dass das klappt, weil ich so gut tanzen kann.«

Felix grinste. Das erste Mal, seit sie hier waren, hörte er an ihr diese Arroganz, die immer dann etwas mitschwang, wenn Lena von etwas begeistert war. »Würde ich den Kurs nicht ausbremsen?«, fragte er mit klopfendem Herzen.

Lena räusperte sich. »Er weiß, dass ich erfahren bin und dir helfen würde. Außerdem hat er beim Tanzkurs eine Assistentin, die uns zur Seite stehen kann, wenn du Nachteile hast, weil du dich zum Beispiel nicht im Spiegel sehen kannst. Die Leute im Kurs sind alle sehr nett und in unserem Alter. Ich habe sie kurz gesehen, als ich dort war.«

Das war zu viel. Gerührt blieb Felix stehen. »Das ist nicht dein Ernst, oder? Du hast das schon alles geregelt?«

»Ich werde auch nicht sofort verlangen, dass du führst«, versprach Lena. »Ich werde dich am Anfang führen, wenn du das willst, und ich werde versuchen, dich sehr freundlich zu kritisieren.«

Befreit lachte Felix. »Das ist unglaublich süß von dir.«

»Süß?« Lena klang erschrocken, doch dann lachte auch sie, wurde dann allerdings wieder ernst. »Was meinst du? Wäre das was für uns?« In ihrer Stimme schwang Unsicherheit.

»Wir werden es versuchen«, versprach Felix.

»Ich freue mich so sehr.« Lena nahm wieder die Tanzhaltung ein und fuhr damit fort, Felix zu führen. Und Felix genoss die letzten Augenblicke mit Lena, bevor sie die Räumlichkeiten verlassen mussten.

Blues

»Warst du gestern bei Fiona?«

Schmunzelnd zog Felix seine Schuhe aus, hängte die nasse Jacke an den Haken und stellte seinen Blindenstock in die dafür vorgesehene Lücke zwischen dem Schirmständer und dem Schrank. »Montags ist Fiona beim Yoga. Ich war bei Flavia«, antwortete Felix. Daran, dass er ein recht enges Verhältnis zu seiner Familie hatte, hatte Lena sich erst gewöhnen müssen. Während sie Lenas Eltern nur alle paar Wochen besuchten, versuchte Felix seine Großeltern und Schwestern häufiger zu sehen.

Noch bevor er die Schuhe auszog, beugte er sich vor, legte seine Hand auf Lenas Wange und zog sie an sich. Er küsste sie, während er seine Schuhe abstreifte. Dadurch gerieten sie aus dem Gleichgewicht, und Lena lachte, während sie weiterhin ihre Lippen auf seine presste.

»Sehr gut. Wann gehst du das nächste Mal zu Fiona?« Lena trat zur Seite und ließ Felix vorangehen.

Im Vorbeigehen strich Felix über Lenas Rücken und lief dann in die Küche. Über seine Schulter hinweg rief er: »Weiß nicht, vielleicht am Donnerstag. Warum?«

»Donnerstag?«, fragte Lena.

»Ja. Vielleicht. Warum?« Als Lena nicht antwortete, runzelte Felix die Stirn. Doch dann zuckte er mit den Achseln. Vielleicht war sie auf Toilette oder ins Wohnzimmer gegangen. Durstig holte Felix ein Glas aus dem Schrank und öffnete eine Wasserflasche, um sich einzuschenken. »Willst du auch etwas trinken?«, rief er in den Flur, bekam aber wieder keine Antwort. Er legte den Daumen an die Glasinnenwand und schenkte sich ein.

Er hatte nach all den Jahren endlich wieder eine Freundin. Das erste Mal, seit er erblindet war. Das enge Verhältnis zu seinen Schwestern hatte er erst durch seit dem Unfall, weswegen er es nicht kannte, sich die Abende nach der Arbeit aufteilen zu müssen zwischen seiner Partnerin und seiner Familie. Sylvia zählte nicht, denn mit ihr hatte er nie einen normalen Alltag nach dem Unfall erleben können. Sie hatte ihn verlassen, noch bevor er mit der Umschulung und Eingliederungsphase in der Firma begonnen hatte.

Plötzlich schmiegte sich ein warmer, zierlicher Körper von hinten an ihn, und Felix zuckte vor Schreck zusammen. Dann spürte er Flüssigkeit über seine Hand fließen und stellte eilig die Flasche auf den Tisch. »Du sollst dich nicht immer so anschleichen«, knurrte er.

»Ich wollte dich nicht erschrecken.« Lena küsste von hinten seinen Nacken und malte mit ihrer Hand einen großflächigen Kreis auf Felix' Bauch.

Einen Seufzer ausstoßend schraubte Felix die Flasche zu und schob sie in die Mitte der Küchentheke, damit er sie nicht aus Versehen umwerfen konnte. »Das hast du aber«, erwiderte er.

»Wollte ich nicht«, murmelte Lena.

Kopfschüttelnd griff Felix schräg nach hinten, um den Schwamm auf der Spüle zu nehmen, und berührte dabei Lenas Oberschenkel. Wohlig stöhnte Lena bei dieser Berührung auf und schmiegte sich noch enger an ihn. Es war unmöglich, ihr böse zu sein. Felix wischte das verschüttete Wasser auf. »Willst du auch etwas zu trinken?«, erkundigte er sich.

»Ich dachte, du hörst mich. Ansonsten hätte ich dich nicht einfach so überfallen.« Entschuldigend küsste Lena seinen Nacken und zog sich dann aus der Umarmung zurück, was Felix sehr bedauerte. »Ich finde es komisch, dass du mich manchmal hörst und manchmal nicht. Dein Gehör ist doch super.«

»Ich war in Gedanken«, teilte Felix ihr mit und trank einen großen Schluck des Wassers, um seinen Durst zu vertreiben. Als er geschluckt hatte, fügte er hinzu: »Warum hast du gefragt, wann ich zu Fiona fahre?«

»Ich würde gerne mitkommen. Kann ich dich vielleicht nach der Arbeit abholen und dann fahren wir zusammen hin?« Schlurfend bewegte Lena sich durch den Raum, und dann hörte Felix ein Rumpeln. Was sie wohl trieb? Felix runzelte die Stirn und versuchte sich vorzustellen, was Lena anstellte.

»Ja, natürlich. Willst du denn etwas bestimmtes von ihr?«, fragte Felix.

Wieder war ein Rumpeln zu hören. Doch sie sagte nichts. Felix wartete und fragte sich, was Lena bei Fiona wollte. Die beiden hatten sich nie ausgesprochen, obwohl er es sich für die beiden gewünscht hatte. Aber sie verstanden sich inzwischen wieder recht gut. Allerdings glaubte er nicht, dass es jemals wieder so werden würde wie früher. Beide hatten inzwischen andere Freundeskreise.

»Lena?«, fragte er.

»Ich wollte sie einfach mal wieder treffen«, erläuterte Lena nach einigen Sekunden brummend.

»Einfach so?« Erfolglos versuchte Felix, seine Fröhlichkeit nicht in der Stimme mitschwingen zu lassen.

Komischerweise wollten weder Lena noch Fiona zugeben, dass sie sich wieder angenähert hatten. Vielleicht weil sie ansonsten zugeben mussten, dass die Freundschaft nur daran zerbrochen war, dass sie einander schlicht und ergreifend vergessen hatten.

»Ja. Einfach so.« Lena machte seltsame Geräusche. Es hörte sich fast an, als würde sie mit den Füßen gegen die Wand trommeln.

»Okay.« Erneut nippte Felix an seinem Glas und schob es dann auf die Theke, bis es bei der Flasche stand, was er daran erkannte, weil er mit dem Glas gegen einen Widerstand stieß. »Diesen Kick beim Cha-Cha-Cha, den wir im letzten Kurs so intensiv geübt haben, habe ich immer noch nicht verstanden. Ich hoffe, der Tanzlehrer wiederholt es nächste Woche nochmal. Es ist schon schwer, überhaupt in die Figur reinzukommen.«

»Wir machen beide einen Schritt nach hinten, und dann gehen wir in die Kickfigur«, erklärte Lena.

»Das hast du mir letzte Woche im Unterricht auch gesagt«, murmelte Felix erschöpft. »Und zwar sehr laut. Bestimmt haben sich alle nach uns umgedreht.«

»Ich war aber höflich.« Jetzt hörte Lena sich vergnügt an.

»'Jetzt mach den Kick!' ist nicht höflich«, korrigierte Felix und verdrehte die Augen.

»Ich habe gesagt: ,Jetzt mach den Kick, Schatz!'«, betonte Lena. »Das war sehr liebevoll, oder?«

Neugierig hob Felix den Kopf. »Woher weiß ich, dass wir synchron sind? Kann es sein, dass ich jetzt an meine Grenze komme? Bereits im Stufe-2-Kurs?«

Wieder dieses seltsame Geräusch. Langsam fragte sich Felix doch, was Lena da am anderen Ende der Küche trieb, aber er war sich nicht sicher, ob er es herausfinden wollte. »Nein, Felix. Tanzpartner kommunizieren nur über ihren Körper. Wenn du darauf achtest, dass du an meinem Bein vorbeikickst, werden wir uns auch nicht treffen. Komm' doch mal her.« Nun klang Lena zuversichtlich, was Felix mochte.

Zögernd ging Felix auf sie zu und berührte überrascht Lenas Oberschenkel. »Du sitzt auf meinen Küchenmöbeln?«, fragte er.

Energisch zog Lena ihn dichter zu sich heran und schlang ihre Beine um seinen Po. »Scheint so.«

»Du sitzt auf meinen Küchenmöbeln«, wiederholte Felix fassungslos und schüttelte den Kopf.

Forsch ergriff Lena Felix' linke Hand und legte ihre Hand auf seine Schulter. »Tanzpartner kommunizieren weder durch Blicke noch durch die Stimme, Felix. Okay, zugegeben, einige machen das, aber es zeugt von sehr schlechtem Stil.«

»Das gilt dann auch für dein ‚Jetzt mach den Kick, Baby!'.« Heiter legte Felix den Kopf schief und lächelte. »Oder?«

Brummend verstärkte Lena den Druck ihrer Beine um Felix' Hüfte. Felix lachte und schnippte provozierend mit seinem Finger gegen Lenas Wange. »Lena hat einen schlechten Tanzstil«, summte er. Doch Lena brachte ihn zum Schweigen, indem sie ihre Hand in Felix' Nacken legte und ihn näher zu sich heranzog. Ihr Kuss war voller Entschlossenheit und Lebensfreude. Als sie Felix losließ, spürte er Bedauern.

»Das stimmt«, gab Lena ihm recht und zwirbelte Felix' Haare am Haaransatz mit den Fingern. »Das gebe ich zu, aber ich wollte dir das in Ruhe zu Hause erklären, weil das etwas ist, was bei zukünftigen Figuren noch wichtig wird.«

Sofort wurde Felix ernst und strich den Stoff an Lenas Schulter glatt. »Woher weiß ich es also?«, wiederholte er.

»Wir müssen beide im Takt bleiben. Außerdem kommunizieren wir durch unsere Hände. Wenn du Druck erzeugst, dann merkst du es rechtzeitig. Und kick immer zur Seite an meinem Bein vorbei, dann kann nichts passieren. Das Synchrone wird mit der Zeit kommen.« Mit ganzer Kraft drückte Lena sich gegen Felix' Hand. »Siehst du, so fließt immer Energie zwischen uns. Das ist die Art von Kommunikation zwischen Tänzern.«

Nachdenklich biss Felix sich auf die Lippen und erhöhte den Druck. »Ist das für uns auf Dauer nicht anstrengend?«, fragte er.

»Versteif nicht dein Handgelenk, aber bleib mit dem Arm immer im richtigen Winkel.« Eindringlich schob Lena Felix' Hand etwas nach unten.

Unsicher probierte Felix diese neue Haltung. »Ich muss das trotzdem noch einmal testen, wenn wir miteinander tanzen.«

»Machen wir«, versprach Lena. »Ich will, dass wir die Besten sind.« Resolut schob sie Felix zur Seite und sprang von der Küchenzeile.

»Du und dein Perfektionismus.« Felix schüttelte den Kopf. »Willst du jetzt etwas trinken?«

Er lauschte dem typischen Klang von Lenas Schritten. Er konnte sie mittlerweile von anderen Schritten unterscheiden. Sie lief in der Küche auf und ab und das ziemlich hektisch. Dann erklang ein Seufzen, das Geräusch von Schritten verstummte, und Stoff rieb sich gegeneinander, vielleicht verschränkte Lena ihre Arme, dann nahm sie nach einem kurzen Moment des Zögerns ihre Wanderung durch die Küche wieder auf.

»Nein«, antwortete sie und ergriff seine Hand, um ihn an sich heranzuziehen. Erneut schmiegte sie sich an Felix und drückte ihre Lippen auf die von Felix. »Ich will etwas anderes«, flüsterte sie, nachdem sie Felix auch auf die Wange geküsst hatte und anschließend ihren Mund an Felix' Ohr drückte.

Was Lena genau wollte, war klar, denn sie rieb ihre Hüfte gegen Felix' Leiste und zog mit ihren Armen an seinem Oberkörper, als wäre sie eine Ertrinkende. So, als ob sie gar nicht genug von Felix bekommen konnte. Das konnte Felix gut nachvollziehen, denn ihm ging es genauso. Da sie sich in den letzten Tagen wenig und immer nur kurz gesehen hatten, waren auch sämtliche Körperlichkeiten zu kurz gekommen. Leise stöhnte er auf. »Verdammt ... Lena ... du bist ...« Felix schloss die Augen und sackte gegen Lenas Körper.

»Ja?«, fragte Lena atemlos.

»... einfach unglaublich«, sagte Felix. »Du bist unglaublich.«

In den letzten Jahren hatte er aufgegeben, darauf zu hoffen, dass er das noch einmal erleben konnte. Er war fest davon überzeugt gewesen, dass Sylvia die Letzte gewesen war. Er konnte sich noch sehr gut an diese Einsamkeit erinnern, die Sylvias Auszug verursacht hatte. Die Dunkelheit vor seinen Augen, die Leere in seinem Herzen und die Kälte in dem leeren Haus, in dem er sich blind anfangs nicht zurechtgefunden hatte. Es waren grauenhafte Wochen gewesen. Als er daran dachte, schauderte er. Wie abgewiesen und abgelehnt er sich gefühlt hatte!

Nach der Eingewöhnungsphase hatte er nicht an Frauen denken können. Selbst wenn ihm der Alltag als Blinder irgendwann etwas leichter gefallen war, so blieb immer noch die Trauer um seine Eltern, die er lange Zeit verdrängt hatte, weil er vor lauter Schwärze nichts anderes gesehen hatte.

Irgendwann war er wieder nach draußen gegangen, hatte seine Freunde getroffen und langsam hatte er auch wieder das Bedürfnis in sich entdeckt, Zweisamkeit zu erleben. Aber eine Frau kennenzulernen war ihm verwehrt gewesen. Er war auch schon früher eher zurückhaltend gewesen. Nach dem Unfall war es ihm noch schwerer gefallen, die Frauen anzusprechen. Doch Frauen – so war er sich immer sicherer geworden – wollten erobert werden. Sie wollten umkämpft werden.

Es war ihm nicht gelungen.

Und jetzt erfuhr er durch Lena, dass nicht alle Frauen gleich waren.

»Du weißt, dass du unglaublich bist, oder?« Zufrieden umschlang Felix Lenas schlanken Oberkörper mit seinen Armen. Er senkte den Kopf und hoffte, Lena so das Gefühl geben zu können, dass er sie ansah.

Ein bisschen zu grob zog Lena Felix in ihre Arme und umarmte ihn.

Das erschrockene Keuchen konnte Felix nicht unterdrücken, aber er erwiderte die feste Umarmung.

»Lass uns tanzen«, hauchte Lena in Felix' Ohr.

»Tanzen? Jetzt?«, protestierte Felix. »Ich habe Hunger. Willst du nicht etwas für mich kochen?«

»Später.« Ungeduldig nahm Lena die Tanzhaltung ein.

»Was tanzen wir?«, erkundigte sich Felix ein wenig irritiert.

»Blues.«

»Blues?«

Darauf antwortete Lena nicht, sondern begann abwechselnd ihr linkes und ihr rechtes Bein zu heben, und automatisch passte sich Felix diesem Grundschritt an.

»Einfacher Tanz, oder? Warum haben du und Lars nicht mit dem Blues angefangen, wenn ich nichts weiter tun muss als dieses Herumgehampel?«

»Der Blues wird oft unterschätzt«, meinte Lena leise. »Und sehr oft ignoriert.«

»Und warum bringst du mir diesen Tanz bei?«, fragte Felix leise und erwiderte den Druck, den Lena mit ihrem Körper aufbaute.

»Es ist der einzige Tanz, den ich kenne, den man besser nicht lernen sollte, indem man dem Tanzlehrer zusieht. Die beste Art, Blues zu tanzen, geschieht mit subtiler körperlicher Kommunikation beim engen Tanzen mit dem Partner. Durch bloßes Zuschauen kann der Tanz unmöglich richtig gelernt werden«, fügte Lena hinzu. »Es ist schade, dass er in den meisten Tanzschulen nicht mehr gelehrt wird, denn du verdienst es, es im Unterricht mal genauso leicht zu haben wie die anderen.«

»Ich habe doch dich«, murmelte Felix mit heiserer Stimme. »Du kompensierst so viel mit deiner Erfahrung und dem Nachhilfeunterricht.«

»Ich bin stolz auf dich.« Lena presste sich noch enger an Felix und hätte sie beide damit fast aus dem Gleichgewicht gebracht. »Als Lars mir gesagt hat, dass wir dir und Fiona das Tanzen beibringen sollen, habe ich nicht geglaubt, dass es uns gelingen wird.«

»Da hast du dich wohl getäuscht«, erwiderte Felix leise. »In mir steckt ein Tanztalent.«

»Übertreib's nicht mit dem Eigenlob«, wisperte Lena und ließ die Tanzhaltung sausen, indem sie ihre Arme hinter Felix' Rücken verschränkte. Die Wärme in Felix' Körper verwandelte sich in lodernde Hitze, die in seine Körpermitte schoss. Er beugte sich vor, um Lena zu küssen. Als ihre Lippen aufeinandertrafen, war es anders als zuvor. Jetzt war es keine zärtliche Zuneigung, die sie damit ausdrücken wollten, sondern leidenschaftliches Verlangen.

»Wirklich schade, dass der Tanz in den Tanzschulen nicht mehr beigebracht wird«, murmelte er gegen Lenas Lippen und löste sich langsam. »Ich glaube, er macht mich an.«

»Nein, das bin ich«, behauptete Lena.

»Ja?« Grinsend küsste Felix Lena erneut.

»Felix …« Lena zog ruckartig und fast ein wenig zu stürmisch sein Hemd aus der Hose und berührte Felix' Haut am Rücken. »Du fühlst dich gut an. So gut. Weich und warm.«

»Wohnzimmer«, keuchte Felix und ging rückwärts, ohne Lena loszulassen. Eng ineinander verkeilt stolperten sie ins nächste Zimmer.

»Weg damit«, befahl Lena und öffnete Felix' Hemd.

»Weg damit«, gab Felix ihr recht.

»Ja«, hauchte Lena und legte ihre Hand auf Felix' Bauch. »Du fühlst dich so gut an.«

Weil Felix ihr vertraute, ließ er sich fallen. Er landete auf dem Sofa und breitete die Arme aus, um zu zeigen, dass Lena ihm schnell folgen sollte.

Doch Lena ließ sich Zeit. Nur das Ticken der Uhr, ihr schneller Atem und ein hektisches Geräusch, das sich sehr nach Stoff anhörte, war zu hören, und Felix wurde zunehmend unruhig. Ungeduldig richtete er sich auf und berührte Lena. »Komm«, bat er.

»Gleich.« Wieder war das Rascheln von Stoff zu hören, dann trat Lena nach vorne und ergriff Felix' Hand. »Jetzt.« Schwer ließ sie sich auf Felix' Körper nieder. Auch sie hatte ihr Oberteil ausgezogen, und warme Haut traf auf warme Haut. Rasch zog Lena Felix die Brille ab, die er vergessen hatte abzusetzen, als er heimgekommen war, und kurz darauf hörte Felix, dass ein Gegenstand auf den Boden geworfen wurde. Doch bevor er protestieren wollte, beruhigte Lena ihn schon. »Es ist nichts passiert«, versicherte sie.

»Das ist gut.« Stöhnend wölbte Felix seinen Rücken, um Lenas Hand näherzukommen. »Das ist so gut.«

»Ich weiß.« Lena legte ihre Nase an Felix' Halsbeuge. Das war noch besser, dachte Felix bei sich und griff nach Lena, um sie ebenfalls berühren und erleben zu können.

Tief atmete Lena ein. »Du riechst gut.«

»Ich habe das vermisst«, gestand Felix heiser.

Zu seiner Enttäuschung entfernte sich Lena von ihm. Zwar blieb sie auf dem Sofa sitzen, aber sie berührte Felix nicht mehr. Verlangend streckte Felix seine Hand aus. »Komm.« Es klang wie ein Betteln.

»Du siehst gut aus«, stellte Lena liebevoll fest.

»Ich schmecke auch gut«, erwiderte Felix schelmisch und zog fest an Lenas Arm. »Komm und versuch.«

»Gerne.« Lena drückte sich wieder mit dem ganzen Körper gegen ihn und erkundete Felix' Bauchnabel mit der Zunge. »Jaaaaaa«, sagte sie schließlich und drückte einen Kuss auf Felix' Unterbauch, ganz in der Nähe des Hosenbundes. »Du schmeckst auch gut, Felix.« Gierig küsste Lena Felix' Lippen, dann entfernte sie sich wieder und strich mit dem Daumen über Felix' Schläfe.

Jetzt betrachtete sie Felix' Augen, das wusste er, obwohl er es nicht sehen konnte. Er konnte es spüren. Laut Lenas Aussage waren seine Augen wunderschön und würden nicht leblos wirken, wenn Felix sexuell erregt war. Sicherlich eine Einbildung von ihr, aber Felix ließ sie in dem Glauben.

»Ich habe Rotwein hier«, fügte Lena nach einem kurzen Moment der Stille hinzu. »Und die Schokolade, die du am liebsten hast. Und Massageöl.«

»Haselnussschokolade?«, erkundigte sich Felix gerührt.

»Genau die.« Erneut küsste Lena ihn. »Gut, dass du nicht sehen konntest, wie ich das hier vorbereit habe. Ich habe es einfach an dir vorbei ins Wohnzimmer getragen, und du hattest absolut keine Ahnung.« Lena klang zufrieden.

»Feinfühlig wie eh und je. Mein süßer Rebell.« Zärtlich fuhr Felix mit dem Finger über das Piercing an Lenas Kinn. Er liebte es einfach, Lena dort zu berühren. Mochte es, mit der kleinen Kugel zu spielen und zwischendurch Lenas Lippen zu streicheln.

Als Lena mit ihrem Knie seine Körpermitte streifte, zuckte er vor Vergnügen zusammen. »Lena … das ist so … gut.«

»Ich will dich hören, Felix.« Langsam strich Lena mit ihrer Hand über Felix' Bauch und schob ihre Finger unter den Hosenbund.

Felix schloss die Augen und stöhnte laut.

»Ja«, meinte Lena zufrieden und fuhr damit fort, Felix zu streicheln. »Du hörst dich sehr gut an.«

Sie würden eine wunderbare Zukunft miteinander haben. Und Felix freute sich darauf, auf den Alltag, die Sorgen und die Freude, die das Leben für sie bereithielt. Sie würden zusammen aufräumen, Sex haben und viel feiern, sie würden nebeneinander einschlafen und aufwachen, sich streiten und gegenseitig helfen – und sie würden viel miteinander tanzen. Sehr viel.

Dann hörte Felix auf zu denken.

233

Danksagung

Beginnt die Arbeit an einem Manuskript zunächst alleine, so kommen im Reifeprozess immer mehr Menschen hinzu, denen ich an dieser Stelle von Herzen danken möchte.

Vielen Dank an Markus, Tanja, Anett und Melanie für Lektorat und Korrektorat. besonders für Eure Geduld und Aufmerksamkeit für Lena und Felix.

Fernando, Dir danke ich für die Einblicke und den Weg, den wir gemeinsam gegangen sind.

Danke auch an meine Testleser Anja, Claudia und Regina.

Sarah von der Covermanufaktur danke ich dafür, dass sie das passende Gewand für die Geschichte über Lena und Felix gefunden hat. Ich bin begeistert und freue mich auf den Moment, das Buch mit dem Cover in den Händen halten zu dürfen.

An dieser Stelle möchte ich auch Pat vom Dialogmuseum in Frankfurt danken. Ich bin froh, dass das Dialogmuseum im Herbst 2019 wieder öffnet und war kurzzeitig sehr erschrocken, als ich hörte, dass es eventuell für immer schließen könnte. Ich kann jedem einen Besuch sehr empfehlen!

Weitere Informationen findet Ihr hier: https://dialogmuseum.de oder hier: https://dialog-in-hamburg.de.

Danke an den Mitarbeiterinnen und Mitarbeiter von BoD.

Laura, Finn, Mika und Jean, Ihr dürft mich jederzeit von meiner Arbeit an meinen Texten ablenken. Ich bin so sehr froh, dass es Euch gibt!

Den vielen Leserinnen und Lesern, die immer wieder fragen, wann mein nächstes Buch erscheint, danke ich aus tiefsten Herzen. Ihr macht mir Mut, Ihr spendet mir Kraft und nein, Ihr nervt mich nicht, nie und niemals. Ich freue mich sehr über Eure Ungeduld!

Dir möchte ich danken, dass Du dir die Zeit genommen hast, um dieses Buch zu lesen und mir erst einmal Vertrauen entgegengebracht hast, als Du es gekauft hast. Ich würde mich sehr freuen, wenn Du mir mitteilst, wie es Dir gefallen hat. Auch Kritik ist sehr erwünscht, ob als Rezension oder per Mail an mail@sonja-bethke-jehle.de.

Weitere Informationen zu mir findest Du unter: www.sonja-bethke-jehle.de.

Vielleicht lesen wir uns wieder, entweder bei einem meiner anderen Bücher oder auf Facebook. Darüber würde ich mich freuen.

Alles Gute, *Sonja.*

Sonja Bethke-Jehle

Umdrehungen

Wenn das Leben still steht

Leseprobe

Lena erzählt Felix im Kapitel *Langsamer Walzer* von Ben und Zita. Ihr kennt die beiden noch nicht? Dann wird es aber Zeit :) …

Eine Geschichte über Toleranz, Freundschaft und Liebe.
Eine Geschichte über das Bestehen von Herausforderungen
und das Überwinden von Grenzen.
Die Geschichte von Ben und Zita.

Zusammenfassung

Ben und Zita sind frisch verliebt. Doch sie dürfen nur wenige Wochen der Unbeschwertheit erleben. Das Schicksal zwingt sie von heute auf morgen dazu, sich neu zu orientieren. Ein Unfall stellt sie auf eine harte Probe, als Ben schwer verletzt und mit einem Leben im Rollstuhl konfrontiert wird.
Bei der Aussicht darauf, sich mit einer bleibenden Behinderung arrangieren zu müssen, reagiert er überfordert. Er zweifelt, ob Zita diese Herausforderung mit ihm bestehen und die Beziehung dieser Belastung standhalten kann. Zu seiner Überraschung verspricht Zita, bei ihm zu bleiben.
Allerdings ahnen die beiden nicht, welch steiniger Weg vor ihnen liegt, und was er ihnen abverlangen wird.

Endlich ist die erfolgreiche Umdrehungen-Trilogie als Gesamtband zum Vorzugspreis erhältlich, inklusive sechs bisher unveröffentlichter Kurzgeschichten, die die Trilogie abrunden. Ben und Zita auf 662 Seiten.

In dieser Gesamtausgabe sind drei Romane Das Leben steht still (Band 1), Das Leben geht weiter (Band 2) und Das Leben läuft gut (Band 3) sowie die sechs Kurzgeschichte enthalten.
Die Trilogie ist auch in Einzelbändern verfügbar.

Die Kurzgeschichten Charlotta, Larisa, Anna sowie Julia und Mara sind kostenlos als E-Book erhältlich, um die Welt um Ben und Zita noch besser kennenzulernen. Ladet Euch gleich die kostenlosen E-Books herunter und lernt Ben und Zita kennen.

Das Leben steht still

Umdrehungen

Sonja Bethke-Jehle

Gesamtausgabe der Trilogie

Der Anblick ihrer abgebissenen Fingernägel verursachte einen Kloß in seinem Hals. Sein Bedürfnis zu weinen, war groß.

Eigentlich weinte Roland nie. Benny war derjenige, der sensibel war und hin und wieder Tränen in den Augen hatte. Doch im Gegensatz zu Roland war er auch cool genug, um sich das leisten zu können. Niemand würde ihn deswegen als schwach bezeichnen. Dafür war er einfach zu lässig, zu selbstbewusst. Im Gegenteil: Die Mädchen standen darauf. Sein Kumpel war ein Kerl, der auf den ersten Blick hart erschien, eigentlich aber sehr einfühlsam war. Wenn Roland derjenige gewesen wäre, dem man drei Kugeln in den Rücken geschossen hätte, dann würde Benny wahrscheinlich jetzt weinen.

Doch Roland fiel das nicht so leicht. Zwar hatte er das Gefühl, unbedingt weinen zu müssen, aber die erlösenden Tränen kamen einfach nicht.

Wieder fiel sein Blick auf die abgekauten Nägel von Zita. Dass Zita viel Wert auf ihre Nägel legte und regelmäßig zu ihrer sogenannten ‚Nageltante' ging, wusste er von Benny. Jetzt waren sie alle abgekaut. Irgendwie traurig.

Sie saßen hier nun schon seit Stunden in einem großen Raum voller Plastikstühle und Zeitschriften, sowie einem Fernseher, in dem fortwährend immer wieder dieselben Nachrichten liefen. Auch wenn sie sich nicht ausstehen konnten, saßen sie dicht beieinander, obwohl es hier so viele Stühle zur Auswahl gab. Es war der Warteraum für Angehörige. Sie waren alleine.

Am Anfang war alles schnell gegangen. Eben hatte Roland noch neben dem angeschossenen Benny auf dem Boden gekniet, schon war der Notarzt da gewesen und hatte sich um seinen Kumpel und Kollegen gekümmert. Auch um ihn hatte man sich gekümmert. Man hatte ihm ein Glas Wasser in die Hand gedrückt und ihm ein Tuch angeboten, mit dem er sich Bennys Blut von den Händen hatte wischen können, während der Arzt versucht hatte, die Blutung von Benny zu stillen. Er hatte so viel geblutet, dass sich unter ihm eine Blutlache gebildet hatte. Diesen Anblick würde Roland vermutlich nie wieder vergessen. So viel Blut ...

Gemeinsam waren sie mit dem Krankenwagen ins Krankenhaus gefahren. Bevor Roland sich von Benny hatte verabschieden können, hatte man diesen von ihm weggebracht. Wahrscheinlich war Benny sowieso nicht mehr bei Bewusstsein gewesen. Während der Fahrt mit dem Krankenwagen hatte er nicht mehr gesprochen und die Augen geschlossen gehalten.

Danach hatte das Warten angefangen. Zu Beginn waren noch die anderen beiden Kollegen bei ihm gewesen, doch irgendwann waren sie nach Hause gegangen und Roland war einsam zurückgeblieben. Er hatte seine Freundin angerufen, um ihr alles zu erzählen, aber Helena war aus beruflichen Gründen weit weg und konnte nicht zu ihm ins Krankenhaus eilen. Mit ihr an seiner Seite wäre es ihm besser gegangen, aber er wollte nicht, dass Helena so spät am Abend überstürzt losfuhr. Er hatte sie darum gebeten, bis zum nächsten Tag zu warten und hatte ihr versichert, dass er sich melden würde, sobald er etwas von Benny in Erfahrung bringen könnte.

Vielleicht hatte Roland deswegen seinen älteren Bruder angerufen und hatte ihn darum gebeten, Zita herzufahren. Er hatte es nicht mehr ertragen alleine zu warten.

Zita war die neue Freundin von Benny. Obwohl sie sich schon seit längerem mit Benny traf, waren sie erst seit Kurzem offiziell zusammen. Roland mochte sie nicht und konnte sich einfach nicht an sie gewöhnen. Zwar war Benny frisch verliebt und sehr glücklich mit Zita, aber Roland trauerte dennoch Bennys alter Partnerin hinterher. Mit ihr war er sehr gut klar gekommen und Helena war mit ihr befreundet gewesen. Zu Zita fand auch sie keinen Zugang.

Doch das alles zählte im Moment nicht.

Wenn Roland schwer verletzt ins Krankenhaus eingeliefert worden wäre, hätte er sich auch gewünscht, dass Helena bei ihm wäre, wenn er aufwachte. Er ging davon aus, dass Benny Helena abholen würde, weil man in solch einem Moment nicht Auto fahren sollte. Also hatte Roland alles organisiert und hatte Zita von seinem älteren Bruder herbringen lassen. Er selber hatte Zita nicht abholen wollen. Was, wenn Benny ihn brauchte und er nicht da war?

Seitdem waren Stunden vergangen.

Zuerst hatten die Ärzte nicht gewusst, ob sie Benny operieren sollten, irgendwann hatten sie sich aber doch dazu entschieden. Sie hatten etwas von Rückenmarksverletzung gesagt, von Wirbelbrüchen und schweren inneren Blutungen. Hatten davon gesprochen, dass Benny kein Gefühl in den Beinen hätte. Eine Ärztin hatte erwähnt, dass sie seine Verletzung möglicherweise nicht heilen konnten, doch ein anderer Arzt hatte gemeint, dass man noch abwarten müsse, bevor man Diagnosen stellen könne. Immerhin sei der gesamte Bereich verletzt. Es sei schwer sich einen Überblick zu verschaffen. Alle waren sich aber einig gewesen, dass es sehr ernst um Benny stand.

Roland wurde übel, wenn er darüber nachdachte, was das für seinen Kumpel bedeuten könnte.

Benny und behindert schien überhaupt nicht zusammenzupassen. Benny und Rollstuhl ebenfalls nicht. Als Roland vorhin auf der Toilette gewesen war, hatte er zu seinem Spiegelbild geredet.»Mein Kumpel ist gelähmt«, hatte er gesagt und hinzugefügt:»Benny ist behindert. Mein Kumpel Benny ist ein Behinderter und sitzt hilflos und unfähig sich zu bewegen im Rollstuhl.« Es hatte wehgetan und ihn dazu gebracht, die Hand zu einer Faust zu ballen und gegen seine Lippen zu pressen, um zu verhindern, dass er laut losschrie.

Daran würde er sich noch weniger gewöhnen können als an Zita.

Wenn er doch nur etwas gesagt hätte … wenn er Benny vorgewarnt hätte … Das würde er sich niemals verzeihen können. Damit würde er niemals leben können.

Erneut sah Roland zu den abgekauten Fingernägeln auf den Boden und schluckte schwer. Wie viele kleine Halbmonde, glitzernd mit funkelnden Steinen darauf, blau und silber angemalt. Ein krasser Gegensatz zu dem eierschalenfarben Boden.

Zaghaft richtete Roland sich auf und betrachtete Zita, die in sich zusammengesunken neben ihm auf dem Stuhl kauerte. Seufzend hob er seine Hand und legte sie vorsichtig auf Zitas Rücken genau zwischen ihren Schulterblättern. Sie war dünn und knochig, ihre Muskeln verkrampft.

Kurz zuckte sie zusammen, dann schloss sie die Augen und drückte sich ein wenig gegen Rolands Hand.»Danke«, flüsterte sie.

Gerade als Roland glaubte, dass er es nicht mehr aushalten konnte, öffnete sich die Tür und einer der Ärzte trat erneut herein. Er zog einen Stuhl zu sich und setzte sich ihnen gegenüber. »Die Operation ist gut verlaufen«, sagte er, bevor Roland fragen konnte. »Wir haben die Blutung stillen können und die gebrochenen Wirbel stabilisiert, um weitere Schäden zu vermeiden. Jetzt müssen wir Geduld haben.«

»Ist er wach?«, fragte Roland und strich ein letztes Mal über Zitas Rücken, bevor er die Hand zurückzog.

»Nein, noch nicht, aber Sie werden ihn in ungefähr zwei Stunden sehen können, sobald er auf der Intensivstation ist«, antwortete der Arzt. »Ob er sofort ansprechbar ist, wissen wir noch nicht, aber er wird in der Aufwachphase sein. Wir halten es für eine gute Idee, wenn Sie bei ihm sind, wenn er zu sich kommt. Versuchen Sie vorerst keine Vermutungen über eine Diagnose zu äußern, denn das würde ihn sicherlich beunruhigen.«

»Und wird er laufen können?« Roland wusste, dass er sich flehend anhörte, doch das war ihm egal. Es hing so viel von der Antwort ab, weswegen er die Luft anhielt.

»Wir müssen abwarten bis die Schwellung zurückgegangen ist. Momentan können wir noch keine endgültige Aussage treffen. Vielleicht muss Ihr Kollege auch nochmal operiert werden.« Der Arzt lächelte aufmunternd. »Noch sollten wir die Hoffnung nicht aufgeben. Gehen Sie jetzt erst einmal etwas zusammen essen, damit Sie gestärkt sind. Er wird Sie brauchen, denn er wird verwirrt sein und Schmerzen haben.«

»Aber …«

Der Arzt unterbrach Roland sofort wieder. »Es tut mir leid, Herr Weber, dass ich Ihnen zum jetzigen Zeitpunkt nicht mehr sagen kann. Wir müssen dem ganzen jetzt Zeit geben. Für den Moment haben wir alles getan, was wir tun konnten. Ich möchte nicht ausschließen, dass Ihr Freund wieder komplett gesund wird, aber ich kann es Ihnen leider auch nicht versprechen.« Er hielt inne. »Es tut mir leid.«

»Aber er stirbt nicht, oder?«

Roland drehte seinen Kopf und sah zu Zita. Ihre Stimme klang brüchig und sehr müde, ihre Augen waren rot, weil sie geweint hatte. Sie sah grausam aus, besonders weil ihre Schminke verlaufen war.

Ihre Eltern hatten mehrmals auf ihrem Handy angerufen und hatten sie darum gebeten, nach Hause zu kommen, weil sie im Krankenhaus sowieso nichts tun konnte, aber sie war standhaft geblieben. Am nächsten Tag musste sie eine Prüfung ablegen, aber sie hatte ihren Eltern gesagt, dass es ihr egal war, ob sie die Prüfung antreten konnte oder nicht. Die Eltern hatten so oft angerufen, dass Roland Zita am liebsten das Telefon aus der Hand gerissen und gegen die Wand geschleudert hätte. Am Telefon hatte Zita geweint, aber sie hatte sich nicht von ihrem Vater überreden lassen. Ihre Sorge war echt, das musste Roland anerkennen, auch wenn er bisher überzeugt davon gewesen war, dass Zitas Gefühle für Benny oberflächlich waren.

»Er ist außer Lebensgefahr«, bestätigte der Arzt. »Er wird natürlich auf der Intensivstation bleiben müssen, aber er ist stabil.«

Zita stieß erleichtert Luft aus und schloss die Augen, während sie sich gegen die Stuhllehne drückte.

Für einen Moment blinzelte Roland. Daran, dass Benny sterben könnte, hatte er gar nicht gedacht. Jemand wie Benny starb doch nicht einfach. Seine Präsenz war dafür viel zu überwältigend. Das Schlimmste an was Roland gedacht hatte, war eine bleibende Behinderung. Wenn Benny gestorben wäre … das war nicht auszudenken, das könnte Roland einfach nicht ertragen.

»Er ist außer Lebensgefahr«, wiederholte der Arzt freundlich. »Das ist jetzt vorerst das Wichtigste.«

Sonja Bethke-Jehle

Kontaktaufnahme

Leseprobe

Sechs Personen.
Vier Kontinente.
Eine Verbindung.
Kontaktaufnahme.

Zusammenfassung

Eine Astrobiologin in den USA entdeckt einen vielversprechenden Planeten, auf dem Wasser und möglicherweise auch außerirdisches Leben existieren könnten. Ein katholischer Pfarrer auf einer Nordseeinsel fühlt sich von einer Buddhistin angezogen, zögert jedoch, seine Gefühle zuzulassen. Eine Ärztin in Nigeria wird trotz Unfruchtbarkeit unverhofft schwanger. Ein schwuler Soldat beginnt während eines Auslandseinsatzes in Afghanistan eine Affäre mit einem Einheimischen, obwohl Homosexualität dort unter Strafe steht. Ein ehemaliger Maurer hadert mit seiner Berufsunfähigkeit, seit er im Rollstuhl sitzt. Ein Gefängnisinsasse hat Angst, nach der Entlassung wieder in sein Heimatdorf zurückzukehren, wo jeder ihn und seine Tat kennt.

Diese sechs Personen kommen sich immer näher, obwohl sie scheinbar nichts verbindet. Doch vielleicht können sie etwas voneinander lernen?

Überall im Handel erhältlich, wo es Bücher und E-Books gibt.

Kontaktaufnahme

Nicole, an der südlichen Küste von Nigeria

Tayo bewegte sich unruhig neben ihr. Es begann sie zu nerven, wie er sich herumwälzte, sie versehentlich anstieß und seltsame Seufzer von sich gab. Vielleicht war sie auch grundsätzlich genervt von ihm, weswegen er einfach keine Chance hatte, es ihr recht zu machen.

Nicole rutschte mit den Beinen über die Kante ihrer Matratze und schob das Moskitonetz zur Seite, um aufstehen zu können. Draußen war es immer noch dunkel, doch die Hitze vom Vortag war noch nicht verschwunden. Es war heiß und stickig. Barfuß lief sie durch das Zelt, um nach draußen zu gelangen. Es war eines dieser großen Zelte, das zu einer kleineren Zeltstadt gehörte und vorübergehend ihr Zuhause war. In der Mitte des Zeltes nahm sie sich eine Flasche Wasser vom Tisch und trank nachdenklich einen Schluck.

Ursprünglich war sie im Noma-Kinderkrankenhaus in Sokoto eingeteilt worden. Immerhin war sie spezialisiert für Kindermedizin. Doch die Ebola-Epidemie hatte es notwendig gemacht, dass die Mitarbeiter der Hilfsorganisation, für die sie hier arbeitete, versetzt wurden. Hier auf dem Land wurde jede Hilfe gebraucht. Nicole war geschockt gewesen, als sie hier angekommen war und die Zustände gesehen hatte, in der die Menschen hier leben mussten. In der Stadt waren die Menschen zwar ebenfalls arm, aber sie besaßen Fernseher und Handys, es gab Krankenhäuser, Ärzte und Märkte. Die notwendige Infrastruktur war vorhanden, um zumindest die weitere Verbreitung der Krankheit zu verhindern. Hier in diesem Dorf schien allerdings die Zeit stehen geblieben zu sein. Die Menschen waren auch schon ohne das Ebola-Virus unterversorgt.

In Sokoto hatte Nicole Tayo kennengelernt. Er war Nigerianer und wie sie Arzt. Seine Eltern waren für nigerianische Verhältnisse wohlhabend und so hatten sie ihrem Sohn ermöglichen können zu studieren. Sie unterstützten ihn auch jetzt noch, denn er verdiente bei der Hilfsorganisation nicht viel. Viele intelligente und talentierte Kinder konnten nicht studieren, weil ihre Eltern es sich nicht leisten konnten und so wurde viel Potenzial verschenkt. Aber Tayo hatte Glück gehabt und es sich zum Ziel gemacht, etwas von dem, was er bekommen hatte, zurückzugeben. Sie schliefen miteinander, obwohl Sex vor der Ehe hier strengstens verboten war. Zudem galt Nicole als unrein, weil sie nicht beschnitten war, was in Nigeria gerade in ländlichen Gegenden üblich war, obwohl es offiziell unter Strafe stand.

Nicole lief auf direktem Weg zu dem großen Zelt, in dem sie seit einigen Tagen die Bewohner des Dorfes auf Ebola untersuchte und mit wichtigen Impfungen versorgte. Eine Krankenschwester war ebenfalls schon wach und desinfizierte die Arbeitsfläche, auf der verschiedene Untersuchungsgeräte standen. Hygiene war hier sehr wichtig. Nicht nur Ebola, sondern auch andere, sehr schlimme Krankheiten waren im Umlauf, zum Beispiel Cholera und Malaria.

Nicole grüßte die Krankenschwester und lief weiter in den abgetrennten Bereich, der als eine Art Lagerraum fungierte. Es war alles sehr notdürftig eingerichtet. Viel zu oft kamen Nicole und ihre Kollegen an ihre Grenzen. Es fehlte ihnen an medizinischen Apparaten oder Hilfsmitteln. Wie oft hätte sie mehr für die Menschen tun wollen, was aber einfach nicht möglich war? Als sie zu Hause in Deutschland in einem Krankenhaus gearbeitet hatte, war der Zugang zu modernen High-Tech-Geräten vollkommen normal, um die verschiedenen Krankheiten und Verletzungen zu diagnostizieren. Hier fehlte es einfach an allem.

Sehr oft war es frustrierend, manchmal aber auch befriedigend. Immerhin hatte sie bereits einige Erfolge verbuchen und vielen Kindern, die an der Krankheit Noma erkrankt waren, helfen können. Damit hatte sie diesen Kindern eine Chance geschenkt, die sie sonst nicht gehabt hätten. Unter normalen Umständen verlief diese Erkrankung tödlich. Nicole war stolz auf sich, weil sie geholfen hatte, die medizinische Versorgung in Sokota voranzutreiben. Das Noma-Kinderkrankenhaus würde weiterhin bestehen bleiben und Kindern helfen können. Dieses Land war auf einem guten Weg, aber manchmal fragte Nicole sich, ob es nicht einfach nur ein Kampf gegen Windmühlen war, den sie hier betrieb. Aber die Erfolge gaben ihr Hoffnung und drängten sie dazu, immer weiter zu machen. Seit einigen Jahren gab es demokratische Wahlen und engagierte Politiker, was aussichtsreich und vielversprechend war, auch wenn nach wie vor Korruption vorherrschte und Nigeria wegen der Konflikte zwischen den ethnischen Gruppierungen als sehr gewalttätig galt.

Die Ebola-Epidemie hatte alle Teilerfolge scheinbar zunichtegemacht. So zumindest kam es Nicole gerade vor. Frustriert rieb sie sich über die Stirn. Oder machte sie sich etwas vor und war wegen etwas ganz anderem so schlecht gelaunt? Dass sie nicht schlafen konnte, hatte immerhin einen anderen Grund.

Sie nahm einen Schwangerschaftstest und schloss den Schrank wieder sorgfältig ab.

Als sie noch in Deutschland gewesen war, hatte sie viele dieser Tests verwendet. Monat für Monat hatte sie sich irgendwelche Schwangerschaftssymptome eingebildet. Nach einem Jahr war ihnen der Verdacht gekommen, dass etwas nicht stimmen könnte. Mehrere Untersuchungen hatten ergeben, dass Nicole überhaupt nicht schwanger werden konnte. Mit der Unterstützung einer kräftezehrenden und langanhaltenden Hormontherapie war es dann aber doch geglückt: Nicole war schwanger. Das Glück hatte jedoch nicht lange angehalten. Drei Fehlgeburten hatten sie zusammen erleben müssen, was ihre Beziehung auf einen Prüfstand gesetzt hatte. Sie hatten viel gestritten und waren beide ziemlich gestresst. Jahrelang hatte Nicole um eine erfolgreiche Schwangerschaft gekämpft, aber nie war sie dafür belohnt worden. Im Gegenteil, denn letztendlich hatte sie sogar Lars verloren. Ein Baby hatte sie natürlich immer noch nicht.

Der Gedanke, auf natürlichem Wege schwanger zu werden, war für Nicole vollkommen surreal. Auch nicht, als ihre Periode ausgeblieben war. Da sie mit Tayo fest zusammen war und ihm vertraute, hatte sie irgendwann eingewilligt, auf Verhütung zu verzichten. Sie hatten die Tests auf Geschlechtskrankheiten einfach gegenseitig machen können. Wofür waren sie Ärzte? An eine mögliche Schwangerschaft hatten sie beide nicht gedacht. Nicole hatte Tayo verdeutlicht, dass er sich deswegen keine Sorgen machen müsste. Vermutlich glaubte er, dass sie die Pille nahm. In Wahrheit war sie unfruchtbar und mittlerweile war ihr der Gedanke so fern, ohne Medikamente und medizinische Begleitung schwanger werden zu können.

Nein, der Kinderwunsch gehörte zu einem ganz anderen Leben. Das gehörte nach Deutschland, nicht nach Nigeria. Es gehörte zu Lars, nicht zu Tayo. Damit hatte Nicole endgültig abgeschlossen.

Hatte sie zumindest geglaubt.

Während sie auf das Ergebnis des Tests wartete, zitterten ihre Finger. Sie kannte das Ergebnis, immerhin war das nicht der erste Test, den sie machte. Trotzdem hoffte sie auf ein negatives Ergebnis, was sich seltsam anfühlte nach all dem Stress, den sie während der Kinderwunschzeit mit Lars erlebt hatte. Wie sehr hätte sie sich damals über ein positives Ergebnis gefreut …

Aber jetzt war es …

Wie betäubt starrte Nicole auf das positive Ergebnis. Sie leckte sich über die trockenen Lippen und schüttelte ungläubig den Kopf. Sie war wirklich schwanger.

"Vielleicht suchen wir nur nach außerirdischem Leben, um uns endlich als Einheit fühlen zu können."